狂飆80

記錄一個集體發聲的年代

楊澤主編

8 ○

目錄

在七〇與九〇年代之間

──楊澤 vs. 楊照

⊙晏山農／記錄・整理

●楊澤：

一九九三年，《人間副刊》推出「七〇年代專輯」，後來彙編為兩本書，《理想繼續燃燒》和《七〇年代懺情錄》，前者強調集體的、「公共歷史」（public history）的部分，後者則著重於「個人歷史」（personal history）的部分。九八年《人間》又推出了「八〇年代專輯」，但大家都深感解嚴十年，無論是個人或公家的激情，都已煙消雲散。九〇年代，尤其是九〇後半，雖有所謂金融危機，基本上卻是個吹著輕快調子的消費年代；不過，這樣的當代情境也逼得大家回過頭去面對歷史、面對時間，因為這些東西在資本主義的日常生活結構裡「似乎」已將消失殆盡。

年代，或英文所謂的「decade」（更準確的翻譯是「十年」），其實是一個非常有趣的觀念。除了大家知道的排行榜 Billboard，還有社會學裡的 cohort analysis，也是以十年為單位，後者的前提是，「生在同一十年間的人具有一種同儕關係」，也就是一般所謂的幾字頭的說法。我的想法是，每個十年又可以分為前五年和後五年兩階段，譬如七〇年代後五年便和八〇年代前五年很接近，而八〇年代後半又可以與九〇前半相連結。這樣說來，如果完全把時間框在整個十年裡，反而無法較真切的理解八〇年代，因此必須把時間拉長成一九七五到一九九五。比照「十年樹木」的說法，另一個不能忽略的考慮或標準是，今天播下的種子，極可能要十年八載後才能開花結果。幾個明顯的例子是，七〇年代末的鄉土文學論戰，到了八〇後半蔚成本土化的風潮；八六年《當代》雜誌創刊號製作「傅柯專輯」，但它所揭露的權力、身體和慾望的連結，要等到九〇年代中後段才逐漸被完整的認知到。更重要的是，八〇中葉的「大眾文化論戰」，也許算是提了問，開了一個頭，但對大眾文化的真正認識，其實不到九〇年代中不能畢其功。

我無意把時間無限拉長（譬如說，戰後五十年，相對於戰前其實是一個完整的文化斷層），但也許可以試驗性地採取從七〇到九九這樣一個較長程的透視點。我的想法是，在七〇和九〇之間，藏著一個相當突出的八〇年代，不

1987年，中泰賓館的 Kiss 舞廳，是年輕人愛去的地方。一到周末，舞池全擠滿了人。（朱明光攝影）

過如果我們不能穿越、穿梭七〇和九〇，恐怕無法把八〇年代看得更清楚。

●楊照：

我同意你的看法，只是我會從親身體驗、感受的氣氛去理解那個年代。其實八〇年代，尤其是後期的最主要氣氛，就是對於過去的一切禁忌進行試探或反叛，而政治與情欲是舊體制價值系統底下最大的兩個禁忌，所以人們要打破禁忌首先就得碰觸到這兩種，於是政治與情欲聯手突破禁忌，便成為當時的主軸。最明顯的例子是黨外聲嘶力竭的運動場上，周邊同時也販賣著各種色情錄影帶、雜誌。

第二個有意思的現象是，大家一直在觸碰、捕捉群眾。因為以往只有集體的、軍事秩序底下的動員，並沒有群眾的概念。七〇年代的想法還是認為擁有知識即可掌握群眾，到了八〇年代群眾的意象真正浮現出來了，可是群眾是什麼？如何去掌握？它和我們的關係又如何？我們對這一切可能都還懵懂無知。

1987 年，中泰賓館的 Kiss 舞廳。（朱明光攝影）

像你提到的，八七年初曾有過大眾文化的辯論，可是這裡頭並沒有太實質的內容，當時並不清楚大眾文化是什麼？它討論的反倒是群眾，只是它是知識分子想像出來的群眾，而非真正的群眾。

楊澤：

今天回到七〇年代的鄉土文學論戰，會發現那其實是一批極其苦悶的知識分子，一批已經搬到大城市的作家在幾分抽象地討論他們對鄉土的愛。五、六〇年代以降的城鄉人口移動，造就了所謂的台灣經濟奇蹟，到了七〇年代末，算是城鄉關係的一個臨界點，相對於鄉村、市鎮，有新興的南北兩個大城。但是當時的知識分子，並不那麼了解城市，當年的台北、高雄也並沒有一個成型的都會空間。以鄉土文學的幾個健將陳映真、黃春明和王禎和為例，他們對待城市都隱隱有一種敵意在；陳映真尤其清楚地把自己定位為他所謂的「市鎮小知識分子」，跟他後來在八〇年代強調的「第三世界觀點」其實相當一致；鄉土文學論戰因此像之前的幾個現代文學論戰，很快地便把城／鄉、土／洋對立起來。

八〇年代確實存在一種火辣辣的群眾的意象和反叛行動。不過，長程地來看，八〇年代的新生事物並不單是政治，還有都會空間的興起、日常生活的發現、大眾文化的風潮，當然還有你剛提到的「情欲反叛」的主題。我最感到納悶的是，不少民進黨人，從七〇、八〇年代一路走過來，對改造政治體制、經濟體制有相當認識，但對於到今天我們活在當中的資本主義文化體制的性質和結構卻仍然十分陌生。回到剛提到的大眾文化論戰，當時的參與者對他們討論的議題也是十分生疏，像最基本的「機械複製」的觀念就完全未被提起。而那場論戰是個重要指標——十多年

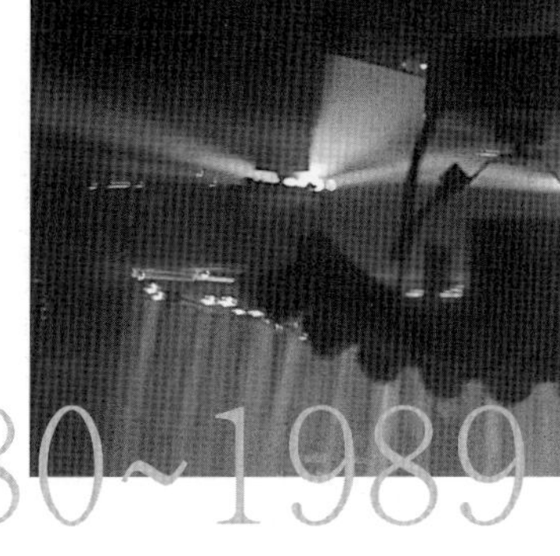

後，我們才清楚地了解到複製科技對人文的重大貢獻。我印象最深刻的兩個例子是：八〇年代早期影印機的使用在（左派批判）知識的傳播上厥功甚偉，以及這中間錄影帶在開發個人情欲上的無與倫比的影響力。

●楊照：

你提到城市的興起，我會從經濟史的角度來說明。我先拿陳映真為例。雖然他早在八〇年代初期就由左派理論切入跨國公司、消費社會的種種，他的「華盛頓大樓系列」小說讓人引發知識上、情感上的共鳴，卻予人缺乏現實性的感受，原因就在於他的講法和台灣經濟的發展存有距離。像他關於消費社會的討論，其實消費社會在當時並不存在，若由社會學的各種指標來看，台灣城市化的程度極早，但你的說法提醒了我們一點，那就是台灣在過去欠缺以消費作為都市發展的基本模式，就這一點台灣甚至未曾超越十九世紀的巴黎。

為什麼呢？因為戰後台灣經濟史的主脈就是，政府用各種不同的政策鼓勵生產、壓抑消費。政府藉由政策管制、外匯手段、財政賦稅措施等來塑造出「台灣人都很勤儉」的效果。其實這絕非天生如此，而是政策逼使人必須不斷工作，以致沒有機會、意願和勇氣去從事消費。所以台灣根本就是消費不足的地方，所以西方式的城市文化無從產生。可是到了八〇年代以後，台灣因為外匯管制、壓抑消費的結果，使得台灣累積太多的金錢，這便形成高度通貨膨脹的問題。這時不消費不行了，可是人們卻又不知如何消費，於是種種奇怪的現象因而產生。

八五年經濟問題的十信事件，以及政治外交的江南謀殺案，幾乎斷送了國民黨的命脈。而後股市開始發飆，房地產也隨之水漲船高，這都是游資太多

1987年的西門町。東區雖然逐漸興起，不過西門町依然是最吸引年輕人的地方。（朱明光攝影）

導致的結果。錢浮於世之後，人們對於以消費為主導的城市中心，以及進一步思索大衆文化的需要才得以產生。

●楊澤：

你的經濟史的討論非常精采。我想補充的是，如果拿八○年代的台北和本雅明所謂的「十九世紀的資本主義的首都」作類比，就可以見到中產階級的「自我創造者」（self-maker）已經成形。我要先澄清的是，這裡所謂的「自我創造」並不指九○年代習見的閱讀心靈成長類的書籍，或添購名牌來塑造自我形象；而是指，類似法國大革命的「第三階級」——也就是對立於貴族的市民階層——後來政變奪權成功，變成了所謂小布爾喬亞或高級布爾喬亞的中產與中上階級。原來沒有家世背景的人卻能夠「無中生有」，創造自己的階級和社會地位，就是我所謂的 self-maker。經由長期的財富累積，透過對既有政權、既得利益者的不滿，八○年代台灣的中產階級改變了我們的政治體制，他們的行動即使不像法國大革命以及十九世紀的政體變遷那麼戲劇性，但也絕非國民黨高層所謂的「寧靜革命」所能形容於一、二。

八○年代，好萊塢電影中常看到歐美人士對仿冒、對「台灣製的雨傘」的奚落，可以說明所謂 made-in-Taiwan 其實也就是 self-made，也說明台灣社會到今天已走了好長的一段路。但更重要的是，台灣的中產階級一路下來，改變了世界，創造了許多新生事物，卻對自己以及自己所創造（或模仿）的事物、歷史的過程，缺乏了解與透視。在這樣一個當代的、當下的、不間斷的變動過程中，既要了解所謂「現代性」（modernity），又要勇敢地投入、實踐「當代情境」（所謂 contemporaneity 或 actuality），不免充滿了知識的焦慮、理論的焦慮。以創造新的都會空間為例，重要的標誌除了新生、建國兩座高架橋，還有7—11和金石堂書店的出現；好玩的是，有關7—11和金石堂這類連鎖店的觀念，不單引自國外，而且幾乎是即知即行的。物質文明的例子如果也都是這樣的「措手不及」地就發生了，那麼八○年代台灣社會在各方面對未來的焦慮（包括統／獨、環保、勞資、社會安全等議題）也就不足為奇。

●楊照：

八○年代的一個脈絡就是，台灣人對於自我認同、自我身分一種不斷追尋、焦慮與挫折的過程。你剛剛提到 self-maker 的概念，它在西方其實有極清楚的對照點——貴族，中產階級一方面對抗貴族，一方面又模仿他們，所以形象很清楚；然而台灣卻從未有貴族的形象，因此屢遭挫敗。

第一個挫敗是，七一年中國大陸重回國際社會，導致冷戰時代一意追尋美國腳步的台灣產生動搖。因為往昔的台灣以古老貴族的中國形象進行模仿回歸，然而如今真正的中國已經回來了，台灣勢不能再如此了。於是七○年代的台灣就轉而把中國的影像、認同化為鄉土，土／洋對抗、把農村理想化就順理成章了。再由經濟史的角度看，七○年代農村殘破的景象會逼使由農村出來或關心農村的人士重視鄉土。可是，如斯熱愛鄉土的關懷還是阻擋不了國民政府刻意犧牲農業來發展工業的政策，導致農家鄉土不見了。這是第二個認同挫敗的經驗。到八○年代以後，則是隨著財富而衍生的權力、消費意識、人們卻不懂得如何消費，更不懂得以消費建立自我的異化形式（由左派的立場來看），於是失落感嚴重。新電影所以崛起，有部分原因就在於認為鄉土即使不存了，還可以透過記憶來尋回認同。然而相對於消費能力已上漲的時代，新電影卻以古舊的精神方式應對，而後消費的力量愈來愈超越認同的精神，以致精神還沒找到，消費已往另個方向走去。這是第三次的認同挫敗。

關於self-maker的問題，我想進一步從「向上流動性」（upward mobility）這個社會學的概念來討論。向上流動意指較低下的階級在城市化過程中往上爬。台灣自七○年代以後就在努力往上爬，在這過程中對於不少階級、身分的象徵格外留意。可是這些象徵和一種平靜優雅的狀態有關，所以愈是急於去追索它就愈顯得自己的不適格。當追索不到以後，就會導致另一種反動——轉而看不起這些象徵，陷入封閉自我的狀態。於是，焦慮的媚俗和某種粗暴的、理直氣壯的正義感就同時在八○年代並存。

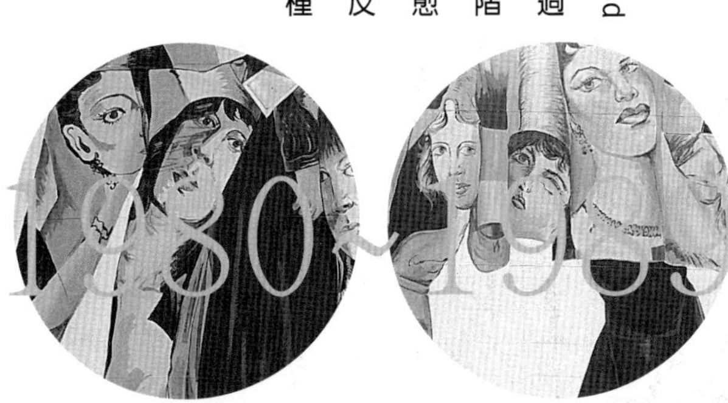

楊澤：

除了對新的「政治社會認同」的追求，還有我們稍早提到的情欲的主題。八九年《影響》雜誌製作了一個別開生面的「情色電影專輯」，不過在這之前，A片文化、黃色漫畫、成人卡通就已相當普遍。這之前當然還有，你前頭說的，小販在政治示威活動現場兜售A片錄影帶的現象，說明了八○年代其實是，政治解放與情欲解放相尋相生的年代。從視覺文化、身體文化的角度去看，大型演唱會和各種類型的政治、社會示威活動（像反杜邦、學運、農運、老兵返鄉運動、原住民運動），解放了長期為威權體制所禁錮的身體，不僅使大家可以在大白天的街上展示自己的身體，也讓我們看見自己的以及他人的身體。這應該就是大家所謂的政治嘉年華或狂飆的原貌。但這種嘉年華不只在大白天進行，也在黑暗、黑夜中被實踐；MTV所代表的在黑暗中觀影的經驗，其實也是更具顛覆性、更具突破性的視覺與身體經驗，「原欲」（libido）被召喚了出來，像海浪般一波波地衝擊著我們陷落在白天、在日常生活中的ego-structure。活在當時的人也許不是那麼清楚，但這些屬於情欲的，感官的種種內在的機制，其實在八○年代後期就已配備完成。這也是為什麼，到了九○年代，女性主義、同志運動所提出的性別與性角色的議題馬上蔚成氣候，各種極視聽之炫的娛樂、消費文化可以這麼有爆發力。

楊照：

我還是試著由社會的面向來討論。七〇年代人們和電影的關係就是一種對好萊塢遙遠崇拜的關係，它和自己的關係其實很淺，可是人們會幻想未來的自己是置身其中。到了八〇年代以後，MTV 的興起使人們得以突破禁忌，因為自我追求正是由突破禁忌開始，而且人們和文本的關係變得更密切。可是到了九〇年代以後，KTV 的無所不在使得表演本身就變成自我。過去我們相信有個自我的本質，只因為受到體制的制約而被遺忘而已。可是九〇年代的主流思想根本是把追求內在真實的自我視為一種陳腔濫調，剩下的唯有表演而已。當 self-maker 的概念初具時，人們還認為出場亮相可以呈現內在的價值，沒想到下一代人早已把出場亮相當作一切了。

楊澤：

我並不那麼悲觀，雖然我也覺得八〇年代後半以降，風起雲湧的各種後現代意義理論、欲望和扮裝理論急待消化、沈澱。出現在今天電視上的年輕人很喜歡耍帥、耍酷，常常用一種誇張、無厘頭的樣子在演，年紀大一點的人看來也許顯得很「痞」（年輕人所謂「一痞天下無難事」），總的說來卻代表了中國人漫長的身體、情欲歷史的一大步。你所強調的「真我」與扮演的關係其實是一個很複雜的問題。台灣人或「新台灣人」的亮相說起來是很晚近的事；如果我們拿舊上海作對照，舊上海有租界、國際化、都市化的長期經驗，使得上海人的舞台感極強、極濃（當然也免不了淺薄、虛妄的噱頭），台灣人的舞台感以及舞台空間，包括更大的國際舞台，則仍待開拓。這也是為什麼，到目前為止，台灣人的「身段」還是相當不洗練。如果說城市化、現代化不免會帶來浮華，台灣人在張愛玲所謂的浮華與昇華之間常常還是拿不定主意，這也使得整個社會的規劃和外貌到處顯得混亂駁雜。

楊照：

由於台灣本來就沒有理性、系統、條理的基礎，可是當我們借用的理論是西方強大的理性面臨大的挑戰時所產生的不斷整理的東西時，結果在九○年代就產生兩種問題。一是，所有混亂的東西就變成一種方便的藉口。譬如說，顛覆、誤讀是要在強大的理性透射下才有對照空間，台灣卻不是如此；再者，西方強大的理性力量還在不斷混亂中整理意義，台灣則只有混亂而沒有其他，結果混亂過後沒留下什麼片鱗半爪。於是，我們的九○年代既無收拾也無整理動作。反倒是八○年代曾經嘗試透過自我的認同去整理，但其後就崩潰了。而崩潰之後，就什麼都一無所有。

楊澤：

如果從人文地理學的角度來看，台北隨處可以找到七○到九○年代的各式建築風格彼此穿插，這種「眾聲喧嘩」的城市景觀需要時間沈澱。回應你說的「理性」的問題，我們的社會大部分恐怕還停留在幾千年市井雜居的傳統裡。缺乏西洋幾何理性的傳統，大家其實不知道「大寫的理性」（Reason）怎

1985年，士林社子島。牛車走在馬路上，在台北街頭是難得的景象。（朱明光攝影）

麼寫、是什麼。所以當台灣的後現代主義者強調，他們所揭示的是「非理性」時，我就不知從何理解了。

●楊照：

從八〇到九〇年代，我們觀察到它打開了許多的可能性，可是收尾也非常迅捷，這其中有必然也有偶然的因素。必然的部分，是因為國民黨威權體制維持太久了，人們對它所累積的不滿和衝動，以致革命熱潮極為熾熱，這在全世界各地皆然。可是，它何以無法達成或延續這種時代氛圍呢？這裡頭又有必然與偶然的因素存在。其中一個很重要的必然因素是，台灣是個危機社會，它面對的是個龐大可怕的敵人，使得人們在參照之下常設想改變現狀的結果是否會帶來更多的災難，因此政治思維常自我設限。

另一個偶然的因素，是蔣經國突然於八八年初病逝，而繼任者李登輝又是個有強烈台灣意識的人。這使得不少懷抱革命、反對意識的人開始模糊起來，因為他們不知打倒國民黨的結果是否也會殃及李登輝？李登輝是敵是友？於是李登輝情結就始終揮之不去。

在此同時，過去長期遭到壓抑的本省人的政治權力確實已大幅逆轉，這卻導致外省人的反抗、不滿。然而省籍的矛盾衝突之所以未漲到最高點，原因在於，外省人在中國大陸找到了新的經濟來源。於是，原先沒有政治權力的人有了政治權力，而欠缺經濟資源的人也找到新的源頭活水，相對之下彼此就很快獲得滿足感。即使不滿仍然存在，已不會想要把既有的體制秩序推翻。誠如你所言，原先我們在八○年代抱持許多的幻想，轉到九○年代以後它就幻滅而變為經濟物質世界的主流了。

●楊澤：

從八○到九○，其實有兩股脈動在前進。擺在檯面上，明顯可見的是一股政治的脈動，它表現、呈現為八○的熱情衝撞到九○的幻滅；由於一方面受到資本主義日常生活的侵蝕，另一方面新的政治體制絕大部分是建築在原先的反對者的背書之上，新秩序很快就凝固成型，再也撼動不了。這也是為什麼今天回顧八○年代常會感到無奈、失焦。這樣的失落在中國大陸其實更加鮮明，因為八○年代對他們而言是充滿崇高理想與悲劇性的政治改革年代，到了九○竟一變而為集中在經濟面的幸福、快樂的追求。對照之下，台灣的民主化過程雖然出現過鄭南榕引火自焚這樣的激越的最高音，可能多了一份通俗劇的效果。

經濟的脈動相對地在八○後半以後日益高漲，使台灣社會走上一條平坦的路。雖然到九○後半，個人浮沉在消費社會之中，往往強烈感受到一種被浮華（glamour）世界宰制、閹割的焦慮，另一方面，因經濟富裕而新開發出來的社會能量，譬如旅遊、運動、女性成長、社會福利等主題可以說仍然方興未艾。總之，從八○轉換到九○，原先屬於潛伏暗流的經濟脈動就從暗流變成主流；政治的脈流反倒停滯不前，成為人們嘲笑的對象了。

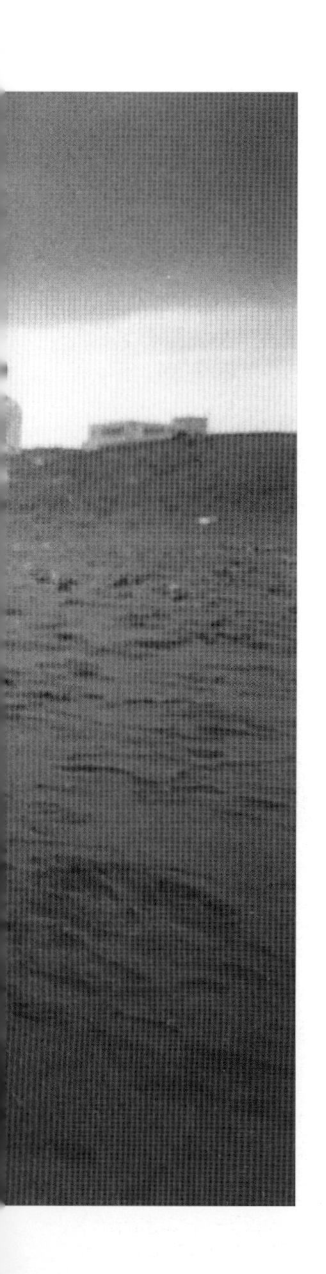

1986年，「奶精儀式」劇場的作品《試爆子宮》。（劉振祥攝影）

總編

總編

1989 年 8 月 26 日，無殼蝸牛夜宿忠孝東路街頭。（黃子明攝影）

青山繚繞疑無路

⊙南方朔

改變並不會經常發生，它就像一道歷史的門扉，只在某些特定的時刻開啓。能夠活在歷史開門的時代，乃是一種幸運，可以見證門開之前的黑暗與恐怖，可以看到門被撞開時的風捲雲湧。而一九八〇年代正是一切沉寂都開始飆颺起來的時刻。

一九八〇年代以一九八〇年二月的「美麗島大審」開始，以一九八九年的股市狂飆，首度破萬點作結；在中間的則是八六年九月的民進黨成立和八七年七月的解除戒嚴，以及八八年一月的蔣經國逝世。那段歲月的歷史布景快速更動，我們正在告別一個舊的時代，但告別的儀式卻未免太淒厲了一點。

一九七九年年底，「高雄美麗島事件」的大逮捕剛剛結束，因爲許多朋友都被抓了

1985 年，澎湖竹涼。（張詠捷攝影）

進去。年底的最後一天，已故的唐文標忽然到了我的辦公室，灰敗沮喪到了極點。那是個冷雨的冬日黃昏，七〇年代在這樣的氣氛下結束，八〇年代則在這種暗淡中揭開序幕。

當時眞是黯淡而驚恐到了谷底，大逮捕完了之後的小逮捕不斷，葉島蕾、溫瑞安、

黨外雜誌

⊙晏山農

顧名思義，黨外雜誌就是自外於國民黨，且對此一政權採取高度批判的政論刊物。代表戰後台灣中智階級初試鶯啼的黨外雜誌，是創刊於一九七五年的《台灣政論》，但旋遭查禁。其後以持久穩健、企圖攫取中智階級支持的黨外雜誌就是以康寧祥掛名、司馬文武主編的《八十年代》系列（還包括《亞洲人》、《暖流》）。然而，真正將辦刊物和組黨方向充分結合的是七九年八月創刊的《美麗島》雜誌，這就導致「美麗島事件」的發生。

八〇年代以後，除了原來的《八十年代》系列，黨外公職以及不滿公職掛帥的知識青年紛紛辦起雜誌來，《關懷》、《深耕》、《生根》、《台灣年代》、《蓬萊島》、《前進》、《博觀》、《新潮流》，以及鄭南榕主辦的《自由時代》系列等如雨後春筍般的湧現。黨外雜誌百花齊放、百鳥爭鳴的作為，固然大大啓蒙了民衆的視野，但愈來愈八卦的走向，以及警總濫權查禁的惡行，使得黨外雜誌陷入瓶頸。等到政治禁忌解除，影像媒體被積極開發以後，就注定黨外雜誌夕陽黃昏的命運了。

《新潮流》雜誌封面。（蔡其達提供）

方娥眞、張春男、楊煥西、盧修一等陸續判刑，更有陳文成和江南等命案。而黨外雜誌則到了出一期就被禁一期的程度。那是個悲傷又憤恨、恐懼但也輕蔑的時代。

當時辦黨外雜誌就混合了這種濃縮著時代的氣氛。雜誌每出一期就禁一期，不但禁，甚至還去印刷廠搶；不但禁和搶，更去打字行偷原稿，然後核對筆跡，找出寫稿人建檔施壓。而編黨外雜誌的，則和他們玩著你跑我追的遊戲。

有時也在印刷廠裡互搶。每次鬧完搶完，大家都高興成一團。那是一種輕蔑，當統治者做了他們不該做的大錯，它讓人畏懼的表象就再也掩蓋不住人們對它的輕蔑。這種集體性的輕蔑顯露在大審之後，家屬代夫出征選舉的大獲勝利上，也顯露在校園的愈來愈騷動上。輕蔑也顯示在人們愈來愈多的義憤上。

從八四到八六，那是台灣政治開始飆起的時候。當時的台灣氣氛詭譎而低沉，殘餘的反對派公眾人物一個個都被小案子套住，好幾所國中的操場不時在辦人潮洶湧的坐監惜別會。每次集會快結束的時候，人們都有一股「走出去」但又不敢的衝動，它彷彿雨雲已累積到飽和的程度，只等一聲霹靂。

我在八五年年底離開了報社，進入那個推動著歷史開門的圈子，八六年九月，那個時間來到。當時的林正杰被判入獄，我們一大群人就在那個時候，以「社會學介入」的方式開始了街頭的示威運動。那不是即興的演出，而是每一個步驟都要推演模擬的布置。街頭狂飆以錦州街和林森北路口的那一次爲最高點，幾萬人一路示威遊行到舊台北市議會門口。阻擋的警察一排排被衝得七零八落。

這似乎是歷史最無可奈何之處：一切的說理、分析或溝通請求都注定無效，只有街頭的群眾始能讓新事物誕生。街頭的狂飆撞擊，緊閉著的歷史冷峻大門，終於應聲開啓。緊接著，反對黨的成立、解嚴等亦隨之而完成。這時候就想到宋代大儒朱熹所寫過的這首詩：

昨夜江邊春水生，蒙衝巨艦一毛輕；
向來枉費推移力，此日中流自在行。

歷史的迂迴坎坷類皆如此。許多後來視爲稀鬆平常、不必任何推移即自在而行的事，在過去都經過漫長的等待和付出，形成足夠多的春水，到了某一天，該來的就會來到。但爲了等待這一天，卻需要多麼長久的煎熬。回頭想起以前那段街頭的日子，除了那些已成新貴的檯面人物外，最讓人思念的是好多個小人物。他們有義憤，出苦力，當

亞洲巨砲呂明賜。（中國時報資料照片）

前鋒。有個姑隱其名的小人物，前鋒當多了，和憲警衝撞大概留下了黑紀錄，後來有一次人少的場合，硬是被打斷了好幾根肋骨，我們好幾個人去醫院看他，仍兀自笑成一團。

80 余登發

【八〇年代影像誌】

⊙梁正居／文·攝影

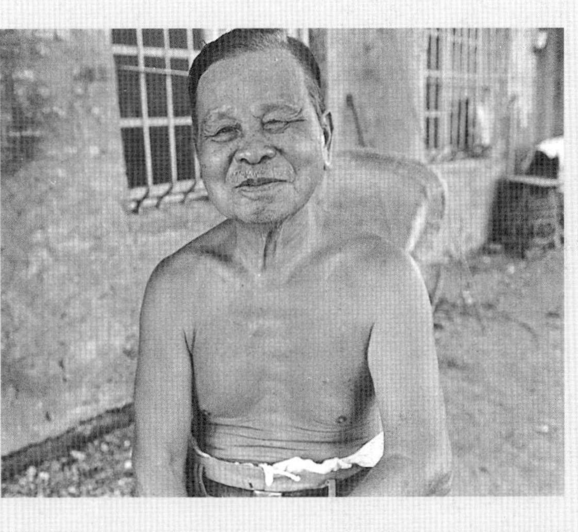

余登發，從一九六〇年代初就當選為高雄縣長，然而卻在一九六三年被省府核定停職，一九六四年又因八卦寮地目變更一案判刑一年，再於一九六九年經公務員懲戒委員會決議撤職，從此在專注養殖事業之餘培養他的下一代「接班人」；一九七九年，余登發父子因涉嫌叛亂被捕，激起黨外人士在高雄、鳳山和橋頭等地的遊行抗議，也是台灣戒嚴時期首件政治性示威遊行。最後，余登發因「知匪不報」而遭判刑八年，入獄一年多後保外就醫，一九八九年秋陳屍於八卦寮住宅，享年八十六歲。此照片是在一九八〇年代初期，余登發出獄不久，在八卦寮魚塭瓜棚下享受炎夏裡的涼風，接待訪客，余老侃侃而談無所不言。

未必功高卻已震主的王昇

⊙王克文

王昇在台灣政壇上真正炙手可熱的時間，並不太長。他作為蔣經國的左右手，替蔣經國主持軍中政工系統，固然長達三十年，但直到七〇年代中期，他還多半隱身在幕後。

一九七五年蔣介石去世，蔣經國正式接班，王昇也以「從龍」之輩，升任國防部總政戰部主任，這才受到外界廣泛的注意。當時蔣經國身邊有文武二將，文的是國民黨組工會主任李煥，武的就是王昇。李煥掌管黨工、王昇掌管政工，都是蔣本人的權力基礎，二人受蔣倚重的程度，不問可知。

一九七七年中壢事件發生，李煥因此下台，王昇在權力核心圈內的主要對手突然出局，成了蔣經國面前唯一的紅人。當時台灣政壇戲稱「李換王升」。從制度的層面看，王昇並未占據任何黨政軍高位，不能算是檯面上的領導人。可是就實際的權力運作而言，他是從江西時代起就追隨蔣經國的親信，負責的又是蔣賴以起家的軍中政工，其政治影響力遠遠超出職銜的規限之上。

尤其令人側目的，是王昇一派向學術文化界的滲透。當時不少出身政工的打入高等學府，名流學者則紛紛被攬入政工外圍組織，「化公」（王昇字化行）之聲一時不絕於耳。國民黨固然一向不放過學術文化界，但過去多半由黨工主導，政工系統自組班底，尚屬首見。這次政工系統滲透的痕跡，至今猶未完全消失。

王昇的聲勢，到一九八〇年「劉少康辦公室」成立而達於頂峰。這個辦公室名義上只是負責對大陸的「反統戰」工作，但在王昇主持下它的實際管轄範圍迅速伸入情治、軍事和行政系統，一時有「地下行政院」之稱，在最近出版的一本書中，王昇回憶他當時凡事都先與國民黨祕書長蔣彥士、行政院長孫運璿會商後，才向蔣經國建議，絕未專擅越權，然而一個體制外的辦公室，居然能與黨、政首長共同決策，其權力之大，亦可見一斑。

王昇一派的一枝獨秀，違反了蔣經國互相制衡的用人原則。王昇雖不「功高」，畢竟「震主」，故「劉少康辦公室」存在僅僅三年，便被蔣突然裁撤，導火線據說是王昇引起諸多揣測的訪美之行。幾個月內，他先調任聯訓部主任、再外放巴拉圭作大使，自此淡出政壇。這曾是八〇年代震驚中外的大事。

王昇的崛起和失勢，必須放在七〇年代末、八〇年代初台灣政治的大環境裡來理解。蔣經國時代「天威莫測」，一切取決於強人的好惡，王昇的特殊影響力端恃他和蔣的密切關係，下台也繫於蔣之一念。「趙孟之所貴，趙孟能賤之」，本是當年國民黨權力結構的常態。

不過王昇的權傾一時，還有其他不尋常的意義。八〇年代初，蔣經國的健康已大不如前，強人將逝，接班問題成為大家關注的焦點；王昇在此時得勢，使人擔心蔣後會有軍人主政的局面出現（雖然王昇主持的政工還不能真正代表軍方）。另一方面，從七〇年代末開始，島內民主改革的呼聲漸高，在期盼民主的氣氛下，王昇一派的政工心態與作為，格外令社會不能忍受，而蔣經國在此時容許王昇的勢力膨脹，更讓人懷疑他是有意壓制改革。

因此，一九八三年王昇下台和外放，確實使不少人鬆了一口氣。已故作家江南在《蔣經國傳》中說，王昇之去，使國民黨政權「內部得以和諧團結，經國的聲望更是猛升數倍」，或許過甚其詞，但就台灣政治發展的路向而言，王昇和政工系統的衰微，未始不是日後民主轉型的一個關鍵。

(中國時報資料照片，許村旭攝影)

八六年的衝撞，歷史大門被撞開，一切的能量持續湧入。八七年台灣全年大小群眾事件據稱有一千八百件之多。那是個狂飆的時代。許多所謂的權威，其實只不過是一張紙僞裝出來的假象，一被撕開，就再也無法維繫。狂飆的時代，各種不同的聲音都要擠進被撞開的歷史大門，勞工、環境、女性等議題相繼出現。政治的禁忌與性的禁忌一向並存，威權者用政治禁忌箝制人們的公共生活，用性禁忌來箝制人們的私人領域，它們的瓦解也同樣並存。

然而，海浪颺起，必有髒沫浮於浪。頂在一個解放的時代，固然解放了枷鎖，但羼雜在解放中的，難免也有許多時代的渣滓。宋代的楊萬里有詩曰：

莫言下嶺便無難，賺得行人錯喜歡；
正入萬山圈子裡，一山放出一山攔。

八〇年代的解放並不是一勞永逸的烏托邦，而是撞開了一道門，卻發現還有另外的門擋在前面的過程。人們飆過政治，接踵的還有飆車、飆金錢、飆股票、飆大家樂，飆是一種狂歡與耽溺，八〇年代的後半，我們沉醉其中。

只不過幾年的時間，台灣就全部變了樣，八八年一月蔣經國逝世，更確定的標誌著那個舊時代已不可阻攔的成了過去。那時候台灣最流行的是〈愛拚才會贏〉這首流行曲。它預告著九〇年代由狂飆而來的解體，以及艱難的重建。

台灣一九八〇年代的狂飆，一方面有台灣的特殊性，但在一切都「全球化」的時代，台灣的狂飆也未嘗不是全球狂飆的一部分。戰後無論左右威權專制國家，那些老的統治者幾乎都在這個年代凋謝，被他們禁錮的歷史形式因而開始鬆動；中國大陸的開放、波蘭「團結工聯」的成立、東歐自由化及蘇聯巨變，以及拉丁美洲的再自由化，都出現於這個年代。

一九八〇年代是台灣掙脫舊枷鎖的時代，也是新生事物和新的社會內容開始被添加

進舊結構及舊文化裡的時刻。八七年的開放探親，兩岸關係進入新的紀元；八八年的開放報禁，則使台灣進入大眾媒體時代；八四年麥當勞進入台灣，寓示著一種新的大眾飲食文化的出現；而八八年開始出現的金錢狂飆和世界名牌消費品進入台灣，則顯示一種高消費生活方式正在形成。台灣的八〇年代巨變，不只是政治的鬆動重組，還是社會分化的加速和價值觀的丕變。這樣的社會已無法再用昔日的方式來繼續統治。

八〇年代的台灣，經歷了威權政治的回光反撲，經歷了政治狂飆和強人之逝及李登輝的繼承。歷史大門被重重撞開後，八〇年代的「飆」乃是九〇年代的「亂」的準備。今日的我們都活在「亂」之中。

每個時代都會有不明言但卻人人都能感覺到的「時代精神」，有些時代沉滯、有些時代悲哀、有些時代狂亂。後代的人是否努力，決定著我們如何去評價前代。當台灣果眞愈變愈好，八〇年代的狂飆就會成爲光榮的標誌，當台灣在意志和慾望裡沉落，人們就反而會懷念更古老的那個沉滯的時代。八〇年代的意義將會在二〇〇〇年代的人手中決定。但活過八〇年代的人仍然會說，他們曾活過一個充滿了希望的時代！但願某一天，幾經峰迴路轉，我們會有更開闊的風景，如同王安石的詩：

江北秋陰一半開，曉雲含雨卻低回；
青山繚繞疑無路，忽見千帆隱映來。

八〇年代這樣走過

⊙龍應台

1988 年，淡水線最後列車。
（黃子明攝影）

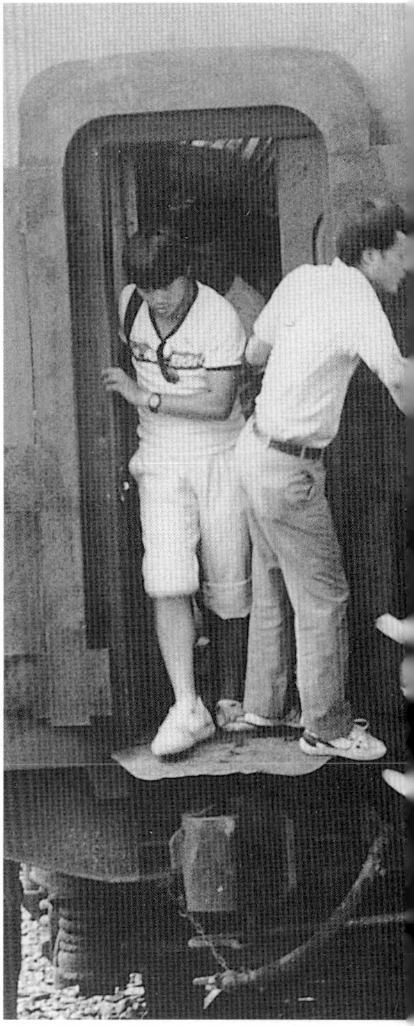

——屢見閣下大作針砭目前紊亂之社會現象，每次閱畢皆熱淚盈眶，不能自已。

——我把報紙文章給孩子看，他說要影印起來，想貼到班上去又說不敢，怕訓導處，我們一直活在怕怕中。

——不瞞您說，我也想離開台灣。我敢預言中國將是被淘汰的民族，不是亡於他人，而是死於自己手中的繩子，真的，真的。

——「紅色恐懼症」是我們國民心理上的不治沉疴，也像黑死病一樣，人人怕傳染。

——目前您知名度夠，「有關方面」不敢輕舉妄動，但是千萬要小心：開車、走路、上街，都得注意，留心提防「凶神惡煞」殺出來。我想您是明白我的心意的。

——您的書及中國時報在我們單位算是被禁掉了。雖然我不贊同這個作法，但軍隊之所以構成，就是必須懂得服從命令。中國時報被禁是因為《野火集》的文章。這是一份政戰部門所下的文，屬於「密件」。

——你可知道在邦交斷絕、外貿疲弱、地小人多、工商不發達的海島台灣，升斗小民是怎麼求生的？你可知道政府只管收稅，不管失業救濟，勞動法令殘缺，勞工受傷，勞工被解雇，找不到工作，是如何解決每日開門七件事的？你可知道礦災工人死亡，成為植物人，政府及勞保給付如杯水車薪，民間捐款被台北縣政府留下一半，礦工子女是如何過活的？

——你是民族的叛徒！中華民國萬歲！中華民國萬歲！

1988 年，澎湖馬公港碼頭附近蔣公銅像。（林國彰攝影）

似曾相識的時代

一九八五年十二月，是個冷得不尋常的冬天。我在台安醫院待產，從病床望出窗外，天空有一種特別清澈乾淨的藍色。

《野火集》出現在書店和路邊書攤上。二十一天內印了二十四刷。放到我手中的書，因為壓的時間不夠，封面還向上翹起。四個月之後，十萬本已經賣出。

國民黨的報刊開始了幾乎每日一篇的攻擊。

沒有了國民黨領導的政府，誰也活不下去了。就連想「鬧事」的野火，到時也只有噤若寒蟬，否則就逃不過被鬥被宰的結局！

我們必須嚴正召告世人，今日生活在台灣以台北為主導的中國人，政治制度、社會結構、國風民俗容或有缺失，但絕對健康，絕無梅毒惡瘡，能愛也能被

愛，只有像龍應台這類××××……帶原體，我們有權也有責任，公開唾棄她。

來自黨外陣營的批判則有另外一個基調：

野火現象

⊙安寧

作家龍應台於一九八四年寫〈中國人，你為什麼不生氣〉一文，發表於《中國時報．人間副刊》，並於次年三月開闢「野火集」專欄，發表一系列批評時政的文章，文字大膽銳利，悍然揭開社會種種病象，震撼各界。八五年底，由圓神出版社集結成書，一個月內行銷十四版，創下出版界紀錄。

《野火集》出版後，引起極大迴響，大加讚揚有之，口誅筆伐亦不乏其人。龍應台在八七年二月再出版《野火集外集》，書中有一篇文章即為〈野火現象〉，提及《野火集》暢銷的主因是它標舉反對權威、批判現狀的立場。待民進黨成立、政府宣布解嚴、開放大陸探親，一元化體制已然結束，「野火」也完成它的階段性任務。

但，無論如何，「野火」在帶動民間力量昂揚向前，以及在台灣邁向民主多元的過程中，的確扮演過推波助瀾的重要角色。

龍應台責備讀者「你們為什麼不生氣？不行動？」她不知道（或是故意忽略）……是什麼體制使他們變成那種「令人生氣」的樣子？龍應台叫人們向絕大多數終生不改選的立委施「民意」壓力，這不是笑話嗎？

……任何個人主義的反抗原本就是無效的……，龍應台顯然沒有認識到這一點。她繼續秉持個人主義與美式自由，終於也不得不碰到最後的關卡：那封閉、壓制、迫害個人自由最深的，不是別的，正是政治。……終於她開始攻擊這政治力量，而且，就像以往的例子一樣，遭到封殺。

……然而為什麼五〇年代有《自由中國》，六〇年代有《文星》，七〇年代有《大學雜誌》，而八〇年代卻只有一個龍應台呢？這是否意味著自由主義的沒落呢？

對國民黨所發動的謾罵恐嚇，我不曾回應過一個字，因爲不屑。對黨外的批判，也不曾有過一句的辯解，因爲投鼠忌器：我不能讓等著消滅我的人知道我的寫作策略。

十二年過去了。台灣的社會在十二年中脫胎換骨，不錯，脫胎換骨了，只不過換出來的體質面貌和十二年前竟仍然如此相似，令人詫異不已。

一九八五年三月何懷碩寫著：

最近「江南」案與「十信」案，如狂風惡雨，幾乎使社會一切停擺……一位對此一連串事件亦曾參與決策的官員沉痛地指出：「什麼叫做落後國家？差不多就是像我們這個

樣子。」交通混亂、空氣污染、生態破壞、奸商詐欺、治安不寧、貪污腐化……。

一九九七年八月二十日《中國時報》社論寫著：

> 馬祖空難、溫妮風災、街道巷戰，一個又一個觸目驚心的畫面，一條又一條無辜性命的喪失……，災難和治安已達到了超越常理的地步，真正反映的是整個國家機器陷入半癱瘓狀態。

於是當我想爲八〇年代的「野火現象」寫下一點小小的歷史見證的時候，一點兒也不覺得是白頭宮女在話天寶遺事，恍如隔世；倒覺得八〇年代就是太近的昨天，時間很長，路卻走得不十分遠。

我這樣走過

曾經用過一個老式瓦斯烤箱。瓦斯漏氣，氣體瀰漫箱內。我在不知道的情況下，點燃了一支火柴，彎身打開箱門。

「砰」一聲；不，沒有爆炸。只是一團火氣向我臉上撲來，一陣炙熱，我眉髮已焦。

一九八四年的台灣是一個「悶」著的瓦斯烤箱，〈中國人，你爲什麼不生氣〉是一支無心的火柴。

我的社會教育開始了。激動的讀者來信對我攤開了台灣社會長久遮掩的不癒傷口。

一個不公的體制壓著人民，能夠長久地壓著因爲它有一個社會哲學的托持：逆來順受、明哲保身的社會哲學。看穿了體制不公的人知道事不可爲而轉向冷漠；不曾看穿的人則早被教育了忍耐是美德、忍受是義務。但是悶啊。這是一個有冤無處申的社會。

江南案、十信案、毒玉米案都是動搖「國本」的看得見的嚴重事件，但是在看不見的地方，小市民的個人悲劇和委屈在自生自滅。

一九八四年，學校老師可以在課堂上被「有關單位」帶走問話。台北市美術館的展出作品可以因爲「密告」有紅色嫌疑而被塗改。在軍中服役的預官可以被打、被殺、失蹤，而遭到消息封鎖。機車騎士可以掉進政府施工單位所挖的坑，死亡而得不到賠償。

卡拉OK

意指歌唱用的伴唱帶，也兼指硬體設施本身。原為日文外來語カラオケ，係カラ（空）與オーケストラ(orchestra)之複合字，就是「無人樂團」的意思。

約在一九七二年左右，日本神戶出現了第一批卡拉OK伴唱帶，原是為小吃店駐唱歌手伴唱使用，由於客人反應熱烈，日本業者開始開發伴唱機及伴唱帶，造成大風行，並在八○年代初期引進台灣，八三、八四年以後蔚為風潮。

由於日本上班族已經養成下班後喝一杯、唱兩曲的習慣，使得專做東洋客生意的異鄉酒廊、餐廳也有樣學樣，於是卡拉OK熱逐漸在亞洲蔓延，而首當其衝的就是台灣和香港。台灣最初多設在台北市中山北路、林森北路一帶，其後逐漸普及，同時經過「本土化」經營後，發展出結合餐飲、MTV、DTV、PUB等多種媒體的包廂式「KTV」文化，盛況空前幾可說是「全民運動」，同時並回傳日本，掀起另一波熱潮。

⊙安寧

一九八四年，國際人權組織說，台灣有一百八十七次取締言論事件。

不敢發出的聲音、無處傾吐的痛苦，大量地湧向一個看起來代表正義的作家案頭。黨外刊物在地下流竄，在邊緣遊走，在少數人中傳閱。大多數的小市民不看，不敢看或不願看。黨外刊物的奪權意識使習慣安定、害怕動盪的小市民心存疑懼。「野火」的系列文章是許多人生平第一次在主流媒體上看見不轉彎抹角的批判文字。文字雖然注滿感染力與煽動性，但是它超越黨派、不涉權力的性格又使人「放心」。感性文字中蘊藏著最直接的批判，人心爲之沸騰。

不只是悶著的小市民，還有那已經悶「壞」了的小市民。我收到非常多精神病患者的來信。通常信寫得特別長，來信頻率特別高，三兩天就一封，而且鍥而不捨。所有的患者都有一個共同的症狀：政治迫害妄想。歪歪扭扭的文字敘述被國民黨跟蹤、竊聽、盜郵、陷害、茶中下毒、飯中下藥的過程。有一個人長期給我寫信談國家大事（他也長期給雷根總統和教宗寫信）。有一天在報上讀到他的名字；他因爲在街頭散發「反政府言論」被逮捕。患者多半是大學生。他們的病不見得是極權統治所引起，但是國民黨的極權統治深深控制著他們僅有的思惟，使他們動彈不得。

在〈中國人，你爲什麼不生氣〉裡，許多人看見希望；冷漠的人被感動了，忍受的人被激勵了。而我，卻不再天真爛漫。眉髮焦赤的同時，我已經發現這個烤箱不是單純的洩氣，它有根本的結構問題。

我開始了策略性的寫作，從〈難局〉一文出發。

最重要的目標：如何能推到言論箝制最危險的邊緣，卻又能留在影響最大的主流媒體中？多少前輩都是從《中國時報》寫到《自立晚報》寫到黨外刊物，然後就不見了。

我清楚地知道我要留在主流媒體中做最大的「顛覆」，做最紅的蘋果核心裡的一條蛀蟲。

副刊主編金恆煒說：「你放手寫，心裡不要有任何警總。尺度的問題我們來處理。」

可是，我怎麼可能心中沒有警總？江南才剛被殺，屍骨未寒呢。我的父親爲了我老作惡夢；告訴我他當年如何看見人在半夜被麻袋罩住沉下大海，失蹤的人不計其數。我的命運使他憂慮；他知道我沒有外國護照。

於是在生活上，我保持低調。一方面爲了存留寫作生命，一方面也不屑於做大眾文化鬧轟轟寵出來的英雄。我不接受採訪、不上電視、不演講、不公開露面。當然，更不能與反對人士來往。極長的一段時間裡，讀者不知道野火作者是個女人。一篇篇文章，不得不在孤獨的沉思中寫成。

在寫作上，我知道我不能直接攻擊體制，如此起彼落的黨外刊物所爲。能夠討論和批判的是環境、治安、教育種種社會問題。然而在那個極權體制下，任何能思考的人都會發現：所有的社會問題最後都無可逃避地植因於政治，這，卻是我不能寫出的。

我也覺得不必寫出。如果一個人有獨立思考的能力，他會自己看出問題的最後癥結，找到自己的答案。我也確信那個不公的體制得以存在，是因爲個人允許它存在；比體制更根本的問題，在於個人。

所以野火的每一篇文章，不管是〈幼稚園大學〉或〈台灣是誰的家〉，都將最終責任指向個人，也就是小市民自己。

黨外刊物也因此指責我「只打蒼蠅，不打老虎」，或者看不見問題的要害。我不能說明：是策略，所以不直接打「老虎」；是信仰，因爲我確實認爲「蒼蠅」責任更大，比「老虎」還大。

我以自以爲最誠懇的心境寫最煽動的文字，批判的層次也逐漸升高。報社爲我承受了許多「有關單位」的「關懷」電話，但是當我將美術館館長比作政戰官的時候，編輯也擋不住了。政戰部早已下過公文禁止軍中讀野火專欄和中國時報。現在政戰部主任許

⊙晏山農

全球的生態運動源於六○年代，卻是直到八○年代才政治化、組織化，西德的綠黨就是綠色主張的範例。綠黨的綠色主張在於因應全球危機，而採取了陰柔的「生態社會主義」主張，它的口號是「我們不是左派，不是右派，我們是前進派」。在實踐的形態上，它和地方生活圈充分結合，徹底摒棄中央極權的菁英心態。八三年西德綠黨在政治上的斬獲，使得人們必須正視綠色主張的存在。

然而，從一開始綠黨內部就存有基本教義派（不願淪為世俗政黨、不和其他政黨結盟）和務實派（應進行縱橫捭闔，以爭取執政的機會）的歧異，綠黨最為人熟知的代表人物凱莉，正是理想色彩濃厚的基本教義派。其後幾年，由於綠黨在國會席次上採取輪替制度，不但未能累積政治實力，反導致內部的齟齬；加上它的主張漸次被社民黨和基民黨竊走，所以九○年代以後，綠黨席次就大幅滑落，而凱莉的自殺更使綠黨陷入雪霜之中。不過，如今綠色主張早已普及人心，這一切都得歸功於綠黨。

歷農將軍要請我吃飯。

許將軍溫文儒雅，謙和中不失銳利。席間不知什麼人建議我該稱他爲「許伯伯」，我笑了笑，沒接腔。他看起來還眞是個我覺得親切可愛又風度翩翩的外省長輩，但是各在各的崗位上，不得不針鋒相對。「你的文章，」他說，「是禍國殃民的。」

我心裡同意他的說法，如果「國」和「民」，指的是國民黨的一黨江山。

回去之後，寫了〈歐威爾的台灣〉：

……言論控制的目的在哪裡？手段是否合適？效果如何？最重要的，究竟有沒有控制的必要？控制思想有什麼嚴重的後果？合不合台灣現狀與未來的需求？

這一篇文章終於上不了報紙，只好偷偷混在其他文章裡一併出了書。

國民黨文工會問我願不願意「見官」。哪個「官」？我問。文工會主任宋楚瑜先生。

宋先生和夫人和我，在來來飯店一個小房間裡用餐。夫妻倆態度自然，言談誠懇，沒有一絲官僚氣。我們交換了些對國家大事的看法，發現彼此的理念認知差距並不太大。

教育部問我願不願意與部長一談。在李煥部長的辦公室裡，我對他陳述我對台灣軍訓教育的看法：軍和黨應該徹底離開校園。李部長極謙遜，專心地聆聽，並且作了筆記。

《野火集》出書之後，專欄停止了一段時間；八六年底，我離開台灣。流傳的說法是，「野火」終於被「封殺」，而我被「驅逐出境」。事實上，出境是由於家庭因素，「野火」停止，則是因為我在專心地哺乳育兒。「野火」承受相當大的壓力及被查禁的風險，但並未被「封殺」。

四個月內十萬本，使封殺查禁在技術上不太可能，固然是一個原因，但是和國民黨主事者本身的素質也許不無關係。許歷農、宋楚瑜、李煥，雖然都在維護一個千瘡百孔的體制，本身卻畢竟是思惟複雜、閱歷成熟的政治人物，看得出「野火」所傳達的社會大潮走向。他們並沒有訴諸野蠻的權力去抵制這個走向。

這些人，在一九八五年代表著台灣政治的主流。在十年後全變成了所謂非主流，退居邊緣。但是取代了他們的新主流，九〇年代的政治鬥爭，面目之可憎超過了八〇年代

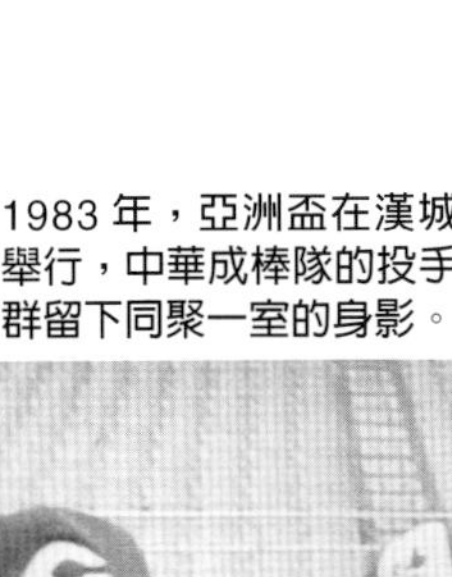

的想像力。

八七年，解嚴。台灣人終於贏得了「免於恐懼的自由」。只是在政治恐懼之外還有許多其他種類的恐懼，在九〇年代一一浮現。

八八年，《野火集》在大陸風行。大學生覺得那些文字竟像是專爲大陸而寫的。

八八年，我在莫斯科。改革開放正在動搖蘇聯的「國本」，但KGB仍舊監視著我的行蹤，任何外國作家和記者的行蹤。戈巴契夫的智庫機構試圖和台灣有所接觸，我受託將訊息轉給總統府；李登輝總統答覆：時機尚未成熟。沈昌煥外交部長則公開對媒體重申反共抗俄的必要，對我主張重新認識蘇聯、接觸蘇聯的文章大爲光火。

八九年五月，我在北京看中國學生靜坐，聽他們年輕的激越的聲音。六月，槍聲響起。

八九年十月，莫斯科有萬人遊行，東德有百萬人遊行。風中帛帛作響的旗幟上，俄文的和德文的，寫著：「我們不要天安門重演。」

八〇年代，我從台北走到北京，再從莫斯科走到東柏林的大街上，秋色蕭蕭，已是年代末了。我看見作家在對群眾演說，群眾在對天空吶喊，天空，漠然下起了冷雨，雨水沖洗著人們臉上悲憤激情的淚水。

1983 年，亞洲盃在漢城舉行，中華成棒隊的投手群留下同聚一室的身影。

冷戰夾縫中的江南

⊙卜大中

（中國時報資料照片）

八〇年代是冷戰的末期，意識形態的執著在兩大陣營中雖已疲態畢露卻仍抵死卯上；同時，在西方世界，特別在美國，其社會潮流則展現出對六〇年代嬉皮運動的反動，在雷根主義徹底庸俗化對資本主義所謂品味生活的虛幻之下，炮製幸福意識的「雅痞」一代，以追求名牌及高消費物慾生活為人生目的，為九〇年代反說教、反追尋意義、反道德主義的解構思潮搭建了舞台。

冷戰的最後鬥爭和生活意義的改變，是促成江南（劉宜良）悲劇的大氣候。

八〇年代的台灣是蔣經國追求權力一生中的顛峰時代，集黨政軍特大權於一身；也是台灣經濟高速成長和政治由硬威權轉化為軟威權的時代。同時，中共在鄧小平主導下展開了改革開放，在經濟起飛的同時也放鬆了政治的控制。胡耀邦、趙紫陽營造的寬鬆氣氛，模糊了兩岸尖銳的政治鬥爭，也埋下了八九年天安門血案的種籽。兩岸政治的微妙變化是江南悲劇的中氣候。

江南個人奇特的人際關係、個人對歷史的癖好和他好吹愛現的性格，形成了他自己悲劇的小氣候。

美國社會對共產陣營敵意的降低，鬆懈了江南對兩岸政治鬥爭的警惕心；而八〇年代流行的高消費物質生活也使江南為了追求名利忽視了觸碰敏感政治帶來的風險；而兩岸政治氣氛的軟化，也讓他錯誤判斷以為昔日白色恐怖的政治雷區已遭清除。最糟的是，他竟認為沒有人敢在美國暗殺他。

從厚道的一面來說，江南是個「先知」，太早看出政治威權將在兩岸退潮；也太早看出再不賣那些敏感的政治內幕遲早會變得不稀奇而不值錢。所以

他在兜售宋美齡、蔣經國的私人祕聞時，伏下了威權政治要幹掉他的殺機。先知果然是危險的。

刻薄一點說，江南是個「白痴」，沒什麼重要又拚命四處招搖他與美、中、台三邊有特殊關係的小角色，利用冷戰對抗自抬身價，以三面間諜自居。在亂世這樣的人不少，玩得高明則左右逢源，玩得不好則胡裡胡塗喪命。

江南離開台灣情治單位太久，忘了「中人以下不可以語上」的道理，以為台灣不會下三濫到買黑道萬里關山去刺他。沒想到台灣真的就這麼低水準，真的就用這麼粗糙馬虎蠢到極點的方式殺了他。連殺他都這麼不專業、這麼隨便、這麼不當回事，大概是他黃泉有知最憤憤不平的事吧！

江南心裡解嚴了，台灣還沒解嚴，這段心理時間差就要了江南的命。江南，一個八〇年代的悲劇；一個玩弄冷戰政治內幕把自己玩完的亂世小角色；一個在沒有幽默感的時代卻嘻皮笑臉而遭了殃的人物，一個死得莫名其妙的作家。

那是一個最壞也最好的時代、最黑暗也最光明的時代。因為黑暗，所以人們充滿了追求光明的力氣和反抗黑暗的激情，而且黑白分明，奮鬥的目標多麼明確。力氣、激情、目標明確——八〇年代是理想主義風起雲湧的時代。只有在得到「光明」之後，在「光明」中面對個人自我的黑暗，發現那黑暗更深不可測，我們才進入了疑慮不安的九〇年代，世紀之末。

任何人，都可以墮落

我們都老了十歲。

手邊保留了五十封當年「野火」的讀者來信。那個十七歲的中學生，噙著眼淚寫：

「I fight authority, authority always wins.」現在怎麼看這世界？那個在軍校裡半夜被打成重傷無處申訴的師大畢業生，現在是否活得健康？那被憲兵逮捕的精神病患現在幻想被什麼人迫害？住在淡水山坡地上、房子裂成兩半的家庭主婦，現在過著什麼樣的生活？

當年寫「野火」慷慨激昂、認爲「所有的社會問題最後都無可逃避地植因於政治」的作家，現在承認些什麼？又學到些什麼？

我承認，政治不是所有問題的根源。只不過在八○年代的極權體制裡，政治霸佔了一切生活領域，因此也遮蓋了某些更深層的問題，譬如文化。

國民黨經過一場「木馬屠城」的大換血遊戲，已經不是八○年代那個任特務橫行的政黨；它是一個有眞正民意基礎的民主政黨了。民進黨也不是八○年代那飽受壓迫的政治異端，而是具有充分制衡力量甚至有可能執政的在野黨了。八○年代所夢寐以求的民主制度已經實現了，那麼要以什麼來解釋新國民黨的黨內專制和民進黨的權力欲望？「民主議會以合法途徑謀求私利」的行徑又植因何處？

於是卡爾．波普在一九五四年的演講對我有了新的意義：

> ……制度，如果沒有傳統的支持，往往適得其反。譬如說，議會裡的反對黨本來應該是防止多數黨偷竊納稅人的錢的，但是我記得一個東南歐國家的例子；在那裡，反對黨和多數黨一起坐地分贓。總而言之，能夠把制度和個人期許聯結起來的，必須是傳統文化。

顯然，反對黨和多數黨坐地分贓的不只是咱們台灣人。但是波普一直強調的傳統文化——使民主制度落實可行的傳統文化，在台灣的歷史環境裡非但不是一個可以補充民主制度的力量，反而是一個必須克服的障礙。政論家批評李登輝專斷，可是他的專斷難

道不是圍繞著他的人的順服所養出來的？這些人對主子的順服裡頭又糅雜了多少傳統文化的線索？

獨裁體制沒有了，而黨主席依舊專斷，而議會依舊「自肥」，這時候雲消霧散，問題的癥結才暴露出來：是文化，不是政治。

文化又是什麼意思？無非是一個群體

1982 年，三峽祖師廟戲台。（梁正居攝影）

中個人的價值觀和行爲體現吧。走過紛紛擾擾的十年，發現的竟是：只要有權力的試探，任何人都可以墮落。這當然包括，或者說：尤其包括八〇年代理想主義的英雄們。

「野火」的中心信仰：「比體制更根本的問題，在於個人。」算是歪打正著？

解放竟是過程

當極權體制瓦解了，還有什麼東西壓迫著個人呢？從什麼解放出來，向什麼爭取權利？八〇年代，這些都不是問題。個人面對著強悍的體制，像瘦小的大衛仰望巨人。只有在巨人倒下之後，大衛才赫然面對了自己和自己的夥伴們。

夥伴們的意見就叫做「民意」。九〇年代，民意以鋪天蓋地的氣勢主宰社會，透過報紙、雜誌、廣播和電視，塑造新的價值標準。「政治正確」是它一件剪裁得體的西裝。于右任的銅像被拆走，換上庸俗不堪的眩目花燈；但是沒有人敢站出來說眩目花燈庸俗不堪，而于右任的書法和當年辦教育的理念值得尊敬。花燈，代表新興大眾，不管怎麼庸俗醜陋；于右任銅像，代表要打倒的國民黨舊秩序，不管它是不是有更深遠的意義。反對民意，就是反民主。

但是在民意當權的時候，竟也有人這麼說：

> 獨立的個人迷失在群體中。在政治上民意掌控這個世界。唯一有權力的就是大眾和那以執行大眾意向與直覺為宗旨的政府，在道德領域、人際關係、公共政策上，率皆如此。……這個大眾並不向他們的……菁英或書本求取意見；他們的意見來自他們的同類，以大眾為名義，透過報紙草率形成。

也就是說，民意可能惡質化成一種多數的、平庸者的暴力，限制個人的發展，所以當集平庸之大成而形成的民意越來越是社會主流的時候，制衡這個趨勢就得讓

> 更多的思想頂尖的個人出頭……一個社會中特立獨行的人越多，天份、才氣、道德勇氣就越多。

也就是說，個人要從民意的強大束縛中解放出來，要向民意的平庸統治爭取不同流俗的權利。極權瓦解之後，壓迫著個人的是無數個個人所結成的集體，「民意」。

說這話的可不是什麼八〇年代歷盡滄桑的英雄，而是英國的政治哲學家小米爾，寫在他的經典之作《論自由》裡，發表於一八五九年。

在一八五九年，他警告英國同胞：如果維多利亞王朝的英國人不抵抗民意的專制、不鼓勵個人的獨立發展，那麼他們最可悲的下場將是：變成另一個中國，一八五九年的停滯不前的中國。而中國之所以停滯不前，是因爲那個國家只知道群體的齊一，不知道個人超越卓群的重要。

不，識見短淺，閱歷有限。八〇年代中完全沒有想到，或者說也沒有時間想到小米爾在一百三十年前提出的問題。現在，對於嚴復把《論自由》譯爲《群己權界論》所表達的對「自由」被無限擴張的不安，我開始有了新的體會。梁啓超在七十年前說過的話，更令我驚詫其早熟：

> ……豈獨軍閥財閥的專橫可憎可恨，就是工團的同盟抵抗乃至社會革命還不是同一種強權作用！不過從前強權，在那一班少數人手裡，往後的強權，移在這一班多數人手裡罷了。

難道說，解放竟是一個永無休止的過程？難道說，如前人已陳述，解放不等於自由，因為得到了某一種自由之後勢必要出現另一種不自由，需要更進一層的解放？於是我想起哲學家德沃根所提出的「背景理據」(background justification)。爭取什麼權利要看當時當地的「背景」做為「理據」。譬如近代西方社會的組織及法律原則多根據效益主義(utilitarianism)而形成，那麼在這個社會中所謂爭取權利就是爭取反對效益主義的權利。換一個時間空間，爭取什麼權利要看當時當地的「背景理據」是什麼。

八〇年代的「背景理據」是國民黨的一黨專政，我們追求的權利是反對一黨專政，以民意取代獨裁。九〇年代的「背景理據」就不同了，它變成膚淺民意的無所不在。九〇年代必須爭取的權利也就變成如何洞察民意的虛實眞僞、如何保護少數的不受侵害和腐蝕、如何保障眞正意義的自由了。

比較起來，八〇年代的「奮鬥」雖然冒著坐牢的危險，人們的心情是自信而輕鬆的。極權體制是那麼大一個目標，打垮它只需要些英雄氣概。九〇年代看起來平庸而安靜，可人心惶惶不安，首先就鬧不清敵人究竟是誰。在八〇年代，貪污腐敗、火燒水災死人，都可以怪國民黨；在九〇年代，官商勾結、黑道橫行、火燒水災照樣死人，卻不知要怪誰？政府由小市民自己投票組成；如果還有什麼要被打倒，那

最該被打倒的，竟是小市民自己的種種弱點。當政治責任由獨裁政體轉到了個人肩上時，個人頓時發現了自己體質的虛弱。

來自黑暗

發現個人體質虛弱的，當然不只是解嚴後的台灣人。經過納粹統治和共黨政權的德國人一次又一次地發現國家權力如何可以輕而易舉地吃掉個人，到今天還在討論自由的危機。解體後的俄羅斯人和東歐人眼看舊權威崩潰而新秩序無從建立，叢林的掠奪原則得以盛行。個人體質相對結實的，全世界也不過英法美少數國家，而他們已經花了兩百多年的時間在培養個人體質。

個人，當他是反對者的時候，他不被捕殺就是聖潔的英雄。當他不再是反對者，嚴酷的測驗就來了：他是否能抵擋權力腐化，他是否能承擔責任，他是否能容忍異己。一九一一年的國民黨、一九四九年的共產黨，都在測驗中暴露了自己的本質：那打破了專制的英雄們竟是無數個專制的個人。個人，才是黑暗的眞正來源。

一九八七年在台灣發生的寧靜革命不是哪一個黨的革命，而是眞正的全民運動，人民把權力索了回來。在綿長的中國歷史上，這是青天霹靂第一回，不能不使人屏息靜氣，想看個分明：這人民正在接受測驗，他是否能愼用權力？他是否能承擔責任？他是否能容忍異己？

不知道，測驗正在進行中。但是當我想到，在一九三五年，蔣廷黻和丁文江都斬釘截鐵地認爲「民主政治在中國今日不可能的程度遠在獨裁政治之上」，理由之一就是「中華民國的人民百分之八十或七十五以上是不識字的」，我就明白我們現在用的是多麼高的標準在要求、在衡量台灣的人民。半個世紀的路雖然曲折，沒有白走。

1984 年，高雄加工出口區女作業員宿舍前的下班機車潮。（李文吉攝影）

如果說，扛在個人肩上的重擔使人步履不穩、心中不安，或者說，消毒隔離病房走出來的個人現在面對各種病菌侵襲而適應不良，他是否願意回到原來安全控制的消毒房裡去過日子？

碰見一個愛說話的計程車司機，從和平東路開始抨擊政府和財團一直抨擊到圓山飯店。「那麼，」我下車時問他，「還是蔣家政權好嘍，你這麼說。」

他用力地搖頭，「當然不是。以前的特權是合法化、體制化的，合法體制到你根本不知道它是特權。現在是個人行爲，而且你知道它是非法的。差別可大了。」

司機說話，充滿自信。

胡適在二〇年代說，必得先下水才能學會游泳；自信的司機便相信，必得離開消毒病房才能建立自己的免疫能力。自由主義不自由主義，只有檢驗才是唯一的眞理吧。

夢想光明

走過台灣的八〇年代，不能不是一個徹底的個人主義者，繼續夢想光明，面對個人最深邃的黑暗。不眨眼。

八〇年代台灣的思想風景

⊙廖仁義

從 1987 年的作品《鍾馗之死》開始，「優」劇場在宗教儀式氛圍、民間劇種形式與面具造型中溯源，尋找新的戲劇表達方式。（潘小俠攝影）

雖然隨時聽得到激昂的吶喊，但那畢竟是一個含淚播種的年代。

一九七九年，台灣爆發了震驚海內外的「美麗島事件」。這個事件，爲七〇年代寫下了悲愴的句點，也爲八〇年代開啓了激動的序幕。它不但是台灣民主運動史的一個重要分水嶺，也是台灣知識分子思想蛻變一次沉痛的洗禮。它使關心這塊土地的知識分子，不論身處島上或異邦，都迫切地必須重新調整焦距，開始檢討自己理論探索的歷史航道，也開始反省實踐的著力點。

從此，一波接一波的思潮，也隨著理論與實踐之間的相互論辯，衝擊著這塊島嶼。浪花，沖潰了不少禁忌，也營造了許多新的風景。或許眞實，也或許虛幻，我們不無懷疑，但我們最關心的還是，它們是否能讓新的一代在不久的將來歡呼收割。

期待

歷史事件並不是一個獨立的峰頂，而是來自經年累月的胎動。因此，「美麗島事件」標記的其實只是這個高峰，它背負著七〇年代的記憶。

隨著聯合國席位的喪失，民族主義成爲七〇年代台灣的思想基調。因著不同的思想淵源，這個基調又表現出不同的面貌，其中最具代表性的分別是：一、以《大學》雜誌爲代表的自由主義運動；二、以《鵝湖》雜誌爲代表的新儒家運動；三、以《夏潮》雜誌爲代表的社會主義運動。雖然這些思想運動各自有其不同的意識形態，而且未必都跟政治態度有關，但是卻都成爲那一時期具有民族主義色彩的主體性論述。這些論述，其實多少都透露出對於思想自由的期待。

但是，在當時國防部總政戰部主任王昇的領導下，以「心廬」與「劉少康辦公室」爲據點的思想掌控集團，卻也逐漸支配了台灣的學術與傳播界，動輒以「共匪同路人」或「思想有問題」的莫須有罪名迫害思想異端，使台灣的思想界人人自危，陷入病態，至今仍難以復原，而這也就是當年「台大哲學系事件」的發生背景。然而，最諷刺的是，在台灣的思想自由日漸好轉的今天，這個曾經以「共匪的同路人」的罪名陷害他人

的集團，在他們被民主社會識破並被唾棄時，卻反而是最積極拉攏中國共產黨以自衛的一群人，這個現象，我們可以姑且稱之爲「紅色併發症」。

雖然七〇年代曾有凌辱學術尊嚴的「台大哲學系事件」，也有著被「紅色併發症」所曲解的「鄉土文學論戰」，但是，這一切不公不義，只能突顯出當時意識形態的狹隘格局，卻不曾瓦解台灣知識人對思想自由的期待，也便是這分期待，使得我們在聽到民主運動的吶喊聲的同時，也依稀聽得到思想啓蒙漸漸逼近的呼喚。

一九七九年，也就是「美麗島事件」發生之前的夏天，曾經在「鄉土文學論戰」期間一再被扣帽子的編輯人高信疆，不畏政戰單位的一再威脅，又在當時他所主編的《中國時報．人間副刊》上，推出一系列的思想性專輯。

《新新聞》雜誌封面。（蔡其達提供）

《蓬萊島》雜誌封面。（蔡其達提供）

這些專輯，不但使長期以來被視爲禁忌的「五四運動」重新浮上檯面，而且使不受當局歡迎的兩個思想觀點又可以發出聲音。一個是以徐復觀爲代表的自由主義新儒家，一個是延續殷海光精神的自由主義。前者經由思想性論述鼓舞台灣的民主運動，甚至在「美麗島事件」最風聲鶴唳的大逮捕期間，爲文聲援受難者；後者則由於殷海光的弟子林毓生與張灝的回國講學，又重新給予殷海光正面的歷史評價，而且也等於某種程度開啓了平反「台大哲學系事件」的風氣。

後現代

⊙晏山農

這個字眼首見於三○年代，在六○年代開始發芽成長，到了八○年代以後，蔚為無所不包、全球風行的趨勢潮流和術語。後現代主義並非一種特定的風格，而是旨在超越現代主義所進行的一系列嘗試。它的特徵是：深度模式消失、歷史意識不見、主體解構、距離感抹平。它首先表現在建築、美術、雕刻諸領域，而後及於哲學、文學、傳播、社會科學，甚至宗教、政治等都涵攝在內。

依詹明信的說法，後現代主義是晚期資本主義的產物；李歐塔則聲稱，後現代反對「後設敘述」，追求的是「公正的」語言遊戲；哈山進一步認為，後現代同時表現為不確定和內在性兩項特質。不確定包括含混、分裂、解構、離心、位移、變形、多元性、隨意性等，它是反叛的力量；內在性則指散布、傳播、相互依存、交流等質素，是確舊立新的力量，後現代同時兼容並包歷時性和共時性。當後現代成為耳熟能詳的陳腔濫調之後，「意義」更為分歧難解，但人人都能感受到後現代的存在，直至下一個思潮取代它為止。

實踐

「美麗島事件」雖然一時重挫民主運動，但是並未擊垮知識分子議論時局的勇氣，更沒有敗壞他們的良知，反而使他們擺出一個全方位的實踐姿態。

一時之間，不但知識分子大批湧進當時的黨外陣營，而且，各種跟社會實踐有關的思想學說也逐漸蔚爲顯學，從而也使八〇年代成爲一個社會哲學的年代。其中，最受重視的應該是韋伯與馬克思，以及各種從他們找到理論依據的新馬克思主義思想家，諸如盧卡奇、葛蘭西與哈伯瑪斯。姑且不論這些思想學說是否相應於台灣當時的社會情境，也不論它們是否能受到深入的研究，至少這個趨勢說明了政治的禁忌已經阻擋不了知識分子追求新知的決心，以及他們想要超越昔日被政治冷感症所矮化的思想格局的意圖。

記得一九七九年只是爲了出版林毓生的《中國意識的危機》，我還曾經陪出版社老闆被當時還是宋楚瑜當局長的新聞局約談，原因只是這本書寫到了胡適、陳獨秀與魯迅。但是，到了八〇年代，幾乎已經沒有人害怕被說「思想有問題」了。

如果說做爲編輯人的高信疆爲思想啓蒙播下種子，那麼金恆煒便是爲思想啓蒙施肥，使之枝葉更爲茁壯茂密。一九八三年以後的《人間副刊》，大量引進新思潮，開闢各種論辯的議題，乃至於對過去因爲意識形態禁忌而具有魅力的思潮採取了更高的反省姿態，使理論與實踐之間糾纏不清的關係得以獲得進一步的檢討。

延續著這個反省，一九八六年六月《當代》雜誌的創刊可以說是台灣思想史的一件大事。就從創刊號以法國後結構主義思想家傅科做爲專輯人物來看，它已經宣告了台灣的知識分子想要爬過新馬克思主義的峰頂，往前探勘更壯觀的風景。

在那個新發現的風景線上，我們看到了符號學，它使我們能將理解本文的策略運用於更廣義的日常生活之中；我們也看到了解構理論，它顚覆了文本意義的「中心／邊陲」

位置；當然，我們也看到了從這些解讀策略中充實起來的女性主義思潮，它帶動了我們對男性論述或男性書寫的質疑，也使我們發現到，昔日的社會批判理論中，竟然隱藏了許多以男性為中心的主體性論述。

雖然在這個風景線上實踐逐漸演變成關於實踐的論述，但是，一些過去輕易就被視為實踐準則的概念反而因此得到了更深入的反省。

在地

基本上，台灣的學術界對於社會的變遷是持著觀望態度的，更遑論對於政治改革，同樣的，在思想禁忌的突破與新思潮的研究上，它也總是後知後覺，只在民間的努力已經果實纍纍時才搶著出來收割。

八〇年代最值得驕傲的，就是民間力量的覺醒。這股力量，也使得台灣思想史進入一個具有草根精神的時代。說到這個精神，我們不能不提到兩個重要線索。

一個是《南方》與《台灣新文化》的創刊。《南方》是一群學運菁英為自己與更廣大的知識菁英進行思想論辯而創辦的刊物，雖然財力單薄，但是對當時校園的思想視野的開拓卻有重要貢獻。至於《台灣新文化》，也是當時本土作家籌資創辦的刊物，致力於釐清台灣文化的特殊性，及其在將近一百年的「脫中國」歷程中跟中國文化之間的差異。這些論述，在我們今日看來，或許稍嫌粗糙，但是就其當時有限的知識裝備而言，其實已經發揮了振聾發聵的作用了。

另一個是《自立晚報》以及其後《自立早報》的副刊。在詩人向陽奠定的本土特色的基礎上，詩人劉克襄接棒後，又將《自立副刊》帶向了另一個高峰。最重要的是，劉克襄個人雖然懷有濃厚的本土色彩，但是他對本土文化在理念反省與自我批判方面的單薄有著高度的警覺，因而刻意加強一個已經被定位為本土性的副刊的思想深度。特別在自然寫作與原住民文化的重建上，突顯出一種以弱勢者為立場的脫中心論述。甚至，我們可以說，它一度曾經是懷著逃走論思想的游牧民族的大本營。

80 許世賢與黃順興

【八〇年代影像誌】

⊙梁正居／文·攝影

許世賢，自一九四六年問政，曾四度連任省議員，她原為中國國民黨員，卻退黨為無黨人士，她對派系也缺乏興趣，一九八二年七月嘉義市升格為省轄市，她當選為市長，但是在一九八三年六月因病去世，不勝可惜。

一九八二年夏秋，嘉義市長許世賢，台灣有史以來第一位女市長，受市民愛戴的行政長官，和當時她的主任祕書黃順興先生，坐在市府會客室內接受訪問，有問有答，和當時的國民黨黨政高官比較，少了官模官樣的氣勢包裝。

黃順興，順便一提，他是台灣政黨異數，不但擔任過台東縣長、立法委員，後來還當過中華人民共和國的人大代表，他一生關心台灣，同時又關注中國大陸，立志於投身中國大陸的反污染、反生態破壞運動，特別反對西方高污染工業向開發中國家的移轉。

這些草根思想的浮現，在台灣的消費社會已然成形的環境中，多少還能維繫民間力量免於被商業力量染指。但是，草根意味著它畢竟只是會思想的蘆葦，它能撐多久？

消費

不是在抱怨，只是在說明事實。可能海島的地緣特性吧，台灣是消費型文化的溫床。它消費一切外來的事物，支持者說那是一種知的權利，而且，它也消費它自己，乃至於用死亡作爲透支消費的代價，如果我們過於

緊張，支持者還是會安慰我們說，放心，那是一個民主社會的特色。

是的，解除戒嚴帶來了台灣的自由空氣，我們開始享受一切應該享有但卻曾經被切除的自由。從那時開始，沒有任何一種思想是被禁止的。然而，我們或許也還記得，在台灣，雖然思想探索的道路上曾經有過幽深的斷層，但是消費社會可都是一直活得好好的，特別是在思想不再有警總，才剛開始要深耕的時刻，我們的消費文化已經到了無所不消費的階段了。可以這麼說，當我們的思想深耕還處於未開發國家的狀態時，我們的消費裝備已經是高度開發國家的水準了。

在這種氛圍中，我們聞得出來，許多東西還沒煮熟就得吃。等到煮熟了，恐怕就賣不出去了。這就是我們的消費社會留給民間社會的生存空間，而我們清楚知道，思想不是這樣可以深刻起來的。這就是解嚴以後與報禁解除以後的思想風景，如果那也算是風景的話。

我們發現，在這樣的風景線上，我們對「美麗島事件」的記憶已經遠去。不知道是「美麗島事件」之後的民主運動已經因爲新政黨的成立而遺忘了知識分子的聲音，或者是知識分子已經在新奇的觀念遊戲中遺世獨立，或者，知識分子與政黨即使在實踐的層面上還是有不同的遊戲規則？總之，殷鑑已遠。隔著消費社會的複製機械，吶喊的聲音也不再鮮活。

當然，我們不一定因此必須悲觀，活著不是只能有一種方式。雖然在八〇年代結束以前，我們曾經一陣子腳步慌亂，而九〇年代已過的日子裡，我們也曾覺得徬徨無助，但是，那只是塵埃落定以前的狂風飛舞。對於有警覺的人們而言，日子會像艾略特的〈四首四重奏〉中的詩句一般：

1980年，台南。
（林國彰攝影）

去吧，這鳥說，因為樹葉裡面全是孩子，興奮的藏著，噤住笑聲。

我們知道，歡呼收割的不是我們，而是我們的孩子。對於我們在狂風暴雨中播種時不時跌倒的身影，他們會原諒的，他們將是心胸更寬闊的一代。

從沒有單位到集體發聲

⊙鄭至慧

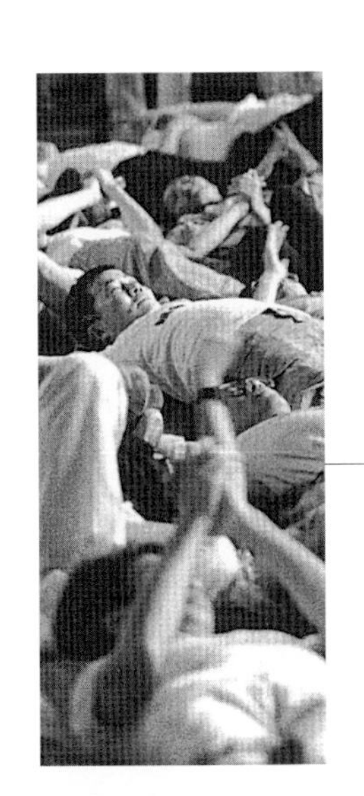

一九八〇年代伊始，美麗島事件餘波蕩漾，婦女運動拓荒者呂秀蓮被捕，媒體充滿了意淫的興致，津津樂道她除了涉嫌叛亂，還推行性解放。這未免太抬舉力量薄弱、尚未挑戰性議題、更完全不敢靠激進耍帥的女性運動了。聽到媒體如此造謠，我氣急敗壞地打電話去電視台要求更正。什麼屁用也沒有。一個官腔官調的男聲回答道：「我們有證據。」喀答一聲掛了我的電話。

那是個語言圖騰運作得極其微妙的時代。所有與「群眾運動」有關的字眼都令人興起政治恐懼，因此「婦運」這個名詞幾乎只有官方可用。對我來說，它代表的無非高中女生要定期去婦聯會爲三軍將士捲紗布。至於曾經代表民間婦運的名詞——新女性主義——在與叛亂、性解放畫上等號之後，迅速被污名化了。我們如果還要表達推行婦運的意願，就得用曲筆囉哩囉唆地寫成「關心婦女問題的人認爲」之類的一長串字。多年後，我寫過一篇文章叫〈「沒有單位」的女人搞革命〉，講一九二六年武昌妓女想參加婦運卻備受排擠，寫時竟沒想起這標題對八〇年代初期的我們一樣適用，或許我們還更慘，不但沒有單位，搞的還是沒有名字的婦運。

由於戒嚴時期不准成立人民團體，即使在美麗島事件之前，我們也只能成立一個十餘人的讀書會，交幾個不把婦運看成洪水猛獸的朋友。事件之後，面臨更加深化的白色恐怖，這麼迷你的讀書會也橫遭注意，不得不停擺。事實上，直至解嚴，無團體之名的婦運團體始終是調查人員興致一來，就蒞臨關懷之處。生活從來沒那麼像過張愛玲說的「一襲華美的袍，爬滿了蚤子」，動不動就被螫一口。

政治氣氛如此險惡，生活中的性別迫害更無所不在，現在看來或許竟如天方夜譚，有的令我至今思之惻然，如年屆三十歲或已婚的國父紀念館女職員就要自動離職，率先抗議者承受壓力不過，跳樓被勸阻後精神崩潰了；有些事又荒謬到令人怒極反笑，例如老立委提案鼓勵授母乳，理由之一是母親哺乳後「乳房隆起，益增美觀——字字皆見於立法院公報。

社會對種種不公不義視爲理所當然，認爲婦女問題不是女人遇到什麼問題，而是少

數偏激女人造成的問題。去電台上節目，男性電台節目主持人指責我們談性騷擾是「破壞兩性互愛」。親友聚會時談起爭取夫妻平等財產權，某位男士控訴我們「挑撥夫妻離婚」，偏激女人急於爲自己辯誣，不小心說溜了嘴，竟對這擁有少妻的老夫說出「法定財產權不只在離婚時對婦女不利，丈夫先死也會造成問題啊……。」他勃然變色，我摀住了嘴，從此不敢再奢望向他募款。

事實上，想來不少同志像我一樣，剛從文藝少女——或其他身分——「改信」女性主

代夫出征

⊙晏山農

美麗島軍法大審以後，黨外為延續民主香火，推出受難者家屬周清玉、許榮淑等投入一九八〇年底的增額國代、立委選戰，雙雙以最高票入主國會殿堂。尤其是周清玉，在人山人海的政見會場，於〈望你早歸〉的哀淒樂音中，手牽獨生女姚雨靜上台控訴國民黨政權的不公不義，台上台下共哭的場景，成了日後受難者家屬「代夫出征」的範例。

其後，整個八〇年代林黎琤、方素敏、高李麗珍、莊姬美、藍美津、吳淑珍、周慧瑛、葉菊蘭都先後加入「代夫出征」的陣營，除了高李麗珍馬失前蹄外，基本策略都極為成功。然而，隨著政治受難者的陸續出獄，男性重新掌握了在野政治勢力的主導權，九〇年代以後，即使原受難者家屬還能當選民意代表，泰半已是憑自己本事，而不是受難家屬的標籤，「代夫出征」的影像逐漸褪去。

義時，天眞地以爲「好東西要與好朋友分享」，向所有知交「現身」，結果大多數人十分爲我抱歉，「她沒有以前那麼愛漂亮了。」我聽到她們在背後議論我的江青頭及從舊貨店精挑細選的草綠軍服，感覺又被跳蚤螫了一下。最令我又痛又癢又想笑的評語是：「你現在眞是一個『新婦女運動者』了？」（和「關心婦女問題人士」一樣冗長）「……（沉吟了好久以後），那麼（他生怕我搞壞身體，無比關懷地問），你是不是也吃素了？」我赫然發現婦運者的負面刻板印象如何深入人心，集醜女／浪女、縱欲／禁欲、偏激／拘謹、無助／囂張等矛盾形象於我們一身。難怪八〇年代中期以前，不少婦運支持者選擇半出櫃狀態。

就算堅決反對吃素，如果一直不「運動」，老是呆坐著反芻無力感，徒勞地搔那些小痛小癢，身體也一定要搞壞的。有一天，在編輯台前面對一篇從消費者運動（當時唯一勉強可以運動名義存在的運動）觀點訓誡母親應該自己釀製醬油給子女吃的文章，我發覺自己唯一能做的事是把所有「母親」字樣改成「父母」，雖然我完全無法想像任何一個台灣父親下班後在家孵醬油。又有一天，老闆面對一疊應徵者的資料愁容不展：「怎麼辦？又都是女的。」他推心置腹地問我。我驚得張大了眼睛，又不得不提醒他眞相，提心弔膽地回道：「先生，我也是女的。」

這是我生命中最悶的一年。漸漸地，大環境有點鬆動的跡象。朋友的朋友老是把「蠢」字錯說成兩個春天一條蟲，倒是歪打正著。美麗島事件之後過了兩個春天，一九八一年起，我們再也遏止不住蠢蠢欲動的念頭。在戒嚴法的諸多禁令下，循正常管道成立人民團體仍不可能，亟需另闢蹊徑，創造一塊女人集體發聲的論壇。幾經討論，決定上上之策莫過於辦雜誌，一方面可以討論婦女議題，另一方面也可假雜誌之名，伺機在縫隙中辦活動、交朋友，變相從事社運。

當時，社會上若干在媒體上較夠力的開明人士正流行一種說法：中華民國婦女的地位已經夠高了，不需要再去爭取權益，只該力求「自我成長」與「自我肯定」。至於成長了的女人要如何才能肯定三十歲就被迫離職的自我，那還是她自家的事。因爲，「成

襁褓置書下。 1988年台北紀伊國書店。（林國彰攝影）

長」派人士指出，改變要從自我做起，然後環境會因你的改變而改變；反之，如果環境沒有改變，便是你自己的改變不夠完美。

如果丈夫禁止你參加成長團體，表示你的成長還不夠。好古老的邏輯——受害者被譴責。它眞正的意圖是在捍衛體制，防止女人打破孤立的自我，聯合起來改變外在。婦運同時被政治保守勢力與社會開明力量夾殺。在這種處境下，爲一份婦運刊物取名，眞是煞費苦心。幾經推敲，歷時良久，才決定了一個表面看來溫和中立的名稱：《婦女新知》。至於眞正的寓意——以新知帶動女人覺醒——則迂迴地表達在《婦女新知》的英文名稱 **AWAKENING** 上。

當時，我正式的職業在主流媒體，那裡女性的議題被認爲較不重要，女人的角色被

1984 年，捕殺伯勞鳥。
（中國時報資料中心）

界定為文化的消費者或被動的接受者——受教者，任何自覺女性如要對父權體系提出批判，都必須委婉從事，以免改革的目的未能達成，先被亂棒打昏。但現在有了《婦女新知》這樣的團體，職業之外、婦運之中，可以開始嘗試女人作為性別反思主體的書寫，創造女人作為複數的行動經驗了。

記憶中，《婦女新知》籌備創刊期間，大部分的聚會在我家舉行。下班後匆匆趕回家，期待門前長長的小徑上，熟識的身影陸續出現。這些人，有的從讀書會時代算起，相交已三年了。熟識的身影又牽拖來新鮮的，在暮色中左顧右盼地辨識我家門牌。還在讀研究所的尤美女就這麼來了，法律專欄有了著落；簡扶育背著沉重的照相機，這三個女兒的年輕媽媽步上攝影之途沒多久，相機裡已蘊藏著大批台灣婦女久被忽視的影像，與主流攝影中被物化的女人那麼不同，正等待在雜誌上與大家相認。

一九八二年二月，第一期《婦女新知》月刊誕生。從採訪、寫稿到美編，幾乎都靠大家出錢出力，付出精神財力最多的李元貞自然變成這群「黑手」女人的總提調。和我編過的豪華女性商業性刊物相比，《婦女新知》自然說不上花容月貌，甚至不夠專業，但可貴的正是那分另類感，就像簡扶育用自然光拍攝的平凡女人黑白相片，顛覆了我慣常在攝影棚裡目睹過程中精密打光、上妝、擺出挑逗姿勢的明星照。

然而，質樸無華、定價低廉（廿五元）意味著無利可圖，沒有經銷商願意代理，於是發書也只好自助。記得最初幾個月，大家來我家開會之前，我就趕著騎車從台大到師大，去那寥寥幾家願意販售我們雜誌的書店結上個月的帳，送新出版的當月刊。退書總是很多，回程與去程的負載所差無幾。在其他路線上義務發書的小妹之一是李元晶，她想必和我一樣挫折，以致發展出一種艱苦卓絕的表情，雙唇一抿，就散發出決心苦幹十五年的光芒。

女強人

⊙伊里

八〇年代，強人政治走進歷史，卻有另一種強人在此時誕生，那就是「女強人」。她的特質是：事業上步步為營，拚出一片天空，而婚姻、愛情的無以為繼往往是它的附屬品。

一九八四年，朱秀娟的長篇小說《女強人》打響了這個名號。事實上，當時反映女強人生活的小說還有蕭颯的〈如夢令〉、孟瑤的〈一心大廈〉、廖輝英的〈紅塵劫〉和〈盲點〉，但女主角大都事業成功而婚姻失敗，只有朱秀娟的女強人事業愛情兩得意，因此評價各異，但，無論如何，《女強人》一書的暢銷的確反映出廣大女性熱切的渴望。

作為八〇年代的新產物，「女強人」一詞呈現女性走出家庭、參與勞動市場的景況，並且拋卻傳統「男強女弱」的價值觀，不畏懼追求成功。然而在保守的主流論述下，女強人從一開始便背負著污名和壓力，即使九〇年代的今天，事業有成的女性愈來愈多，卻彷彿只有幸福的婚姻和愛情才足以證明她們是全面圓滿的、真正的女人。因此，「女強人」一詞既兼具讚嘆、佩服，同時也帶有挑釁、質疑的意味，是男性社會中對男女雙重標準的展現，它承諾了女人力量，但也帶給女人壓力和傷害。

李元貞籌措來的錢，兩年多賠光。戒嚴令仍未解除，利用雜誌辦活動的必要仍然存在。從一九八四年起，十個社務委員每月各捐一千元，直至八七年解嚴，雜誌社正式轉型爲基金會爲止。當時這筆微薄的捐獻只夠維持一份報紙型的刊物。《婦女新知》脫去套色（比起彩色，已經夠寒酸了）的封皮，黑白短小地繼續存活。家庭主婦年、兩性對話年……就在這段期間發生。與其說我們對主題對象提供了什麼實質的服務，倒不如說她／他們刺激了婦運的反省。一九八五年婦女節，我們動員親友來家庭主婦活動現場提

供免費托兒服務，好讓爲孩子牽絆的女人也能走出門。目睹家庭主婦用傳統襁褓背著幼兒來參加座談固然高興，但媒體關注的卻只是其中的「秀點」——有「男教授爲婦女帶小孩」。明天誰來帶小孩？這才是匱乏的婦運面對群眾的鼓勵，所應反躬自省的吧。

這些議題引發成立了各種自覺團體，急需激發討論的參考資料，但難以在坊間尋得。基於現實需要，我們成立了出版部，《男性解放》便是因應尙屬創舉的「兩性對話」而譯刊的。原先說好由一位專業譯者執筆，當她看完全書時，竟心情紊亂到無法從事，因爲書中分析大男人主義使男人情感凍結，以拒絕和妻子溝通來逃避面對自我，正是她婚姻中不可解之結。我永遠記得她退回原著時捎來的紙條上寫著：「看完這本書，我的心好苦啊！」

八〇年代後期出版的《男性解放》、《女性新心理學》等至今還是自覺團體的常備書。遺憾的是那時我們眞的還沒有餘力從事性解放，在譯書時顧慮到保守勢力的虎視眈眈，自動刪節了部分當時還十分敏感的婚外情欲等部分。

我們的辦公室屢經搬遷，總在三樓以上，沒有電梯，搬書來的工人心裡不爽，有時把幾十包書丟在樓下就走，陶侃搬磚的典故，辦公室同仁不僅熟悉，且身體力行。但曾經與我們做如此親密身體接觸的書，一旦流入市場，下場卻又不忍卒睹。很少見到這些書籍露出臉龐，與我們在書店平台上相認；最多是在架上努力挺直著脊梁。仍然不免被左右夾擊的書海噬沒。

事實上，女人的文化消費能力正日益強旺，主流書店開始設立婦女類書專櫃（多半位在較爲偏遠的樓上或地下室，與象徵女人甜蜜負擔的兒童書區毗鄰），暢銷的系列泰半冠上成長、學習、身心安頓、溝通之名，既反映女人在變遷中的焦慮，也透露父系社會視女人爲問題族群的異化眼光（我始終不明白爲什麼社會一出現問題就要求女人成

長，而男人似乎從來就一點兒也不需要成長）。排行榜上琳瑯滿目的是《做一個家庭事業兩全的女人》、《做他永遠的親密愛人》等。從書名中頗爲一致的「一個/做一個」看來，女性讀者仍處於既個人又相當孤立的狀況，虛心尋求武功自修祕笈（裡面不乏男性口吻的權威教誨，甚至危言恐嚇女人要安於傳統位置），凡事反求諸己，因此忙得無暇想像她的問題並非個人獨

有，也不是婦女出了問題——所謂婦女問題其實是社會中結構性的問題。

相對於上述這類女人DIY書標舉的藥到病除、光明在望，女性主義著述處理的卻是痼疾沉疴、長期抗戰。《婦女新知》早期的女性主義著譯如《婦女開步走》等，書名中的「人」都是複數、是命運共同體，她／他們不相信個人能超越社會現實而自求多福，更不信不撼動社會結構也能達到完全解放。面對悠遠傳統塑造的僵固性別角色及強大社會建制，反抗性的書寫需要層出不窮的策略，古老的未必過時，失敗的足資借鑑，過激的亦不妨靜觀後效；重要的是必須出自眞實經驗而非美好願望，並配合運動實踐以校正主觀盲點。這樣的書寫有待於讀者不再滿足於接受立沖可食的「如何做」，轉而以主體身分出發，參與反省性別議題的過程，沿途的景象或許十分慘烈，必須踩過奮戰落敗的屍體，但必然也有柳暗花明的旖旎，過去無處尋覓的合心知意姊妹在爲歷史掩蓋的轉角處與我們意外相逢，英姿煥發。最顯著的例子便是到達八○年代末期時，我們出版了和《婦女新知》一起長大的四十七個女人最眞實的書寫，商業掛帥的出版路線視無名女人的日常經驗爲票房毒藥，我們卻從中讀出女人在紙上集結的運動性。

回顧《婦女新知》第一個十年的雜誌與書籍出版，不妨去我們的倉庫裡，發抒一點思古之幽情。出版逾十年的《拒絕作第二性的女人》猶有餘書，封面上西蒙·波娃的輕笑已黯然了；美麗而獨特的《女書》變成女人在石田中種出異卉奇花的偉大象徵，她們幽微的心事卻大本大本地躺在倉架上蒙塵；標示台灣女性藝術家第一次集體發聲的女性藝術卡片，存量多到辦公室擺不下，進駐了目前楊瑛瑛所住的頂樓違建。這說明了婦運走過的那個階段：我們當時所長在於議題設定，卻沒有能力帶動相關的消費。

然而，也就在《婦女新知》的婦運進入第二個十年之後，累積的力量逐漸浮現。對於出版的生產、流通與使用，我們原來只有能力從事生產部分，但透過運動基礎的擴大，生產者的流通能力受到使用者的支持而加強。到了九〇年代，女書店集結了更多的婦運友伴，既承繼也獨立地走出一條較不寂寞的道路，就是婦運翹首以待良久的晚熟果實。

運動就像劇場表演

陳文茜 vs. 楊渡

⊙曼山農／記錄・整理

1988 年，反核活動。（黃子明攝影）

陳文茜（以下簡稱陳）：首先，我認爲要談八〇年代，就得從「美麗島事件」的挫敗講起。「美麗島事件」是台灣社會自二二八以後歷經漫漫長夜，直到七〇年代戰後新世代崛起，所長期累積孕育出來的一股涵蓋政治、文化、本土以及其他面向的運動，它是戰後台灣反對力量最集中的一次反擊，爾後八〇年代的所有反對運動都無法和其相埒。

「美麗島事件」的挫敗，不僅在於當時台灣最有意義的反對力量被打敗，是台灣悲情的歷史事件；且是蔣經國自七二年推行催台青的本土化政策，有意識的和台灣本土力量競爭政治領導權以後，全面接收本土社會的重要宣告。「美麗島」時代所積蘊的是一股「反國家機器體制」的強大民間力量，迨其被擊垮以後，統治當局日後逐步的政治開放，對異議人士而言意義很小，因爲有意義的反對派已被鎮壓淨盡了。

更清楚地說，八四年蔣經國選擇李登輝作爲接班人，即表露出他在和台灣成熟的民間力量的競爭過程中已然占了上風，往後他宣布解嚴、開放組黨，其作用和「美麗島事件」前夕的意義已迥然有別。甚至，國民黨的合法性在李登輝繼任副總統以後就已根深柢固，而直到九五年以後，民進黨才逐漸意識到國民黨已不再是一個外來政權，所以隔年的總統大選民進黨會慘敗是其來有自。

八〇年代台灣的第二個特徵是，它把二次大戰前後的各種反對思潮集中到這塊島嶼來實踐。可是沒有一個世代會如此實驗各種不同的看法，以及運動者並不戮力於做清楚的分析、界定。像七〇年代所展示的熱情澎湃，不論是保釣、台獨運動都呈現出民族主義的概念來，即使當時有自稱爲左派的人士存在，其實質應該是民族主義者才對。

然而到了八〇年代，左翼的想法才眞正在台灣播散開來。而左翼的想法又可分爲兩股，一是傳統的左翼理念，另一則是沿自美國六〇年代以來的新左派、或是哈伯瑪斯所謂「新社會運動」的左翼思惟。各種左翼思潮在八〇年代的台灣不斷交錯互用，有趣的是，所有這些思潮皆爲外來產物，無一孕育自台灣本土。

依我之見，從二〇年代以來，台灣每個世代所抱持的革命目標都是舶來品。我們過

去批評國民黨是外來政權，其實所有反對運動的目標也是外來的，這些目標和這塊土地的脈流有極大的距離。台灣近代史上的運動者不只體察不到意識形態和社會的距離，也感受不出意識形態和自身的差距。所以不論是二〇年代出身地主家庭的左翼知識分子，還是六、七〇年代以後的海外台獨運動，他們所懷抱的目標不但和整個社會脈動脫節，甚至自己也不願去實踐它。像一九七〇年的「刺蔣事件」就完整地把革命者（團體）和目標的差距徹底暴露在陽光底下——行動者認爲組織該承擔一切後果，組織卻不願承接所有的代價。

到了八〇年代以後，這問題依舊持續存在。每個運動者都祇從他所熟悉的意識形態領域去攫取他所要的成分，不論投入工運（如蹲點策略）或政治運動（如新潮流的群眾運動組織方式）都是以拼湊概念的方式爲之，直到最近才慢慢醞釀出屬於本土運動的目標。台灣運動者擬具的目標並非依據運動的實際情境，反而是根據一種和自我疏離的夢想而來，遂導致他的實踐策略和所提的渺遠目標形成平行發展而無交集的概念。縱然其間也引發不少論辯，似乎都和現實背道而馳。

如何解釋這等現象呢？這除了和台灣的運動傳承有關外，更和「美麗島」遭受嚴重的鎮壓密切相連。坦白說，在蔣經國同意民進黨組黨、宣布解嚴的當頭，國民黨儼然像博士班的學生，而民進黨才是幼稚園的階段而已。當時投入反對運動的受難者家屬、辯護律師或原「美麗島」的助理，都欠缺豐富的政治實務經驗，以致無法認識何爲成熟的社會力量，以及如何有效的帶領它。而如此的缺失從政治領域到所有的社會運動都普遍存在。

以今觀之，我們可以確切地說，八〇年代台灣的社會運動並不是眞正的左翼社會運動，而是威權體制開放之後所釋放出來的、大量的社會力量。它既不可能像三〇年代歐洲的左翼力量那麼茁壯成長，也不像六〇年代的美國新左派在常識層面發揮作用，它反

自力救濟

⊙晏山農

按照字義，自力救濟就是指民眾的權益受到不當的侵害或剝削，藉由合法管道以外的途徑，以集體形式在公共場所向政府有關部門或公民營機構所表達的抗議，通常這樣的行動都是以街頭抗議的形式呈現出來。

一九八八年，國營事業員工冒雨遊行請願。(黃子明攝)

八〇年代的自力救濟，以八三年元月反對開闢二重疏洪道的三重居民之抗議行動為濫觴，不過，要到八六、八七年以後，涵蓋了工、農、環保、婦運、學運、反核、原住民、榮民、股市投資人等各行各業的自力救濟行動才紛紛湧現。

由於自力救濟被視為「非法」行為，所以官方及保守人士常祭出公權力企圖加以威嚇，並且視其中的積極參與者為別有用心之士。對自力救濟抱以同情的人士則以民間社會的崛起、資源動員理論等來反制官方說法。大體而言，自力救濟和經濟成長的幻滅、人民相對剝奪心理的產生有關，它同時也是亂中有序的組織行動，所以不能全以「偏差行為」或「脫序行為」視之。

倒像拉丁美洲的發展模式。它的領導階層純是時勢侵逼（美麗島事件的發生）所肇生的，他們充滿各種浪漫的情懷，如書法家般將情懷大筆寫在歷史的宣紙上；但，所有這些浪漫的情懷到了九〇年代以後就逐一仆倒，反對力量就只剩下民進黨這股力量而已。

九〇年代社運的黃金時期之所以畫上句點，和領導者的錯誤有關。領導者激進的策略超過其資源所能賦予他的範圍，遂給予執政者有效鎮壓的藉口。而為何反對力量僅留存一個民進黨，是社運工作者和非政治工作者必須正視的課題。

楊渡（以下簡稱楊）：我們必須先認識，究竟是以歐洲或美國模式來看待社運，還是就台灣社會不同的階段、結構來對待呢？就我個人來說，我認為八〇年代是一段補足資本主義課程的階段。以結構功能主義來界定，政治上，是要求議會民主、選票等値、普選等；社會上，則謀求社會團體（勞工、農民等）的福利，以及環境的要求等；經濟上，則訴諸自由經濟；文化上，則追求自由主義式的多元表現。

然而論其實質，當時的台灣則是矛盾糾結的一個社會。經濟上，外匯存底節節上升，可以直追資本主義發達國家的步伐；政治上，還是以立憲主義為標的；文化上，雖然開始標榜多元，實際上仍受制於戒嚴體制（人人心中有個警總）。像我當年為《深耕》撰寫一篇關於陳文成命案的文章，就引起林正杰、林世煜等人的疑慮，還為此把許榮淑、尤清等人找來討論。基本上，這是一個不完整的、不平衡的社會結構。

方才陳文茜提到社會力釋放的同時，不少人也從海外引進為數甚夥的各種革命理念，我曾一再探究，這些被釋放的社會力究竟要把台灣帶向何方？譬如，一個左翼運動者，當然是以推翻所有制為目標；然而工運的工人並無意投入這樣的左翼行列，他們企求的只是補足歐美工人所享有的基本權利而已，所以，工運領導者（如新潮流、鄭村棋等）的思惟和底層工人的想法是有極大的差異。還有，台灣農運的口號竟是要消滅自己的階級（農地自由買賣），這和社運的本質根本背道而馳。

八〇年代台灣社會力釋放出來的目的並不是要推翻既有體制，而是爲達成社會的平衡結構。由於運動的領導者都或多或少抱有幻想，所以思想行動競相激烈化，像「雞兔同籠」、「議會路線 vs.群眾路線」諸如此類的爭議就層出不窮。領導者既然沒能弄清革命和現實條件的差異，那麼運動陷於孤立，甚或因挫敗而曇花一現就不意外了。

陳：我覺得八〇年代以後投身政治的年輕人和「美麗島」時代的政運工作者最大的差異在於，後者像許信良、施明德都是全心投入的政治角色，絕不是跑龍套而已，前者則是莫名其妙掉進歷史的漩渦。前者對政治的熱情固然感人，然而對政治的認識、準備則相當闕如，於是，運動者相繼落入兩種陷阱而無法自拔，其一是對「行動者教科書」(textbook of actor)的崇拜。像要認識左翼思想就得從馬克思的《資本論》開始，要認識台灣則從史明的《台灣人四百年史》入手，當時人們都是經典文本的崇拜者。

然而當我們還在典型夙昔中取暖，八〇年代歐洲的左翼人士已經認眞在探究「何以古典社會主義只有在三〇年代的歐洲會成功」的課題，並得出這和特殊的歷史情境、政

1989 年，台北龍山寺。（張詠捷攝影）

牛肉場

⊙伊里

此一名詞的由來據說是早期歌廳秀為了招徠觀眾，偶爾在節目中穿插一兩個「養眼」的「葷」節目，被稱為「有肉的」，台語發音被誤譯為「牛肉」，此後凡有「穿幫」或「養眼」秀，都被稱為「牛肉場」。

這種脫胎於歌舞團的脫衣表演，在餐廳秀呈現病態之際，一九八〇年又如雨後春筍在全省復活，其時，西餐廳的小歌星在無法更上層樓的情況下，為了生存轉往牛肉場，下海脫衣，繼而不少電視藝人也因電視生態崇尚港星、充斥港劇，而紛紛下場表演「穿幫秀」，在媒體上引起一陣譁然。

一九八四年「牛肉場」進入興盛期，除了歌廳之外，婚慶喜宴、工地、賣藥……等戶外，無不可見牛肉秀。

牛肉場引發的色情與藝術爭論、階級差異（例如：焚燒色情海報、把色情趕出住宅區）、性別與性慾、白道包庇……等問題，在九〇年代中「牛肉場」沒落、消失之際，依然在不同的議題上借屍還魂。

治經濟條件相關的共同看法。世紀初宋巴特(Werner Sombart)曾寫就《爲何美國沒有社會主義》一書，分析「美國何以是社會主義免疫區」的獨特原因；然而到了八〇年代，舉世研究左翼的人士都已體認到只有歐洲的社會主義才算成功，其他地區的社會主義都是藉助民族主義的反帝國主義概念才得以發展。

第二種陷阱則是，這些運動者之所以投入異議陣營端賴浪漫的情懷，而不是以「政治人物（動物）」自居。當時的異議陣營是由兩大群落組合而成，一是不斷投身選戰的黨外人士（其後則成爲民進黨人），另一股力量則是一般的運動者。後者憑恃的只有熱情，他們所擬具的運動目標其實並非爲台灣社會而存在，反倒是爲運動者本身。於是，

互貼標籤、行動競相激烈化就成爲運動的常態，五二〇農運事件的爆發就是這樣來的。我可以如是說，八〇年代的運動特色就是多元浪漫，給予參與者許多新鮮的衝擊，賦予這個社會更豐富的面向，因此沒有一個時代會像八〇年代，如萬花筒般的紊亂、光芒炫目。

但也因爲它的過度浪漫，所以並未改造多少人們的常識見解。這裡頭唯一成功的只有環保運動，而且環保之所以成功並非運動者之功，媒體記者的功勞反倒大些。其實八〇年代以後的「新社會運動」已經遠離古典社會運動的思惟，它的目標只有兩種，一是「當事人利益運動」（如個人加薪的問題），另一則是改造一般人的常識見解。就後者而言，媒體文化工作者在此遂產生積極作用。

楊：剛才妳提到閱讀幾本教科書的問題，其實這和當時台灣資訊、書籍的匱乏，思想受到禁錮有關。不但左翼的思想在禁絕之列，連三〇年代的文藝作品也成了禁書，這些東西既如武林祕笈般神祕，即使眞找到了英文版的《資本論》，根本就不懂得字裡行間的意思，但乍然獲得還是有如獲至寶的狂喜，而且這種神祕氛圍會醞釀成一種集體反叛的心態，它當然是帶有浪漫的性質。革命青年隨後不管投入政運或社運，就很難彼此服氣或以「政治動物」自況了。

陳：我想要進一步討論的是，八〇年代給台灣留下什麼？爲什麼祇留下民進黨這個反對力量？

話說「美麗島事件」之後的政治參與者都已體悟到「生存比犧牲奉獻來得重要」的法則，即使八九年最悲壯的鄭南榕自焚事件以後，治喪委員會準備抬棺到總統府走一圈，並對外發表「不惜任何代價升高衝突」的聲明，然而，他們在內部會議上卻有志一同的以防止出事爲原則。政治領導人物如此的作爲，今天或可說媚俗，當日則被視爲欺騙，可是「求生存重於問尊嚴」的念頭正是從事政運者得以走下去的原因。由於一般社運人士始終停留於畫圖的階段，他們沒有眞正的挫敗過，所以還滿是浪漫，無法像政運人士面面俱到，這就造成政運和社運發展的分水嶺。

另外，「美麗島事件」之後的反對力量已被擊破分散。一部分是還停留在夢幻世界的一群人，另一部分就是實際參與政治活動的人士，後者既少了浪漫的憧憬，日後要將目標從神聖拉回到世俗層面就不是那麼難。

楊：我很好奇，爲何台灣的社運始終沒有自己的一套承襲力量，只能被政治力量所吸納呢？

陳：因爲根本沒有社會運動的條件嘛！若沒有政治的開放，就不可能帶來社會力的釋放；同時也沒有眞正的社運工作者，他們其實是政治工作者，是從統獨立場的辨識出發的。台灣的運動類型好像辦桌吃酒席般，政運是主廚，其餘都只是跑龍套，有了政運當主軸，才帶動周邊跑龍套的可能性。所以不能說社運被政治力量吸納，反倒因爲台灣沒有根本性的階級矛盾，加上投入社運的都是由統獨立場出發的政治人物，社運當然就唯政治取向了。

那麼我們該怎麼看待自己在此中的成長呢？

其實，台灣的八○年代很像美國的六○年代。八○年代雖然很不深刻，卻極浪漫豐富，而走過那個階段的人們日後即使投入選舉，也都和九○年代以後的參與者有極大的氣質差異。他們帶有一定的價値觀和夢想，到了九○年代以後更爲成熟穩健後，就開始逐步發展屬於這塊土地的論述，這是八○年代留給台灣一個最可貴的資產。這裡頭既有夢想，更有現實，更確切地說，「現實是唯一的夢想，夢想是唯一的現實」。而九○年代以後參與政治很可能純粹是爲了選舉，未必懷抱什麼夢想。另有一群人還停滯在抓口號的階段，既和社會有距離，也和自己有差距。至於成爲文化媒體工作者的一群（像楊渡），他們也同樣擁有夢想，同樣試圖對這塊土地提供某些答案。這是台灣史上首次有一批人可以自創品牌的時刻。

楊：談到八〇年代究竟留給我們什麼遺產的問題，我先聊一下自己的經驗。大概是八七年春，我去了一趟蘭嶼採訪核廢料問題，當地人還搞不清核廢料是啥東西，是關曉榮到當地結識了玉山神學院的知青如郭建平、施努來等，反核廢料的運動才開始萌芽。當年冬天我再去了一趟，因爲台電要招待當地的一些意見領袖到日本參觀核廢料處理過程，老關他們決定發起抗議勸阻行動。由於那是一個沒有階級的社會，所以由晚輩向長輩進行抗議勸阻是相當新鮮的物事，而郭建平以嘹喨的聲調進行群眾演說也滿有樣子，儘管勸阻沒能成功，反核卻動了起來。

此後帶著幻燈片到各部落，並以他們傳統信仰的惡靈觀念來解說核廢料的危害，於是驅除惡靈的運動由此展開，再經由媒體工作者的大力宣傳，等到十年時間一過，今年（一九九八年）年初的縣市議員選舉形勢已經丕變，由國民黨支持的人已垮下來，反倒是反核的郭建平當選了縣議員。從十年前對核廢料的全然懵懂無知，到如今人人都有高度共識，環保觀念的落實較之農、工運是明顯許多。

陳：像我這種在八〇年代胡裡胡塗走進政治領域的人，其實挫敗的經驗反倒讓我和政治維持極大的距離。八〇年代林家血案、陳文成命案，以及鄭南榕出殯日詹益樺的自焚事件，讓我看到的不是生命消失的殘忍，而是威權的戒嚴體制之下，人爲求尊嚴、生存常不得不扮演殘酷、卑微的角色。九〇年代的社會固然不再有生命撕裂的現象，然而八〇年代帶過來的痛楚，一方面使政治人物必須面對現實，另一方面也讓人警惕到又不能太現實。

固然民進黨是八〇年代的唯一遺產，但八〇年代初始的發展就已注定它必然會失敗，這我在前面已經提過。另外，冥冥之中有些殘酷的安排也讓民進黨陷入歷史的困境。過去民進黨那種前仆後繼的抗爭模式、樸素有力的口號，使它完成了舊時代的使

老康的時代剪影

⊙晏山農

寒風微雨夜低垂，講台上一個低沉沙啞的嗓音，以極度感性的口吻說道：「今夜的雨是為我下的！」這是八三年底黨外選戰挫敗後的淒涼意象。懷抱這等「獨留青塚向黃昏」的悲情，落選後還引起朝野各界同感惋惜的，正是八〇年代的鋒頭人物康寧祥。

話說「美麗島事件」以後，黨外多數菁英身陷囹圄，肅殺疑雲罩頂，此時可沒人敢期盼「滿川風雨看潮生」。尤其獨留立法院挑大樑的老康，他所面對的險惡江湖是：以王昇為首的右翼氣燄囂張不已、黨外新生代則顯得功力不足。為求和國民黨繼續周旋，他既和國民黨內的吳延環、梁肅戎、程烈等資深立委交好；他並糾合立場、性格較接近的康水木、張德銘、黃煌雄等人蔚為形象溫和的「康系」。八二年六月老康率領張德銘、黃煌雄、尤清等人進行了一趟訪問美日的「黨外四人行」，更奠下他內政外交兼顧的穩定基礎。

（中國時報資料照片）

另一方面，老康一再以「呷緊弄破碗」的話語來殷殷告誡新生代們要力避暴力邊緣的策略，務使黨外主軸能由群衆運動拉回到桌面政治。在他創辦的《八十年代》系列裡，就娓娓地向中智階級進行理性、現實主義的訴求，企圖透過社會力向國民黨持續施壓，以達到政治改革的目的。而他本人勤讀苦研、擴張國際視野的努力更是有目共睹。但，故事絕非如此美滿。

八二年五月由於黨外立委放棄杯葛警總預算一事，老康成為衆矢之的。由許榮淑發行的《深耕》開始公開痛斥老康放水，其後在作家李敖「志在攪局」的鼓動下，批康行動持續經年。老康所代表的務實立場和新生代的激進思維難以枘鑿相容並自耗內力，終致八三年底的選戰黨外慘敗，老康的落選雖令人錯愕（包括激進的新生代），卻是其來有自。

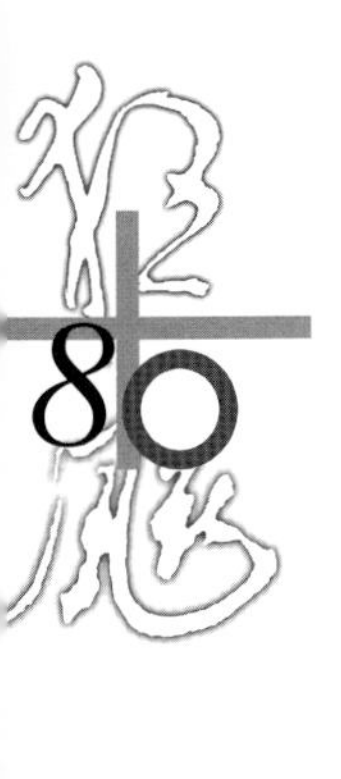

黯然神傷之餘，老康選擇到美國進修九個月，進行自我流放的旅程。待他再度返台，黨外同志並未熱情接納他。是時，「黨外公政會」的不斷擴張再度和國民黨槓上，黨外如何因應摩擦不斷，加上康系的「首都分會」及較激進的「台北公政會」遙相對立，二次批康再起。我忘不了，八六年六月三日陳水扁、黃天福、李逸洋三人在板橋海山國中進行「坐監惜別演講會」，老康上台講演時，底下不少人集體發出「放水！」的咒罵字眼，這還是我生平首見的黨外批鬥場面。

既然批康風潮未戢，老康再度投入選戰的聲勢就始終低調，直到最後關頭由陶百川夥同胡佛、楊國樞等十餘位自由派學者、海外同鄉會的極力背書，以及老康打出「這是他最後一次參選」的哀兵策略，他才得以東山再起。

然而，此際民進黨既已成立，美麗島時代的領導人也陸續出獄，「康系」不旋踵就煙消雲散，物換星移的結果，老康原想效法吳三連（更理想的說法是東瀛的福澤諭吉）退離第一線，專注於辦報事業。《首都早報》創刊確實讓人一新耳目，但，年輕人理想性格的執著和資本主義商業邏輯無法扣連，導致報紙虧損累累，九〇年八月廿九日老康終於宣布停刊。在聲名俱毀的咒罵聲中，老康再度下台，永遠無法再起。

撫今憶昔，當年老康的理念、手腕無不成為今日民進黨的主流價值，彼時他成為各方的箭靶，今日有不少人執此遊走四方無不自得，歷史似不怎麼公平！問題在於，當年老康「呷緊弄破碗」的穩健哲學，既無法強化反對力量的集體議價能力，他大搞大夫有私交的舉動，利益也只及其一身，加上他自負專斷，對內全無調和鼎鼐的本事，於是在一個反英雄的年代裡，老康被視為狗熊便不足為奇。

九〇年代，老康主動要求加入國統會、被李登輝收編為監委的新聞早已引不起人們的關注，倒是他和藍妙齡確認私生子的官司，曾一度是人們的八卦話題。……記得七八年末，我揹著一個高中書包擠在選戰人潮裡首次聆聽黨外異語，正是慕老康之名前去的，驀然回首，廿年前的啓蒙跫音竟已遠颺。

命，但進入新時代以後，首要任務竟是要對抗自己的價值，因爲，所有幫助它對抗舊時代的元素，而今卻成了它的絆腳石。對抗自己是極困難的事情，雖然不少反對運動會面臨轉型的難題，卻祇有民進黨所遭受的考驗是最殘酷的——完成運動後並未獲取權力，同時還得轉身和自己搏鬥。

如果要我用一句話來形容八〇年代，大概是「嘗試各種可能性來大規模破壞的年代」吧！每當破壞一個東西，就宛如占有一座城堡般，我們就會有powerful的快感，那是台灣民間社會自我尋找、自我認同的一段歷程。走過那歷程的人，即使行爲模式到了九〇年代有些改變，卻多少會在內心留下衝突的軌跡，不論投入政治還是走到文化領域，其實是百味雜陳，無法眞正穩定下來，它表現的正是「雖擁抱現實，卻時時懷疑自己是否與現實太貼近」的矛盾心理。

楊：身處社會劇變的八〇年代，我最想弄清楚的就是台灣何以變遷？依我當時的觀察是：台灣已經逐步走向建制化的資本主義體系，所以並不會產生眞正的社會革命，八八年左右我就把自己對台灣社會變化的觀察整理成《民間的力量》、《強控制解體》二書；同時我又深切體認到影響台灣命運最鉅的是中國大陸，更想通徹了解其內部的社會基礎，因此才會前往中國大陸採訪。其間縱有人會發出「心向那裡」的質疑，由於我實際參與過八〇年代的運動，內心洋溢正當性的念頭，所以不覺有啥愧疚。

面對如今日益建制化的社會發展，走過八〇年代運動歷程的人確實有種不適應感，因爲不再好玩了！像八六年反杜邦運動期間，要說服運動的領導人李棟樑議員，得透過和他結拜、幫他寫文宣及演講稿等方式，大夥群策群力非常有勁，在當年黨外勢力始終受到封鎖而走不出去的時刻，如此的社運模式還確實有相當的影響，然而到了九〇年代以後，如此的社會基礎已經消失了。

再者，媒體的影響力到了九〇年代已相對在消退中。早年想要在媒體透露某種批判的聲音，必須具備高超的技巧——如何和老闆、戒嚴體制玩遊戲，而突破防線之後的樂趣就令人回味無窮。而如今卻是百無禁忌，已無早年那種貓抓老鼠的樂趣了。

陳：剛剛楊渡提到黨外勢力受到封鎖走不出去，我可以具體講一些好笑的實例來看國民黨的統治手法。

八〇年代初，我們有一群人到監察院前就黨外雜誌頻頻被查禁一事進行抗爭，人數雖然只有卅幾人情緒卻極高亢。國民黨鎮暴部隊祭出的不是什麼驚人的武器，而是讓女警們手拉手、挺胸面對我們的男性運動者，再逐步縮小包圍圈，這時我就踹了戴振耀一腳，罵說「你們這些膽小鬼、有色無膽的傢伙在搞什麼東西！」更好笑的是號稱「男子漢」的紀萬生（他在美麗島事件後，在調查局期間被打到耳聾）還跟女警講說，「小

1986 年，台北市立動物園大搬家，這頭「大貓」在搬遷接駁的途中，表情既可愛又好笑。（魏志德攝影）

姐，妳們不要這樣嘛！」弄得場面好不尷尬。有個美國哥倫比亞大學的學者韋艾德(Edwin Winckler)曾說國民黨的威權體制是「軟性威權主義」(Soft Authoritarianism)，依我看，國民黨就是找女人的乳房來幫它們解決問題。女人的身體不是用作廣告，而是成爲鎭暴的工具。

另有一次是八六年由鄭南榕發動「五一九綠色行動」，地點是龍山寺。當時的參與者都想用激情的口號來進行抗爭，可是當麥克風拿到尤清手中（部分公職人員及黨外長老被動參加這次的活動），他卻以極低調的口吻向軍警喊話「你們不要這樣嘛，害我要去方便都有困難。」這讓有強烈革命情懷的邱義仁等人爲之氣結。

以上的故事可以看出八〇年代的可愛。一方面運動仍保有浪漫的情懷，另一方面又不需要以悲憤的姿態來從事抗爭，政治抗爭行動就像劇場演出一樣精采。

楊：那個年代鎭暴警察是最好的布景，如果沒有他們的存在，群眾就不會匯聚過來。像鹿港反杜邦運動期間，鎭暴警察將遊行群眾圍住，可是幾名歐伊桑藉著親情或宗族鄉里的召喚（「你不是×××的後生，你不要擋我啦！」）讓一些警察不敢攔阻，遊行因此得以展開。還有一次到恆春進行反核，人數非常稀零，即使向蘇貞昌借了宣傳車到處廣播也收效不大，我看到有兩三百名警察部署在恆春街頭，就鼓動姚國建去有限度的挑釁警察，一罵之後群眾就開始蜂擁而上，於是演講會場就由恆春國中轉移到街頭熱烈展開。可以說，鎭暴警察好像一部過度老化的機器，根本不知如何應對新興的社會現象。

陳：除了鎭暴警察作爲必要的布景玩具而存在外，運動者也學得不少「生活劇場」的理念，像潘小俠在蘭嶼拍攝的一些東西就很像劇場，所以我們也可以試著爲八〇年代作這樣的描述，「東經××度、北緯××度的一塊島嶼上，有一群人在一種特殊的情境中所進行的演出」。因此雖然先前我曾嚴厲批判八〇年代的失敗，可是如果把它視爲一種演出過程，就根本毋需在意結論是什麼。

我再以「蓬萊島事件」爲例。當時陳水扁是《蓬萊島》雜誌的社長，是被國民黨鎭

定要對付的黨外要角。當時有一機密文件顯示，在國民黨文工會主任宋楚瑜召開的一次祕密會議中，馮滬祥就提議由其出面控告陳水扁誹謗，如此遠比直接查禁雜誌要「高明」些。於是馮某就以該雜誌語涉其著作（《新馬克思主義批判》），的文字誹謗——即「以『翻譯』代替『著作』」，因而提起訴訟。最後陳水扁、黃天福、李逸洋都遭判刑，待八六年五月判刑確定後，陳水扁三人還舉行七場的全島「坐監惜別會」，形成極大的政治風暴。

到了入獄前夕，三人還於忠孝東路、中山南路口的市議會前聚集群眾，阿扁慷慨激昂要群眾陪伴他，次日他不願去地院報到云云，於是口號響徹雲霄；而不少台大醫學院的學生馬上就要參加期末考，可是又不願離開，於是邊看書本邊聽演說；某《聯合報》記者似感情勢嚴重，還電告報社高層「這一定會出事！」可是在市議會裡頭，阿扁正和地檢署的人討價還價，討論獄中的生活待遇問題，協議達成後就由地檢署的車子直接將三人載走，留下不少錯愕的人群。這整個情景彷彿一齣精采的舞台劇演出，或是一場時代色彩的觀念藝術。

在那個年代，運動就像劇場表演，每個群眾都是參與的演員。像在龍山寺發動「五一九綠色行動」那回，我見過一個瘦小的老頭爬上路牌上頭，高喊「我是台灣人不怕被抓，我最萬歲，最了不起！」結果竟栽了下來，待大夥驚魂未定，祇見他沒事又站起來再爬上去繼續高喊。那是表演慾望強烈的人最好的舞台。

楊：那年代的種種確實很像劇場表演。像八六年林正杰以街頭小霸王的姿態進行抗爭，只見他每天揹著背包、爬上電線桿，到各地聚眾演說，活脫就是劇場演出般。另外同年的中正機場事件，一方面有緊張的場面（軍警向群眾丟擲催淚瓦斯、警車誤闖群眾區以致被掀翻……），另一方面賣香腸的小販也騎單車上高速公路，在往機場的路上公然擺起攤位，多元好玩的元素忒煞有趣。要知道，那年代上街頭讓人有種當家作主人的快感，這和九○年代以後的發展是大異其趣。

陳：對！八○年代把原本不該湊在一起的東西全組合起來，形成極好玩的現象。像劉克襄是很不喜歡接觸政治運動的，但，有次我拉著他到方素敏的政見會場，當時有個老芋仔在鬧場，群眾大怒去追打那人，劉克襄情緒一激動就把他身上所有的錢全往台上扔。那個年代就會讓每個人的生命力以不同的詭異的方式宣洩出來。論到八○年代最佳的表演者當屬周清玉了，她可以邊哭邊講，而我就在旁邊當配樂播放〈望你早歸〉。另外，林正杰把街頭藝術和抗爭結合起來，更是一絕。

而講到八○年代運動圈裡的性別問題也有不少趣事。像台大學運的男性領導人常把女孩子安插爲「大新社」、「大論社」的總編輯，一出事她們就首先遭殃要被記過，像「大新社」前後三任漂亮的總編葉淑霞、張麗伽、殷人玨，都有過這樣的經驗。後來在《新潮流》雜誌時，我認爲她們的能力遠比那些男生強，所以就讓她們擔任重要的執編、文字編輯等核心工作，而像周威佑、陳文治等人就只能當校對。記得「美麗島」時代許信良曾講過，「當一個運動有女人加入時，就代表它快要成功了」，如果放到八○年代後期的發展來看，則可以說「當女人陸續離開一個運動時，就代表它即將失敗了」。

最後我要說，八○年代是個沒有英雄的年代。六○年代有馬丁・路德・金恩、芝加哥七君子，七○年代有「美麗島事件」那群人，八○年代則不但沒有英雄，且是反英雄的年代。直到九○年代才有陳水扁、宋楚瑜、馬英九的崛起，那又是另個問題了。

1988 年，游泳名將王瀚游過英吉利海峽。
（中國時報資料照片）

新挪威森林世代。MTV世

族。百合族。

世代」的年代

世代

新人類。單身貴族。辛香料族。花子 *Hanako* 世代。頂客族。新挪威森林世代。MTV 世代。任天堂族。團塊世代。草莓族。香奈兒族。援助交際族。叩機族。百合族。玫瑰世代。水瓶座世代。80 年代是一個重新定義「世代」的年代

流行趨勢

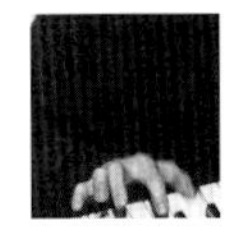

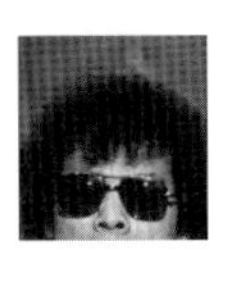

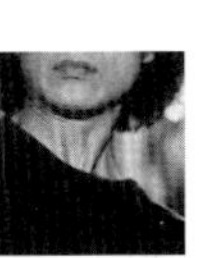

歌手羅大佑。（中國時報資料照片）

新人類。單身貴族。辛香料族。花子 *Hanako* 世代。頂客族。新挪威森林世代。MTV 世代。任天堂族。團塊世代。草莓族。香奈兒族。援助交際族。叩機族。百合族。玫瑰世代。水瓶座世代。80 年代是一個重新定義「世代」的年代

從烏鴉族到新挪威森林世代

——半小時讀完八〇年代

⊙許舜英

綠色司迪麥。（94-97 頁圖，意識型態廣告公司提供）

八〇年代，它太近了。近得甚至不可能有懷舊的情緒，近得你根本不需要「歷史」就可以證明它的存在；近得川久保玲仍然具有誘惑的能力；近得村上春樹還可以繼續被誤會是新人類。八〇年代，它太遠了，遠得墊肩西裝又重新回來了，遠得 Alexander MacQueen 還在學校念書，遠得柏林圍牆還未倒塌；遠得瑪丹娜仍然宛若處女，遠得施明德還沒開始打領結，遠得雅痞還是一個好名詞；遠得還沒發現臭氧層破洞，遠得只知道飆車還不知道飆舞，遠得只買得到中森明菜的海報而買不到宮澤里惠的寫眞集；Calvin Klein 只有牛仔褲而沒有香水，而 Gucci 還只是老祖母的名牌。

一位我所喜歡的詩人說了：「我們仍然離我們犯錯的時代太近了。」一個「年代」意味著什麼？一個年代一定要具有某種「精神」，就像唇膏一定要有某種顏色嗎？是時代抄襲了我們的理論或是理論安撫了我們的時代？如果時代沒有形式，我們如何去反抗形式？如果我們不試著去找出它的十大症候、二十種註解、三十種因果律的脈絡、四十種暢銷口味……我們該如何進入二十一世紀？其推論是我們無法再從任何社會結構系統

分類的概念去談論或抽引出實際的政治結果及其必然的關係。當我們從八〇年代看六〇年代，我們會說那是一個革命的年代；當我們從九〇年代看六〇年代，我們或許會說那是一個純眞的年代；憤怒或溫和、反叛或純眞、迷你或及膝、世故或誘惑、愛或被愛、教條或有機，它們都成立也都不成立。或許我們在現場，又或許我們無故缺席，如果我突然的有一種強烈的需求甚或陷入另一種失語症的狀態，總之，我們的修辭也總是因而反映了一種無政治的政治態度。

如果沒有八〇年代的中性套裝，女人如何重新發現她身體的展示價值？如果沒有喇叭褲，我們如何宣稱七〇年代又回來了？如果沒有八〇年代川久保玲的黑色，我們如何分辨世紀末的「黑色」有何改變？因而，當我「回顧」八〇年代時，是帶著少許健忘症的，是一種一廂情願式的，它必須是一種個人的小型世界觀，而絕不是忠於原著的（沒有人知道原著是什麼），我傾向於將我經歷過的這個年代，處理成一種電腦合成的場景，一種被我的語言說出來的年代，一種必要衝突中的協調，一種個人宿命的祕密關聯。

從「烏鴉族」到「海豚世代」

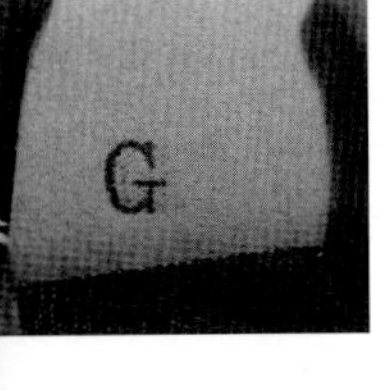

「新人類」。「單身貴族」。「辛香料族」。「花子(Hanako)世代」。「頂客族」。「新挪威森林世代」。「MTV世代」。「任天堂族」。「團塊世代」。「草莓族」。「香奈兒族」。「援助交際族」。「叩機族」。「百合族」。「玫瑰世代」。「水瓶座世代」。八〇年代是一個重新定義「世代」的年代；八〇年代是一個重新發現「族群」的年代，八〇年代是一個重新書寫「青少年」的年代。人們如何辨識彼此的差異？如何找到他的象徵秩序？如何表演他的階級地位？從八〇年代開始，「世代」這個名詞是很好用的，「族群」

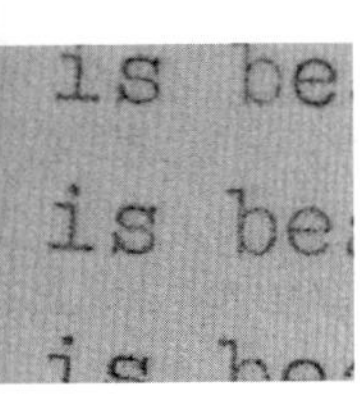
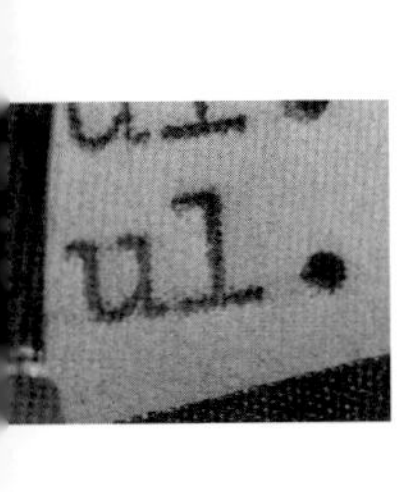

雅痞

⊙伊里

Yuppie 的中譯，它是 Young urban professionals 或 Young upwardly mobil professionals 的縮寫，原本指的是歐美二十至四十歲白領階級，高薪，重視消費品味，藉由特定品牌的消費建立認同，在社會階級上熱中於向上攀爬的人。

「雅痞」一詞起自七〇年代末期。這些在戰後嬰兒潮出生的一代，成長在富裕的環境，歷經嬉痞、學生運動、反體制文化運動之後，大多回到中產階級的生活。

《新聞周刊》曾將八〇年代稱為「雅痞的年代」。不過，雅痞的好日子並沒有持續太久，除了經濟蕭條之外，原本崇尚個人主義、熱中於俱樂部消費、呼朋引伴的他們，一方面因年紀漸長，另方面在物質主義中成長卻漸感物質消費的局限，於是他們放棄原來的生活型態，轉而重視家庭價值和精神生活。

在台灣，「雅痞」一詞在八〇年代後期被引進，指涉對象也和西方的定義類似。台灣的雅痞既沒有強烈共同的形成背景，至今卻也變成一個修辭，用以指稱那些有錢、重視消費品牌、擁有文化素養的人或生活方式。

也是很好用的，它可以無力到沒有任何效果，但卻拒絕消失。

如果說世代差異是一種文化上的普遍現象，八〇年代則是一個「父親」被質疑的年代。「父親」的第一類失敗，首先是政治態度的問題，「父親」是男性沙文的、是極權專制的、是異性戀家庭主義的、是宏觀敘事體的、是單一指涉的、是本質中心論的；而「父親」的第二類失敗是更爲致命的，是消費態度上的失敗。更精確而言，在消費行爲上，「父親」根本不具備「態度」。八〇年代的我們，漸漸知道，我們一生下來就注定是一個「消費者」，我們被「消費」界定、形塑、區隔、分眾、隱喻、書寫。從「烏鴉

族」到「海豚世代」，從「香奈兒族」到「玫瑰世代」，一個鱷魚皮手提包決定了我的文化流派，一瓶氣泡礦泉水決定了我的階段自覺，一包口香糖決定了我是一個司迪麥小孩。

八○年代的叛逆，開啓了一種龐克反體制反美感的外表扮裝系統；八○年代的自覺，宣言了一種品牌意識的自覺，八○年代是「Girls just wanna have fun！」、「Papa don't preach」、Boy George、Michael Jackson、Madonna、Duran Duran、Wham，八○年代是年輕、過動、激情、失速、中性、便利超商、地下舞廳的新品種文化，沒有一個修辭、一個空間、一種能量、一種症候是屬於「父親」的。父親的失敗是全面性的。

從品牌意識到時尚焦慮

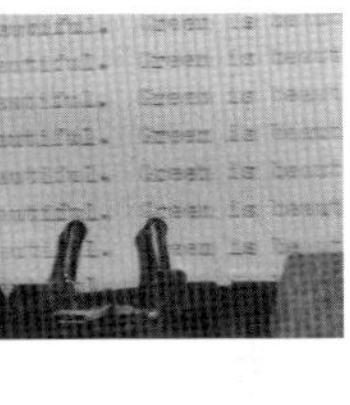

在一個沒有任何文化遺產及美學根基的新興社會，其生活方式的最終美學生產似乎只剩下商業機制運作下的各種商品美學。是 Calvin Klein 教會我們如何使用水杯。Tom Ford 教會我們何謂高難度的性感。Zoom 教會我們用各種姿勢拿筆。是 Ludwig Mies Van der Rohe 教會我們如何將臀部安置在他的巴塞隆納椅子上。是 ACCA KAPPA 教會我們肥皂應該有什麼樣的泡沫。貴族精神或仕紳文化本來就離我們很遠，而唯一營造出某種精緻文化假象的其實就是一群消費新貴。八○年代新興的一種理論是名牌神話學，法國時裝、義大利沙發、日本電器、美國瓷器……，以一種甜蜜生活的進口方式宣告了社會集體的美學進化。日本動畫是高科技的、法國理論是詩意的、好萊塢的電影是聰明的、中南美洲的小說是迷離的……所有的精品都必須依賴進口，而穿上 Armani 西裝的我們，應該喝多少杯的 Cappuccino、逛多少座美術館、泡幾百次溫泉，才能擺脫那種

經濟依賴、文化被殖民者的調調呢？

從MTV到HTV

這個世界上的溝通媒介愈多，它就愈是一個彼此隔絕、自我封閉的世界。地球上的國度再也不是以地理疆界劃分的國度，而是以影像語言文字符號系統劃分的國度。MTV就是一堵牆，無調性低限音樂就像一條國界線，時尚服裝雜誌就像一種攝影美學流派，而妖魔邪美的酷兒漫畫又自成一個體系。我要指出的，並不是說一個後現代文化產品的消費者無法在這些不同的影像文字符號系統的美學迷宮裡來去自如、自在闖蕩，而是說因爲視覺觀影經驗的差異、閱讀理論養成的差異、資訊敏感度及資訊消費習慣的差異，在這些差異愈來愈尖銳、感受愈來愈異質化的影像暴政體系裡，影像的覓食者已形成了一個新的「物種」。

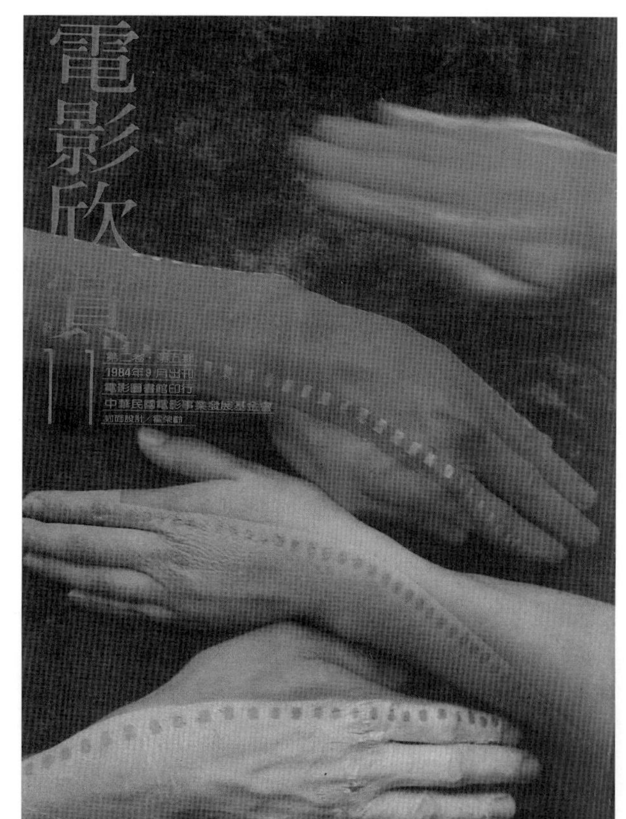

《電影欣賞》雜誌封面。（林文珮提供）

八〇年代在有如奇花綻放的少數新廣告、藝術屬性的另類MTV、視覺主導的新劇場、宛如宇宙異族入侵般大舉來襲的日本漫畫及動畫的嘉年華會，再加上宛如電影資料館影碟陣容壯大的太陽系MTV，在影像資訊的消費化及影像創作所呈現的新能量二者交融催化下，「視覺影像」不再只是文字的背景及附庸，而是一種心靈狀態、一種反映當代態度的強勢語言。這世界已經是而且愈來愈是一個由視覺藝術指導、MTV導演、空間設計師、商業攝影師所操弄的世界。影像決定了一種人造的新道德秩序，一如生化

人、機械人、超能力合成人種所存在的感官異次元空間。

從個性餐廳到東區文化

談八〇年代而不談東區文化，就像談七〇年代而不談西門町文化一樣，是一種錯誤及遲鈍。關於都會生活、後現代空間、上班族生活型態、俱樂部文化、酒館文化、購物

七〇年代	八〇年代
西門町文化	東區文化
台北文化、次文化	都會文化、國際性格
電影街、冰宮、咖啡廳、中華商場、定做制服店、出版社自營書局、點心世界、衡陽路布莊、今日百貨、日本偶像海報店	名牌服飾店、個性餐廳、地下舞廳、主題商店、中興百貨、國際連鎖便利商店、金融辦公大樓、花園住宅名廈、金石堂、誠品、椰如、舊情綿綿、MTV、KTV
青少年休閒娛樂文化	**上班族文化**
約會	社交
每個禮拜一次	禮拜一至五（甚至六、日）
廟會、朝聖、事件	LIFE — STYLE
街道的、人走的路、公車	室內的、車走的路、汽車
國貨、舶來品	國際品牌意識

文化，八〇年代的東區，以拼貼移植、任意繁衍的癌細胞蔓延方式，提供我們一個略具形式的都會生活輪廓，它在機能配備上大致完整，但內容及質感卻無法深究。

都市生活是一種厭世與縱慾之間的關係，吸菸與戒菸之間的關係，男人與女人之間的關係，本能與習慣之間的關係；正如紐約之於伍迪·艾倫，上海之於張愛玲，都柏林之於喬伊斯，天空之城之於宮崎駿。而最能體驗享受台北東區文化的一種概念，名之爲「混」。都是一種副作用，但生命也是。混就是混，不是遊走，也不是晃蕩。台北人是不適合早晨的，也不適合散步；散步是抽象的，但「混」是更抽象的。混的第一站可能是餐廳索引上翻閱出來的一家台式日本料理店，第二攤是有世故抽菸喝調酒穿 Versace 高挑酷妹的後現代酒吧，第三攤是近郊陽明山，第四攤是撐到凌晨七點半的小籠湯包；或則是晚餐→地攤→保齡球館→賓館依此類推。他還是決定要抽完最後一種菸以便離開。關於東區的最後一則寓言：

台北的夜歸人哪：
如果你在黑黝無夢的騎樓下踢到我
莫用懷疑，那醉倒在地的正是我。

（楊澤：《人生不值得活的》——夜歸）

雲裳風暴與速食文化

⊙韋振豐

1987 年，台北忠孝東路頂好區肯德基炸雞。（林國彰攝影）

八〇年代一登場，台灣開始顯露激烈的變動。以美國爲首的速食文化就像水銀瀉地，向四面八方擴散。到了中期以後，街頭抗爭，此起彼落，最後解嚴，開放觀光、報禁，更使大家急於要培養新的感性。不過，台灣的經濟結構面臨轉型，勞動意願低落，工資上漲，加上服務業日漸發達，許多西裝店和裁縫店只好關門大吉。如此一來，成衣業便大展身手，同時外國流行服飾更大舉入侵。

整個八〇年代，本土意識逐漸高漲，外來文化卻以排山倒海之勢衝擊台灣。譬如說，麥當勞、溫娣、肯德基、義大利披薩店陸續現身，其結果台灣的飲食文化便展露蛻變的跡象。尤其是麥當勞正如同磁鐵一樣，不斷地吸引年輕人和小孩子，當然大人偶爾也會插花。究其原因，不外乎四十年來台灣深受美國的影響，大家或多或少懷抱「美國夢」，進入麥當勞速食店彷彿置身於美國。

此外，麥當勞講究規劃、效率、組織、排除污穢，成就光明。例如，店內光線充足、標價清楚，加上廚房公開透明，而員工更不時手握拖把拖來拖去。顯然，這些特點在在使台灣的現代性初露端倪。不過，許多消費者親炙速食文化的結果是：一批批胖小孩相繼出沒於大街小巷。大人們便開始憂心忡忡，特別是一些教育主管更是動作頻頻。記得曾經看過一則電視新聞，報導高雄某國小的一位老師帶領旗下的一群胖學生在操場跑來跑去，其目的不外乎是減肥。

至於流行服飾的轉變過程則較爲複雜。如果說台灣當時可以呼應世界流行風潮，那就是男女共同認可的牛仔褲。當時，大家頗爲重視品牌，從初期的Levi's、Lee，到後期的卡文・克萊(Calvin Klein)。然而，有趣的是，一些身爲父親的男人目睹自己的女兒一天到晚穿起牛仔褲，不免大嘆世風日下，因爲以他們守舊的看法而言，女孩子應該穿裙子，才叫閨秀，否則女不女，男不男，社會亂象將會層出不窮。其實，細究他們的意識形態，可以發現男人的父權已經面臨「山雨欲來風滿樓」。

法國學者李波維斯基曾將流行文化稱之爲「瞬間的帝國」，意思是說名牌設計師一年兩季的服裝秀往往主導世界的服飾風潮，但流行的樣式卻一下子就消失。記得一九八一年四月，日本設計師川久保玲和山本耀司聯手在巴黎服裝秀大放異彩。這兩位大師所掀起的「色彩革命」，無形中將黑色從死亡的葬禮帶入街頭，加上不對稱的剪裁，其影響所及，更伸入歐洲年輕設計師的腦海，如九〇年代的Dries Van Noten、Alexander MacQueen、Martin Margiela便是明證。

然而，台灣消費者尙未嗅到這股氣息，因爲八〇年代初期，西裝店和裁縫店到處林立，要訂做衣服，工資尙稱便宜，而外國名牌服飾並未大舉登場。記得許多中學生的制服和社會服、大學生的西裝褲、上班族的全套西裝，都是量身訂做的產物。至於專爲女性做衣服的裁縫店在中南部仍爲數不少，有些比較講究穿著的女性也會拿著布料，去訂製衣服。

1987年，台北車站前，麥當勞館前店的招牌高高掛在大樓上，遠處新光大樓尚未蓋起。(朱明光攝影)

當然，不管是西裝店或裁縫店的訂製服，仍然講求合身，其背後的心理其實跟戒嚴時代有關，因爲大多數人一向中規中矩，有模有樣。不過，台灣的土產服裝似乎無法滿足一些人，例如不少有錢人和道上兄弟喜歡進出委託行，購買舶來品。當時，他們穿的衣服並非以設計師品牌爲訴求，而是以國家來界定。如果要細數名牌，那麼英國毛衣John Smedley、Jaeger，大衣Burberrys'、DAKS，法國絲仔衣Montague都是消費者心目中的高檔貨。尤其是Burberrys'的大衣是從十九世紀英國軍服改裝而成的，該公司一推出後，還讓英軍套在身上，去參加第一次世界大戰，既耐磨又抗水，所以又稱爲「溝壕大衣」。

然而，到了八〇年代中期，委託行日漸沒落，因爲各百貨公司開始進口大量舶來服飾。同時，百貨公司作爲一個消費空間，可以滿足種種需求，而且只要花費短時間，就可以逛遍各個樓層。後來，日式百貨公司也在台灣登場，其多角化的經營方式更引來人潮。除了超市和打折活動外，也有書店和文化教室。

當時，台灣的消費型態面臨遽變。不過，教育日漸普及，工錢高漲，服務業大行其道，更使西裝社和裁縫店面臨關門的命運。回顧過去，有些人中學一畢業，就當起學徒，準備將來表現一技之長，以便爲顧客量身訂製衣服。但整個經濟結構的轉變，促使服飾文化爲之一變。如此一來，成衣業乃大展身手。

其實，成衣在八〇年代初期早已吸引不少顧客。除了南北各地的商家所推出的流行成衣外，值得一提的是，外銷成衣。幾十年來，台灣的工廠經常替美國的服裝公司代工，但在嚴格的品管下，有些成品則遭到淘汰，於是聰明的商家便將這些衣服集中起來，成立外銷成衣店。當時，比較有名的店面如台北溫州街的「津秋」和公館的「主婦商場」。一般說來，外銷成衣大多完整無缺，同時價格十分便宜，因此門庭若市。以外銷成衣的種類而言，樣式變化多端，如T恤、牛仔衫、絨毛外套，一進店面，倒能窺見美國休閒裝的全貌。

不過，外銷成衣盛極而衰，究其原因，一來中期以後，地皮飆漲，股市翻紅，許多人收入提高，二來跑單幫越來越多，加上外國名牌服飾也大量進口。有趣的是，有些消費者看了日本流行雜誌後，還可以向跑單幫訂購新宿和原宿最流行的服飾。當時萬年商

1987 年，台北忠孝東路崇光百貨。（林國彰攝影）

業大樓的「小香港」是最有名的店面。記得漫畫家麥仁杰經常光顧該店，所以他身上的穿著可以看出八〇年代之後男性服飾的變化。他平時對於流行服飾如數家珍，能說善畫，目前他的新作《木蘭爭鋒》正在《動感》雜誌連載，其中各角色的超炫服飾，更證明他的功力。

至於外國名牌的服飾，如小雅公司第一個代理的品牌迪奧(Christian Dior)早在七〇

MTV

⊙安寧

ＭＴＶ其實是一個音樂電視頻道的名字，但在中港台卻有新解。八〇年代「ＭＴＶ視聽中心」的招牌開始大量出現在台北街頭，南京東路的「震撼」、民生東路的「超感性」為早期代表。其後，「太陽系」則成了ＭＴＶ的代言人。

當時錄影機或有線電視都未普及，影音資訊無法快速傳播，這些視聽中心就請人從美國「ＭＴＶ音樂電視頻道」上錄下節目，再經由國際快遞送來，有的經重新剪接後播放，成了年輕人最愛。最初一間間隔開的包廂是沒有門的，消費者必須戴上耳機，可以看電影或音樂錄影帶，逐漸才發展成密閉式，成為許多男女「幽會」的場所。

後來美國以三〇一條款強力干預影帶的公開播放，ＭＴＶ就因為片源銳減而日漸式微，加上資訊比過去開放，消費者需要的是更多的參與感，因此ＤＴＶ、ＲＴＶ、ＨＴＶ等，凡與視覺有關活動均被冠上ＴＶ二字。

由於台灣對音樂錄影帶最早的資訊和印象都來自ＭＴＶ頻道，它遠播重洋來台後，竟讓人以訛傳訛地把歌手的音樂錄影帶(music vedio)誤稱為ＭＴＶ了。

年代末期已經出現。不過，該品牌欲振乏力，因爲令人耳目一新的義大利設計師Gianfranco Ferre在一九九〇年才出面跨刀相助。不過，值得一提的是，一九八六年，義大利名牌服飾凡賽斯(Versace)正式現身。該品牌以希臘蛇髮女妖美杜莎(Medusa)爲商標，令人印象深刻。相傳英雄帕修斯砍斷美杜莎的頭部後，她的脖子立即跳出一隻飛馬。後來，西方人將飛馬行空當作詩人想像力的具體表現。顯然，設計師凡賽斯必定對自己的想像力具有十足的把握。綜觀他的作品，除了多重線條相互交錯外，更可看出頗具兩義性的對比，如精練與野性、單純與猥褻、抽象與絢爛。

至於日本設計師川久保玲的品牌Comme de Garçon也於一九八八年亮相。這個法文片語意思是「像男孩一樣」，她指出，創業前，許多日本品牌往往以英文命名，但以法文命名，倒能別樹一格。她早期的作品從傳統的忍者裝和僧服獲取不少靈感，西歐所孕育的優雅美學，並非她所熱中，難怪她所呈現的異質之美，令西方人爲之傾倒。過去，她曾推出乞丐裝、洛麗塔裝，其創作理念就是要打亂西服的秩序。換言之，整件衣服的前後、表裡、內外的分界線早已被她顚三倒四，甚至模糊不清。記得，許多文化人和廣告人對川久保玲的作品更是推崇備至。有一位搞設計的朋友曾經搭機到日本的南青山總店「朝聖」，口袋裡十幾萬台幣不到半小時，一出來手提兩大包Garçon的衣服，但口袋卻所剩無幾。

顯然，到了八〇年代末期，名牌服飾開始在台灣大張旗鼓。除了「小雅」扮演開路先鋒的角色外，中興百貨公司也有推波之功。因此，這種鍾情名牌的狂熱無疑宣告台灣已然邁入消費社會。換言之，衣服本來具有禦寒保暖的功能，從而呈現使用價值，但大量消費的結果，名牌服飾則轉變成炫耀的交換價值。總而言之，這種文化現象也就開啓了當今的九〇年代。

一九八七

⊙裴元領

滾動的慾望

當統治者的最後一個冬天也走了以後，共有七百二十四件自力救濟在街頭燃燒：那年以台北市一六六件居首，高雄市九四件居次。那年七月解嚴，又於十一月開放民眾赴大陸探親，終於可以放心走過統治者的最後一個冬天。那年匯率急遽爬升，由一美元兌三五點五○元新台幣升值爲廿八點五五元；那年每

1987 年，台北忠孝東路 ATT 吸引力。（林國彰攝影）

NIES

⊙晏山農

NIES（Newly Industrialising Economics）是NICS（Newly Industrialising Countries）概念的嚴格定義化，是新興工業經濟地域的簡稱，意指開發中的國家在工業化上有了進展，而使經濟明顯高度發展的國家或地區。八○年代以後，台灣、南韓、香港、新加坡被視為NIES的典範，這四個國家或地區因而冠上「亞洲四小龍」的稱譽。

NIES的共同特點是：由於工業的發展，使得出口有極大的成長，促成經濟的起飛，國民平均所得也大幅提高。台灣可以名列四小龍之一，原因包括，商品經濟的發達、人力資源的豐沛、政策的正確、美援及外資的引進、適時納入世界體系等。尤其黨國體制的高度壟斷，避免了台灣步入拉美地區受美國勢力絕對控制的依賴理論後塵。有些人一廂情願地把NIES的光環和儒家思想串聯在一起，卻是牛頭不對馬嘴。九○年代，亞洲四小龍的招牌已不像前此那般風光了。

人平均消費七萬八千六百零三元新台幣，或等於二千四百六十六美元；那年共有七萬七千二百四十六人照顧所有人的健康（醫生超過一萬七千人），每一萬人平均有四三點八八張病床；那年人均攝取二千八百三十一點四卡路里的熱量，一○六點四公分的脂肪；那年出生的男嬰可望活到七一點○九歲，而女嬰可達七六點三一歲。

那年，「台閩地區」共有一千九百七十二萬五千零十人，「台灣地區」爲一千九百六十七萬二千六百十二人。直到二○五八年，垂垂老者還能否想起他（她）七十年前誕生的時代？二○六三年出生的女嬰又可望活到幾歲？

反過來說，一九四七年飛漲的米、糖、豬肉和雞蛋價格可能比四處響起的槍聲說明

更多事物。當年，台北市每包十支的大中華香菸二月賣九點六七元、三月賣十九元、十二月則爲三七點五〇元；二月中等毛巾一條一百十五元，到十二月竟賣到三百元！豆腐漲價更乾脆：二月豆腐一市斤廿五元，十二月飆到一百元整；換言之，十個月後豆腐貴了四倍，香菸則庶幾近之。這些半世紀前的往事載於一九四八年台北市政府祕書室編的《台北市府概況》，五十年後又有何意義？

五十年前、七十年後：合計一百廿年的重量不是靠幾句話就能打發。至於「一九八七」只是一個參考點；而一切已生的、將生的與未生的慾望總是繼續向著死亡的方向，滾動。

純屬巧合

我們不追問（問誰呢）一九七一年的義大利麵、水蒸氣、僅有的榮耀和唯一的希望；我們也不追問（還能問誰呢）一九四七年十一月廿八日「你如何把自己做成無器官的身體(a body without organs)?」。「一九四七」純屬巧合。我們知道《一千個高原》的作者們根本不準備談論一九四七年的世界大事：他們的重點是「蛋—慾望」(egg—desire)。我們發現另一個巧合：於一九八〇年初版的《一千個高原》在一九八七年英譯問世。

爲何是一九四七？無器官的身體等於蛋等於慾望。

爲何是一九八七？慾望等於蛋等於無器官的身體。

那年《當代》開始連載詹明信(F. Jameson)的後現代主義，開始有中譯的想像與討論。一九七七年鄉土文學摩拳擦掌、準備開戰。一九六七年「純文學」款款出發。一九五七年《文星》才要起步。前四十年的系譜學可能統一成一個觀點嗎？十年後又如何？

偷跑的蔡辰洲

⊙彭蕙仙

他是和時間賽跑的人；他總是想偷跑。

一九八五年二月九日，台灣爆發十信事件，當時十信理事主席是蔡辰洲。

一九八三年，國民黨提名北市立委，有人強烈建議提名蔡辰洲，可是中央銀行總裁俞國華不同意，他告訴當時的總統蔣經國先生說，如果提名了這個人，「以後我們做事很麻煩」。彼時，政府的財金主管當局早已注意著十信的蔡辰洲，他用超額貸款的方式掏空十信，簡單地說，就是用一塊只值十塊錢的土地，向十信借一百塊錢，就這樣把錢搬出十信，當時金融市場已頗見雨飄風搖，不過，國民黨還是提名了蔡辰洲，同時提名的還有紀政、洪文棟、簡又新等一共七人，後來七人全部當選，當時稱為「7UP」，被認為是國民黨的一大勝利。

然而，勝利之後，就是致命的大潰決。經人檢舉，十信存款被蔡辰洲挪用一空，金額達七十億元，受害五千餘人，蔣經國下令嚴辦，拘票直接送到了立法院。蔡辰洲被判的徒刑累計六百七十多年，退票一千張，創下中華民國的歷史紀錄。

當然，他並沒有服完刑期。一九八七年五月十四日，蔡辰洲因為肝病末期併發心臟呼吸衰竭死於國泰醫院。至今，還有許多人認為，他並沒有死，有人說在北京看到他……。但不論他的生死如何，可以確定的是，當年因他而倒楣的，今日卻個個大發利市——因為十信案下台的財政部長徐立德，現在是華航基金會董事長，另一個丟官的財政部長陸潤康，現在是大安銀行董事長；被中央銀行要求賠錢概括承受十信的合作金庫，當年是何等心不甘情不願，後來卻坐擁十信九個最有利的營業據點；蔡家抵押給慶豐銀行前身國泰信託的藝術品，價格飛漲三倍；當初蔡辰洲極力說服債權人用以抵債卻不成的汐止瓏山林，後來為聯邦集團的林榮三賺進兩百億元……

一切，都因為時間。

十信事件後一、兩年，台灣股票市

場進入歷史上最狂歡的超級多頭行情，股價指數由七百多點一路飆至一九九〇年的一萬兩千點。於是，許多人說，其實，蔡辰洲只要再多撐那麼一下子，股票漲了、土地價格翻了三、四番，所有的問題都可以自動解決了；而他在十信任內積極推動的信合社改制銀行，現在已經是政府的政策；他在立法委員任內組成包括王金平、劉松藩在內的「十三兄弟會」掀起國內的遊說風，對照今日國會的政商運作模式，你只能說，蔡辰洲不過是開風氣之先；一九九五、九六年，台灣基層金融動輒擠兌，但是新聞總是船過水無痕，連一個小小的國票交易員楊瑞仁都可以輕易挪用百億元；台灣，彷彿真有點刀槍不入了。

（中國時報資料照片）

如果，蔡辰洲活到今時今日，他不會因為虧空而借酒澆愁澆出一身肝病，他可能會獲贈數個榮譽博士學位，以彌補他學歷不高的缺憾；他會讓自己出現在蘇富比的拍賣會場，散發財氣下的藝術氣質；他還很可能是立法院院長，展現他政商人脈的實力。但他輸給了時間；時間並不給十信王國復辟的可能。

於是，十信事件成為整個八〇年代裡，人們最深刻的記憶之一，在仍然戒嚴的時代，洩露出國民政府殘存著對撤離大陸前混亂金融的驚疑恐懼，而蔡辰洲便凝縮成那個風暴的中心；人們將忘不了他，就像忘不了八〇年代曾經的繁華歲月，他摧毀的正是他參與創立的——泡沫經濟。

曖昧的後現代主義登陸這座人均消費七萬八千六百零三元新台幣、或等於二千四百六十六美元的島嶼，滲透這群男嬰可望活到七一點〇九歲，而女嬰可達七六點三一歲的人們，但統治者將不會在他最後一次公開露面時談論這些問題，因爲更多談論者照例總要有源源不絕的話題，而「不合時宜」正是最應該避免的。正因如此，空中盤旋的直升機、鎮暴警察與鎮暴車、蛇籠與拒馬、赤手空拳與齊眉棍、激情的口號與小道耳語（那時還不流行說「八卦」）、皮鞋與檳榔渣、向前衝、向後轉與左搖右擺、搶著上台與即將下台的政客統統蓄勢待發，準備在廟堂、街頭、教室或不爲人知的小房間裡轟轟烈烈大幹一場。

一九八七：以上純屬巧合。

在蛋裡

一九八六年十月五日，《人間副刊》刊登格拉斯(Günter Grass)的〈在蛋裡〉是一首多義進出的傑作——

> 我們假定我們一定是被孵育著。
> 想像那好心的禽類的模樣。
> 我們在學校寫作文
> 描寫那孵育我們的
> 禽類的顏色和種屬。

歷年寫作文的同學們不只要歌頌這些來路不明的「好心」，還得討論其他吸吸不休的「夢想」——

> 不過我們的頭上有個頂蓋。
> 衰老的小雞，
> 通曉多種語言的胚胎
> 整天吸吸不休

1984 年，台北縣五股州后村強制拆除後的瓦礫堆與棄置的假人。（李文吉攝影）

甚至還討論著他們的夢。

不過，這些「好心」與「夢想」畢竟只是一廂情願——

萬一我們不是被孵育著呢？
如果這殼永遠破不了呢？
如果我們極目所及
只是自己的塗鴉，且永遠如此呢？
我們希望我們是被孵育著。

統治者父子及其歲歲年年的口號只是「自己的塗鴉」。我們賞析《蘇俄在中國》、《南海血書》的智慧，擴張合唱偉人紀念歌的肺活量，間歇性振臂高呼幾近歇斯底里，搞一搞陽奉陰違卻又煞有介事的小把戲，勇於承傳即使到處挨打也不忘拍胸壯膽的EQ或AQ，這些都不斷在奇妙的蛋殼裡嗡嗡作響——

即使我們只是討論孵育
還是依然害怕
在蛋殼的外面，可能有人餓了
並把我們敲開，倒進鍋裡，撒點鹽。……
那時我們將怎麼辦，蛋裡的同胞們？

否認

「否認」無疑是弱者的智慧：「若否認某事物發生，則某事物不存在。」否認不需負擔任何責任，因爲責任總是需要承認：既然「承認」一直沒有帶來什麼現實利益，所以——繼續否認罷，以免節外生枝。

否認自己一向是個弱者、接著否認未來有任何希望、隨即否認任何現狀、進而否認自己曾經否認、終於可以否認任何努力並袖手旁觀、甚至貼標籤後再落井下石，這整套自圓其說的咒術悄悄瀰漫開來，並以「務實」、「識相」和「前瞻性」的姿態招搖過市。

在蛋裡否認：這也許是弱者永恆的智慧罷。否認一切自己看過或沒看過、看不懂也不想看的事物，否認自己一度重視的價值（更不用說重新估價），否認不同版本的說法與轉機，否認除了騙子與白癡以外人盡皆知的事實，順便一路否認到底，如此還有什麼不能克服的困難？

否認的否認不等於承認：這是我們習以爲常的情節。

一九八七純屬巧合。且看否認的慾望如何滾動下去。

一九八九，一場精神叛變的開端

⊙黃威融

所有嘗試分析「台灣社會如何發展演變」的文章，大概是最難寫的文章類型裡頭，屬一屬二難以搞定的一種。最大的困難有二：第一，即使文章本身能夠引經據典並且通俗易懂，一定還是會有很多、很多人不會覺得滿意（關於這一點是台灣少數幾件讓人不容置疑的眞理之一），覺得你講的重點不是最重要的，或者乾脆說你切入的角度

1988 年，台北光華商場舊書買賣。（林國彰攝影）

完全錯誤；就算勉強不是那麼反對，也一定要補充說明其實如果若能增加哪幾方面的觀察應該就會更精確了。這一點姑且稱之為「學問上的困難」，這個困難是天敵，也就是說這是一個根本無法去解決的困難，因為絕對不可能被解決。

第二個困難是「感情上的困難」。倒不是說因為寫作者對寫作主題所指涉的對象有多麼深厚的感情因而綁手綁腳，所謂「感情上的困難」指的是，寫這種文章往往會毫不留情地把自己的年紀徹徹底底地暴露出來。要是文章的寫法捨棄了一大堆分析術語、而選擇了採用大量報導描述與資料收集的手法（極為不幸地我只會用這種方法寫作），在文章出現之後常常就會發生類似如此的狀況，本來跟你一點也不熟的人跑來跟你說：「我們是同一個時代的人呀！」對於這樣的事，除了很高興有人認真地讀了你的文章，心底卻不免懷疑：「難道真的有那麼明顯嗎？難道除了那個時候的人之外，其他的人都不喜歡這些東西嗎？」比起學問上的困難(不甩就沒事的東西，基本上就不能稱之為困難)，感情上的困難才是真正的困難所在。

因為這兩種困難是如此地具體並且巨大，在下面筆者挑選了一些也許稱得上關鍵的詞彙，逐一描述它在不同年代裡頭所呈現的意義與角色扮演上的差別。在開始之前，我們盡可能把一些很容易引發爭議的東西定義清楚。根據很多人的經驗，要是會吵架的話都是從這些地方開始的。

八〇年代指的是一九八一到一九九〇這十年。這個十年，光是最前面的一年和最後的一年拿來比較，其間台灣社會中的具體社會條件就有非常大的差別。我常常懷疑那些把「八〇年代」當作形容詞用的人，到底講的是八一年還是九〇年？

八〇年代眞的有什麼偉大意義的話，我猜想是對那個時候的年輕人存在著某種神祕的啓示。年輕，是一個人最浪漫的資產，要是用年輕的輩份度過浪漫的年代應該就是最浪漫的事。如果一個人年輕的時候——在這篇文章裡索性把「年輕等於高中三年大學四年這七年」——若極為幸運地與八〇年代重疊超過一半，當然最好重疊的是八〇年代後面的幾年，那麼八〇年代就眞的是跟你最有關係的一個年代。

詞彙	描述
政黨政治	顧名思義，是政黨和政黨玩的一種遊戲。民國七十八年底的立委選舉，如果你現在三十出頭，當時你應該在念大學，這可能是你第一次有投票權。推論回去的話，這批在八九年擁有第一次投票權的人，應該是集中在六八、六九，七〇這幾年出生的。這東西可不是照外國人講的天賦人權，一生來就有的東西。不過從那以後，台灣就具備了起碼的形式。
台灣獨立	這到底算是事實描述還是政治主張？過去站在反對黨陣營的大學教授，現在換了一個地方主張這個已經主張了好幾十年的東西。除了說他們立場堅定之外，我們實在也找不出還有什麼美妙的賀辭可以贈送給他們。
五月學運	一九六八年在巴黎發生了一場驚天動地的學生運動。這場學生運動影響了全世界，甚至影響了當時那個年代世界各地許許多多的年輕人，乃至後來一代又一代的年輕人。不過，那是發生在巴黎的事。
網際網路	現在看起來，八〇年代和九〇年代最大的差別在於網際網路。這句話說得可能還不夠對，很有可能網際網路所造成的，是之前和之後兩組文明的差別也說不定。
昆德拉或村上春樹	八〇年代末期台灣最有趣的一件事之一，就是有一天你看到平常猛啃左派理論的學長姐抱著昆德拉的小說在校園裡走來走去。感謝林白出版社翻譯了《笑忘書》，跟後來集大成的時報出版公司。就當時來說，村上春樹的效果其實是差不多的。不過到了九〇年代末期，村上越賣越好。

文化工業	八○年代是文化工業還沒有取得正當性的年代，彼時若討論到大眾市場需求，除了要有見識還得要有勇氣。任何牽涉暢銷的事算得上是一種道德上的瑕疵。如今看來，當不同的人遭遇到不同的時空便會作出不一樣的決定，不同時代的文化工作者當然選擇不同的入世方式與臥底策略。
有線電視	八○年代台灣沒有第四台。現在我們一天不看會死的運動頻道、新聞台與日本電視節目，以前都沒有。這些東西有多重要，我想很多人都覺得這眞是太重要了。
流行音樂	八○年代末陳淑樺剛剛大賣了起來，陳昇也剛出道。大學裡偶爾會聽到陳明章在校園走唱。不過如果是現在當大學生，隨時都有唱片公司主辦的免費歌舞秀提供機會歇斯底里。國語流行音樂的消費版圖在兩個年代間發生巨變。
旅行	旅行是九○年代台灣的顯學之一。八○年代出國必須具備正當目的，九○年代出國是因爲身邊的人都在出國。那時候去香港就足夠過癮，現在誰要去香港？
誠品書店	第一家誠品書店開幕於一九八九年三月。現在台灣地區一共有二十一家誠品書店。誠品書店的案例，可能是整個九○年代台灣文化產業發展極有參考價值的一個切入點。

而這組詞彙對照表對上述些人而言，應該就是他們的成長文件。就算不屬於這個世代的人們，也應該可以從中讀出「或許因爲這些東西的出沒，才使得台灣的八○年代與九○年代呈現出極端不同的面貌」的訊息吧。檢查到某個段落、也就是本文的最後，提供了一個解釋性的觀察意見：整個八○年代與九○年代之中，台灣有一場精神叛變的發生。至於什麼是精神叛變，究竟發生在什麼時間，我們應該先看完對照表再說。

這十組詞彙的出線，當然是作者的主觀選擇，下面的演繹更是。如果兩個年代下的文化風貌如此不同的話，在九〇年代的某一年某一天，應該就是政變紀念日。從八〇年代到九〇年代，我所看到的台灣宛如通過一場「精神叛變」，許多價值觀因爲新事物的出現一瞬間轉變，原本遵循的典範開始移轉、權力開始重組。這一切彷彿早已準備就緒，只需找到引爆點就全面著火，身在其中的人才剛意識到有事情發生，一切都已經改變。

身爲一個被八〇年代後半掃到青春期、在九〇年代討生活的人，八〇年代的重要不只在它的歷史特殊性，更因爲那是我一生中的關鍵年代。這些事，叫人永遠記得。

音樂啓蒙者——羅大佑

⊙歐陽水雷

如果說音樂對個人的效果之一，是打開一個新的世界觀的話，那麼，在那樣的年代裡，羅大佑的前三張專輯「之乎者也」、「未來的主人翁」、「家」，可以說是為時為高中生的我啓蒙了一個全新的、在課本與主流教條之外的，關於個人、家庭、社會與世界的感知結構。這從歌詞上表現得特別明顯，如〈之乎者也〉、〈未來的主人翁〉、〈盲聾〉、〈吾鄉印象〉、〈家〉等等。儘管當時，在後美麗島的時空中，一些自由、批判與個人主義（相較於戒嚴時代一切強調集體的一致與團結）的空氣已藉由課堂上幾個老師隱晦的言談，逐漸發散出來。但言談畢竟只是言談，作為一個高中生，所能接觸及感受到的畢竟有限。真正使得這些開始發酵的想法有了當代實在感的，正是羅大佑的音樂。以他的音樂襯底，一個脫離舊時代的思考與感知方式方能有血有肉地架構起來。

在「家」這張專輯之後，如同許多其他的羅大佑迷一樣，我也在期待著：下一張會是什麼？然而，我們所得到的，卻是一紙〈昨日遺書〉，以及接踵而至的〈明天會更好〉。這是一個什麼樣的轉折？有人破口大罵他的背叛；有人開始酸溜溜地清算他的過去，說他的音樂語言其實都是從西方抄來的——而且還抄得不高明；有人則自我安慰地說：比起其他的流行歌星，羅大佑要好很多了，畢竟，在這樣的社會，這樣的

時代，我們還能對他多要求些什麼？

但是問題並沒有解決：少了羅大佑的參與之後，能使我們的思考與行動繼續活化的襯底音樂是什麼？對我來說，整個八〇年代後半，似乎沒有一個本土的樂音可以扮演猶如前期羅大佑那般的角色；這是一段非常長期的空白。

論者或者會說，這是因為台灣已進入多元化的時代；啓蒙已經漸漸過去了，英雄不必存在了。但問題是，對我來說，啓蒙僅僅是一個開始而已；它打開了一個空間，但也創造了更多的問題必須被進一步深化與解答。〈未來的主人翁〉經過十年之後是什麼樣子？該怎麼唱？〈鹿港小鎮〉的悲情是否依然存在？我們還是依樣畫葫蘆地嘶吼呢？還是換一個嘶吼的方式？〈吾鄉印象〉裡家園荒漠感的在地美學與哲學意涵到底是什麼？是不是十年之後我們還是只能原地踏步地在心底迴盪著同一套詞曲、節奏、配器與身體律動的組合方式，不斷翻炒著還停留在啓蒙伊始的感知結構？沒有人有答案。在八〇年代後期如大火炒菜般的社會與文化氣氛中，我們只能似有若無地摸索或不摸索著，讓羅大佑的歌聲逐漸焦去。

最近在聆聽觀子音樂坑自己壓製發行的專輯，有一個名詞跑進腦袋裡：「民歌搖滾」。這不是完全照抄美國「民謠搖滾」的意思；經過十多年的摸索，「民歌搖滾」這個詞如果有意義的話，也已經有了它在地的歷史經驗與社會文化內涵。最近的一次採訪當中聽到觀子在練團時，以他們自己的方式翻唱著羅大佑與李雙澤的歌，向他們心中的大師致意；我感覺到一個新的開始，對於當初羅大佑所形構的許多命題——特別是關於音樂與感知結構之間的關聯，我們是該有足夠的能力與歷史縱深去跟那個時代對話，並繼續向前走了。

女孩，你只管向前走

⊙成英姝

星期四傍晚，女孩們下了課換上迷你泡泡裙，穿上鮮紅色的漆皮淑女鞋，時間是一九八三年的某一天。女孩們不是要去舞廳和不認識的男孩廝混，也不是要去約會看電影，只是去補習班補習。收音機裡傳來 Police 的 Every Breath You Take，這首歌在一九九七年被吹牛老爹 Puff Daddy 改編成 I Well Be Missing You，找了死掉的 Notorious B.I.G 沒死的老婆來唱，打破美國單曲銷售量的紀錄。在葛萊美頒獎典禮上，Puff Daddy 滿場跳來跳去，不時擋住像一具寂寞道具的 Sting，後者依然沙啞得令人心碎顫抖的嗓音被震天價響的電子音樂和 PF Daddy 亢奮得嚇死人的 rap 完全蓋過。

公車上女孩一字排開。齊耳的頭髮因為自然捲蓬起來像一隻蝙蝠，臉上掛著深度近視眼鏡的女孩、瘦得像竹竿，臉長得像向日葵的女孩、不符合規定把頭髮剪成像金瑞瑤一樣的女孩、沒有任何打扮，不掛耳環也不穿淑女鞋的女孩……她們可以被統一歸類。

世界上的人可以被粗略地畫分為「有在賺錢的人」和「沒有賺錢的人」，但是他們可以全部分類在「有在花錢的人」。所有的人都要花錢，錢從哪裡來？好人家的子女全是伸手牌。

蝙蝠頭的女孩在一九八九年參選中國小姐，骨瘦如柴的女孩一九九五年在電視上專演情婦和男主角不愛的第三者。

「禮拜六去白雪冰宮滑冰怎麼樣？」一個穿改過的制服的男孩擠到全無打扮的女孩身邊。

「我不會滑冰。」女孩說。

八○年代的年輕人上冰宮滑冰刀，或在巷口公園滑雙排輪，沒見過直排這種名堂。

「我可以教你。」男孩說。

「禮拜六我要上電影院看第三遍梁山伯與祝英台。」

我沒聽說那些補習的女孩捅出什麼驚人消息來，八○年代初期還是一個保守的年代。髮禁到八七年間才開放，那年頭什麼搞頭都沒有。八四年畢業典禮前夕大家拍合照，女孩們都要像玉女紅星楊林一樣，眼神呆滯，目無焦點，萬萬不可對著鏡頭笑。照片洗出來，十來個女孩眼光各往不同的方向出神。

王美珍 教育四 山東福山縣 166公分 50公斤 B型 嗜好游泳、爬山

《大人物》雜誌創刊號（1985 年 8 月 1 日第 61 頁）。（蔡其達提供）

整個八〇年代差不多是我的中學和大學時期，我沒有打算以懷舊的眼光去看那個年代，雖然MTV頻道的 Classics 節目已經開始播放一九八〇年代初期的歌曲。在那個節目裡看到像是 Culture Club 的 Karma Chameleon ，或是 Eurythmics 的 Here Comes the Rain Again 那些「我那個時代」的歌曲，實在令人驚訝，我以爲他們應該放貓王，或者湯姆．瓊斯那種人的歌。 Modern Talking 曾經那麼讓人鍾情心動的 Brothers Louis 如今好笑得令我想哭。

八五年我在上學以前也要上髮捲，然後把瀏海吹得半天高，假日出門要戴大耳環。我打算八八年進大學以後打扮成龐克，把頭髮弄成像喇嘛的帽子或是馬的鬃毛，染成藍色或綠色，可惜八七年以後龐克的裝扮便退流行了。老實說我眞不想提起八〇年代的流行風。九〇年吹起復古熱潮，滿街都是喇叭褲和阿哥哥式裝扮，甚至嬉皮式的印第安、吉普賽民俗風格的服裝、飾品也開始鹹魚翻身，這眞是一種蠱惑人心的魔力，因爲在這之前任何人只要看到那種六〇年代時髦打扮的照片，反應莫不捧腹噴飯。所以說，在復古的風潮吹回八〇年代之前，那個時代的超大墊肩、倒三角剪裁的服裝只得停留在老土、滑稽、望之卻步的話題。

但是八〇年代眞的是有許多九〇年代所沒有的美德，比如說，八〇年代人們負債的金額沒有九〇年代多；八〇年代的信用卡也不普及，人們在花錢之前得先去賺；八〇年代還殘餘點什麼是金錢所不能買的……至少在八〇年代末期以前。我在想到底從憤怒的六〇年代、理想繼續燃燒的七〇年代，是怎麼過渡到天使墮落的九〇年代？

八五年我的同學阿寶的哥哥正在追一個女孩。阿寶的父親是公務員，因爲替人作保，結果倒了霉，背了一百萬元的債。不管你什麼時候看到那個老好人，他總是愁眉苦臉的。她家裡一共有四個孩子，和一般家庭相反，最大的是男孩子，下頭全是女孩。她父母原來希望再生一個男孩子較保險，但是生到第三個女孩他們就吃不消了，放棄了這個計劃，事後她母親常常說自己有先見之明。一百萬元的債務在九〇年代算不了什麼，我見過不少二十來歲的年輕人欠上七位數字的錢而絲毫面不改色。這樣回想起阿寶爸爸

小衆媒體

⊙安寧

從一九八六年的中正機場警民衝突，到五二〇的農民抗議事件，只要是稍具規模的街頭示威運動中，經常會看到幾組ＥＮＧ（簡便電子攝影機）工作成員，冒著沒有新聞採訪證、可能被驅離的危險，翔實記錄示威運動的全貌。從形式意義而言，代表著另一種新興媒體；就實質意義而言，則負有反體制與推動社會運動的使命。此類「自主性的傳播力量」遂被稱為台灣的「小衆媒體」。

當時較為人知的小衆媒體包括「綠色小組」、「第三映象工作室」、「文化台灣」、「螢火蟲」等等。在各種選舉及演講會場，均可輕易買到「未經ＫＭＴ政府新聞局許可」的非法錄影帶，內容從街頭遊行、議會抗爭、黨外演講，到各式環保自力救濟活動都有。

後來由於國民黨整肅社運，連帶影響小衆媒體的發展空間。同時，它本身無力發展銷售管道，財務面臨危機，再加上解嚴後報禁解除、言論尺度放寬，小衆媒體觀衆因而流失，小衆媒體遂日漸沒落，而必須尋求蛻變轉型了。

爲了一百萬那種了無生趣的黯淡神情，有一種古樸不可多得的味道。

阿寶的哥哥常常恨自己不是紈袴子弟，連一件時髦的寬大的褲子都做不成。誰都知道追女孩要花一筆錢，那時候正在放暑假，阿寶的哥哥在傢具廠打了一星期的工，手上長了不少老繭且腰差點直不起來，賺了三千塊錢便把那個女孩約出來。阿寶的哥哥把錢放在褲袋裡給洗掉了，結果他和那女孩從新公園一直逛到植物園，走了一整天直到太陽下山，連一杯飲料也沒喝，一路淨聊些尼采和佛洛依德。天暗了以後那女孩肚子咕嚕咕嚕叫起來，在這麼安靜的時候顯得特別刺耳明顯，幸好阿寶的哥哥自己胃還算強健沒鬧笑話，趕緊把女孩送上公車回家。

我知道八八年阿寶的哥哥換到電動玩具店打工，有很多人在那裡一個晚上丟下去一萬元。阿寶的哥哥大開眼界。有一回他想在開分時做點手腳弄個兩千塊結果失敗。他很羨慕老闆兒子每天吹一個小時頭髮讓它們排排站好再抹半罐髮膠，頭髮可以懸空一根都不會動，然後便往名叫 Day and Night 的舞廳報到，周旋在所有女孩間，綽號 Day and Night 王子。

八八年必定有一股打工熱潮，因爲年輕人急著花錢，要跳迪斯可，要上MTV包廂，或者上情人

1988 年，台北忠孝東路 ATT 百貨公司地下電動遊樂場。（林國彰攝影）

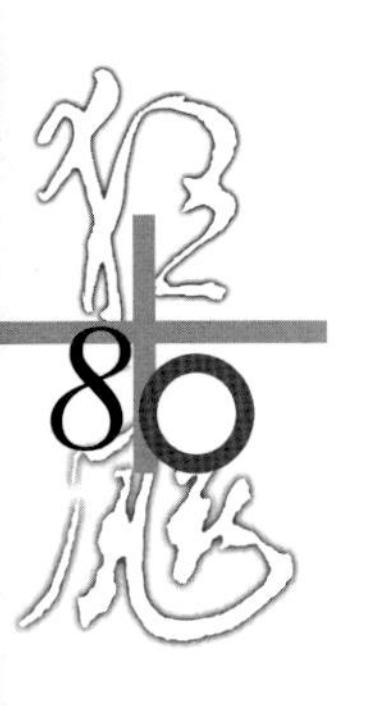

雅座，有品味的人要穿凡賽斯牛仔褲。有人告訴我初中時那個最愛撥弄她的柔軟頭髮，最喜歡向男孩子拋媚眼的女孩當了模特兒。報載她拍服裝目錄一季可賺三十萬。八八年有許多女孩都在當模特兒。成群的女孩子們到模特兒經紀公司去找機會，我所認識的一家經紀公司的負責人，一個叫Philp的胖子說，每天都有絡繹不絕的女孩上門，什麼女孩都有，有一個女孩只有一隻手臂。

女孩們繳了錢上課，也到服裝秀現場去見習，被超重低音的音響和雷射燈光震撼得闔不攏嘴，全都發下誓願要出人頭地，不穿廉價品牌。八九年我兼了一個家教。一個鐘頭三百塊，是不錯的價碼。學生的父親開文具店，母親整天往號子裡跑。

「你說我長得像不像梅艷芳？」學生問，她毫不關心三角函數的問題。「梅艷芳到底算醜還是美？」

「三角函數有什麼要緊？」那父親拉著他的Ralph Lauren織花吊帶說。「不久之後我們全都要搬到美國去。」

「我父親要當一個雅皮。」學生解釋。

我去他們家都喝卡布其諾咖啡。

九〇年阿寶的哥哥辭了校對工作專打酒店代客泊車的零工，小費收了有不少，還經手過很多名貴車種，Jaguar、Porsche、賓士、勞斯萊斯，車主長得活像流氓。他特別津津樂道的是那種稀有車，像是瑪莎拉蒂、BMW850i，開進停車場前他總要在大街上橫衝直撞來回溜達幾圈，八〇年代初期以來的壓抑已不合時宜，在那個時刻他感覺獲得某種程度的解放。

一九九七年大批女孩在小室選秀賽上足蹬十五公分高跟的長統靴，打扮成安室奈美惠。其實我很羨慕那些五音不全荒腔走板但直言要當大明星的女孩。一九九〇年我二十出頭，股市狂飆，但是我的同學們，那些老土，進場太慢幾乎都賠了錢。那是我們的黃金時代，但是我們莫名其妙地錯過了那種一擲千金，物質化個人風格的過癮樂趣。最好的時光是在八〇年代末期，我一直指望科技能使人重回那個時代；理想差不多燃燒盡了，卻國運昌隆，滿地商機。

承德路上

【八〇年代影像誌】

⊙梁正居／文．攝影

「九一八」那天，我從圓山看景下來路過此地，端詳這新立起來的小看板，心頭一陣淒然。當時圓山段承德路，剛拓寬了鋪好，有些路面還發熱，下了雨可見水氣蒸起，寬大的新馬路上，稀少的車子飛快疾駛，帶起的風雨霧氣，飄打在我剛運動過發熱的臉上。

如今的承德路這一帶，荒原上有了一所漂亮的國民中學、大停車場、住宅群一棟棟的矗立、配合夜市的擴充發展，北淡線捷運通車，人行日多，清晨夜晚車馬奔馳流水不斷，轟轟然來去如風，但是依舊一座人行陸橋也看不到。

記得「九一八」那天，順著人行步道，我一直走到士林市場去，就因為看見了小看板上的端坐老人，想起父親交代過的一件事。

80

九月十八日星期六
七時三十分
這位慈祥老人在此
撞後遭遺棄致延遲
治而冤死。
台北市承德路1020巷
電話..596-8917
子孫哭拜
民國七十一年九月廿

新文藝

新文藝

「在整個世界這樣迅速無理性的變遷和破壞中，無論何種實驗或者創新，相對之下只顯得保守和緩慢；在劇場裡，那些誇張的臉譜和線條，也只是一種微小的抵抗方法而已。」

1986年，雲門舞集冬季公演中，首次發表的《我的鄉愁，我的歌》。（劉振祥攝影）

小小撒個謊

——台灣新電影傳奇

⊙小野

這個故事我已經說過許多遍，當成茶餘飯後的娛樂笑話說，也當成嚴肅的演講說，偶爾說到情緒激動處還失聲痛哭過。當故事發生的年代距離現實越久遠，一切事實眞相和意義卻又更清晰，正應驗了當年有一部非常轟動的台灣電影《小畢的故事》的廣告文案：「有一個故事，是你的，也是我的，越遠了越近，越久了越眞」，這是朱天文寫的句子。當你重複說著同樣的一個老掉牙的陳舊故事時，總得加一些新鮮的料，或者重新找到一個比較和現實接近的觀點或比較流行的語彙來敘述這個故事。

故事就回到民國七十年十二月三十一日《工商時報》的一則「值得注意的影壇事件」說起吧。在這則綜合報導中分析身爲台灣電影界龍頭老大的中央電影公司在當年下半年

《戀戀風塵》。（中國時報資料照片，取材自中影海報翻攝）

兩次改組。一次是中級幹部換上新人，一次是新聘了製企部副理，成立關係企業組，截至目前爲止，尚未有動靜。

這眞是一則很小的小新聞，可是現在讀起來卻很有玄機，尤其是最後那一句話：

「截至目前爲止，尚未有動靜。」

爲什麼一定要有「動靜」呢？難道是期待什麼驚天動地的革命發生嗎？中級幹部換上新人又算什麼呢？新聘一位副理又如何？如果了解八〇年代初的台灣政治環境，又清楚所謂中央電影公司所象徵的意義，這則新聞就是獨具慧眼的「趨勢分析」了。民國七十年的台灣政治氣氛是肅殺保守的，在前一年的美麗島事件、林義雄家的滅門血案之後，又發生反對人士旅美學者陳文成陳屍於台大校園，國民黨內保守勢力抬頭，隸屬於國民黨的黨營機構中央電影公司在撤換一位眞正掌握拍片實權的副總經理之後，公司內部呈現眞空混亂的局面。而對中影公司握有實際管轄權的文化工作會更是加緊對中影公司的財務及拍片嚴密掌控，使得這家同時擁有國內最大的電影製片廠、沖印廠和十多家戲院的托拉斯巨獸完全陷入癱瘓。當時的總經理明驥先生下決心重新由民間尋找人才，並且託付重任。原來在他的構想中只要尋找兩種人才，一種是創作人才，一種是行銷公關人才，反正只是中級主管，沒有眞正決策權，好的人才爲國民黨的宣傳機構所用，並不是壞事。他萬萬沒有想到找進來的竟然是一批革命黨員，他們最想要革的就是中央電影公司的命，最後連文化工作會的命也一起給革掉了。

當時明驥先生找來兩組人馬，一組是由我當組長的企劃組，組內的大將是吳念眞和陶德辰，前者在當時已是成名作家兼新秀編劇，後者是留美電影製作碩士。另外一組是由當時才把滾石集團做得有聲有色的段鍾沂掌舵，成立關係企業組，率領一批滿口「商品定位」、「市場區隔」、「媒體運用」的行銷專案人才進駐。明驥先生起用年輕人非常

新電影

⊙安寧

「新電影」是八〇年代發生在台灣的重要電影潮流。當時外有香港「新浪潮」電影的刺激，國片又陷入陳腐谷底，正好宋楚瑜上任新聞局長，為建立「開明」形象，他以連串政策提升台灣電影的「文化形象」，因此，標榜新人、小卡司、低成本的製作，得以在中影試行。一九八二年《光陰的故事》遂開啓了新電影的濫觴。

新電影在內容和形式上都與當時的主流電影不同，形成某種「改革」形象。其題材以改編小說為主，一方面刻劃市井小民的生活狀態，同時呈現這批卅歲左右導演的「台灣經驗」，帶來一種新的寫實美學。

其重要導演包括侯孝賢、楊德昌、張毅、陳坤厚、萬仁、柯一正等，他們在幕前幕後均相互支援，並大膽起用新人及業餘演員。

新電影在國際聲譽及文化層面意義均大於商業價值。但到後期由於視野無法突破，加上票房失利、業者背向、老派影評圍剿，終致走上末路。為此，一九八六年末由五十位電影、文化、評論工作者共同簽署一份電影宣言，提出「另一種電影」以為替代，新電影算是正式告終。即使八九年侯孝賢的《悲情城市》獲威尼斯影展金獅獎肯定，票房也創佳績，但無法視為新電影生機的重現。

大膽，可是他也擔心大權旁落在年輕人身上很危險，所以用兩組人相互競爭，有利於他的掌控。

在中央電影公司內部要完成一部電影是非常艱難的，一定要由我所負責的企劃組完成電影企劃書，包括主題、構想、可行性分析、製片進度表、製片預算、發行評估、故事大綱，先通過公司內各部門的審查，再送到文化工作會的有關部門再審查，在審查的

過程中，你所遇到的人有不少是軍警特出身。在如此嚴密又保守的審查系統中能產生什麼偉大的、具有藝術內涵的、本土意識的、具有批判反省能力的電影作品？那眞是最折磨人的工作了。

說來當時也眞卑微可憐，民國七十年一整年都趴在辦公室寫企劃案，開會討論，送到文工會去然後石沉大海，那時候的文工會主任是周應龍。（現在很少人提到他，因爲他已經不在這個紛亂的世界了。）我每天拖著疲憊的身軀回到家，蒼白的臉上垂著兩顆絕望的眼睛，只要提到文工會或周應龍就咬牙切齒，可是卻一點也奈他們不得。誰叫我當初一頭栽進了這個冰冷絕望的龍宮，我是一個踩著斷了軸的風火輪的哪吒，在冰冷的龍宮中不斷吞著鹹鹹的海水，等待著一個翻身的機會。

民國七十一年三月，我們終於等到了一個千載難逢的機會，可以自由選擇年輕的導演合力完成一部四段式的電影了，電影的名字叫《光陰的故事》。這四段故事先由陶德辰完成，說的是一個從戰後出生的人的童年、少年、青年和中年，我在每一段故事中分別撒了一些謊，加進一些現在讀起來會噴飯的句子：

「民國五十年前後，人民生活水準並不高，但是樸實無華，加上政府推動許多德政促使經濟發展、政治安定……。」

「九年國民教育終於實施了，惡補減少了，政府的德政使國中學生生活在快樂幸福中。」

「民國六十年，台灣社會由農業社會轉入技術密集的工商業社會，人民漸漸富足，當然這又是政府的德政呀。」

「民國七十年，公寓房子取代了原有的大雜院，台北人生活在現代化的都市生活中，人人都活得朝氣蓬勃，政府的政策表現在人民的生活富足進步中。」

用最低的預算完成一部描述政府德政的電影，同時又可以起用四位新銳導演，這個案子順利過關。在十多位年輕人選中經過我們激烈辯論，除了企劃組的陶德辰是保障名額外，其他三人分別是楊德昌、柯一正和張毅。當我召開第一次導演討論會時就對這四位朋友說：

「企劃案是假的，故事也是假的，你們可以重新編寫故事，拍你們想拍的，條件很差，可是機會卻很難得。」

終於有「動靜」了，一場台灣電影史上的小小的革命便在一個小小的謊言之後啓動了，這四位年輕人徹底改變了傳統拍攝電影的觀念，包括故事的取材更貼近眞實社會、大量起用非職業演員、採取更自然的拍攝方式、建立新的電影形式和語言，這小小的改變卻開啓了台灣新電影運動，而這四位年輕導演也很快的各自完成了他們自己獨立的作品，獲得很高的評價。

民國七十二年，我們的故事才正開始，《光陰的故事》的成功鼓舞了許多躍躍欲試的人才，我們的企劃能力也逐漸得到信任，於是又推出了幾部小成本的電影：《小畢的故事》、《兒子的大玩偶》、《海灘的一天》、《魔輪》，當然，撒謊還是必要的。在《小畢的故事》的企劃書上我是這樣寫的：

「本片最主要的目的是以青少年成長受挫之後逐漸領悟人生的意義，最後決定投考軍校，報效國家。」

聽起來簡直像是國防部委託中影公司拍攝的軍校招生影片，可是事實上卻是一部兼顧商業和藝術的小兵立大功的電影，不但在票房上大獲全勝，也得到金馬獎的最佳影片，更重要的是，侯孝賢、陳坤厚、朱天文這樣的組合也因爲這部電影的成功而延續了好一陣子，完成了許多經典之作。

在改編黃春明的三個短篇小說所組成的三段式電影《兒子的大玩偶》的企劃書中，我是如此吹噓著：

「爲了闡揚國父生前所強調的『爲中國蒼生、爲亞洲黃種、爲世界人道』的崇高理

想，藉著三段市井小人物之間誠摯的愛心爲出發，同時引發出民族自尊心和對自己同胞的愛。」

這部電影再度由三位年輕導演侯孝賢、萬仁和曾壯祥分別完成。「謊言」終於被拆穿，文工會下達命令要禁演這部電影，認爲我們是一群打著紅旗反紅旗的壞分子，藉著拍電影挖國民黨的牆角。可惜文工會沒有認清當時整個大環境求變求新的渴望，以及戰後嬰兒潮已經逐漸掌握發言舞台的事實。於是在媒體一面倒的聲援下，這部電影不但順利上演，而且是被宋楚瑜擔任局長的新聞局選爲代表國家參加國際影展的影片。受到這

李表哥

⊙安寧

這是美國著名的保守派政治漫畫家勞瑞，為打造中華民國新形象，於一九八五年十二月公佈的造型。勞瑞之前曾創造手持武士刀、頭戴太陽頭巾的「太郎先生」作為日本象徵，廣受好評。在創造「李表哥」時，他表示希望打破過去外界對於中國人的刻板印象，諸如戴瓜皮帽、豬辮子、長指甲等，因此畫出了一個充滿年輕朝氣與活力的現代中國人。

這位「李表哥」穿著功夫裝，右胸繪有青天白日滿地紅的國旗，有國人批評是抄襲李小龍（於今觀之，長長的下巴更有李登輝的影子），而「表哥」稱謂是否恰當也引起爭論。總之因造型太遜，吸引不了眾人眼光，雖然勞瑞為此還多次訪台，「李表哥」最後仍無疾而終。

新電影的童年往事——侯孝賢

◎王志成

如果沒有台灣新電影，在相隔二、三十年後，這塊曾經年產二、三百部電影的土地上，能被憶起的作品，實在寥寥無幾，最好的例子是打開你的第四台，看看諸多當年紅極一時的國片裡，有幾部還能吸引你看下去而不失笑？

八〇年代台灣新電影的誕生，緊接在香港新浪潮之後，兩者大有年年在當年推行國際化的金馬獎一決雌雄的競爭意味。不同於香港新浪潮，從一開始就標榜那群既留學又在電視台磨練過的創作者純熟的商業技巧，台灣新電影反過來以題材的本土化（所以沒有熟知西洋經典電影的引經據典 Homage 或者 Parody）和手法的清新寫實著稱。這種未以運動為號召，卻共同把創作由商業噱頭轉向人性生活關注的集體特色，和政治上開始鬆綁、政策開始本土化相呼應，在影評和媒體大力炒作下，迅速成為一個廣泛被討論的重要現象。說新電影是商業主流的一次黨外運動並不為過，而這個運動的靈魂人物，就是侯孝賢。

對於九〇年代看不慣侯派長拍風格的觀眾而言，大概很難想像，侯孝賢其實是一個在台灣商業電影體制內，由基層做起的資深工作者，他做過場記、副導演、編劇，他也導過鳳飛飛、江玲這些唱片公司力捧歌星的銀幕處女作。侯孝賢取材的本土化、技法上的寫實長拍，其實是一種對舊有台灣商業主流電影漸進的反叛。而台灣新電影，如果沒有開始幾部片在票房上的成功，也難以為繼。

從《在那河畔青草青》開始，其實已經可以嗅出新電影懷鄉寫實的氣味。八〇年代的侯孝賢縱橫在這一片六〇年代也曾以「健康寫實」名義出現，後來卻淪於政令宣導的新寫實主義土壤上，身手矯健、聲音洪亮，他既自編自導，也幫別人寫劇本（例如《小畢的故事》、《油麻菜籽》），甚至自己出資讓別人拍片，自己下海演戲（《青梅竹馬》），在台灣電影要由配音轉向同步錄音的時代，侯孝賢帶著一組人員，土法煉鋼，竟也走出一條電影技術現代化的方向來，侯孝賢的影響力因此不可謂不大。

但是真正把侯孝賢變成一個門派的肇因卻來自海外的國際影展。國際影展的重要功能之一是發掘能創新電影語彙的新人，或尚未曝光卻飽含民族文化特色的資深老將，共同加入影展俱樂部，所以有「東歐電影熱」、「拉丁美洲電影熱」，也就有「中國電影熱」，而侯孝賢以《冬冬的假期》和《童年往事》、《戀戀風塵》陸續在歐洲小型影展曝光得獎，既是國片進軍國際的先驅，也間接打開政府以電影參展取代文宣的另類外交，電影輔導制度開始逐漸成型。

一九八九年，侯孝賢以回顧二二八事件為題材的《悲情城市》在威尼斯影展奪下金獅獎，這種來自國際影壇的肯定，在台灣電影史上自是史無前例。在這個外交上挫敗連連的小島上，開始把「侯孝賢」三個字變成一種門派、大師的等義字，仿效者眾。侯孝賢當初為解決非職業演員表演不連貫而設計的長拍，變成一窩蜂即使用的是職業演員，也一鏡到底的跟風，在台灣電影市場先被港片打垮，港片和國片再一起被開放拷貝數的西片屠城之際，是新電影拖垮國片還是輔導金「扶倒」國片成了議論焦點，而這一切又都和一直在拍電影、也想為台灣電影做一點事的侯孝賢脫離不了干係，這也算是人在江湖，身不由己。

（林國彰攝影）

每一個世代都會老化，每一個新世代也都會想藉革上一代的命來立下自己的招牌，但是藝術的價值並不在於一時的褒貶。關於台灣新電影和侯孝賢的成就功過，都還要等很久以後，當這一段歷史只是文明的一小段童年往事時，才知道哪些人哪些事會被記住，回憶是甜美或醜惡。

股新電影運動的潮流波及，民間的電影公司也紛紛搶拍、跟進，許多原本不可能被當時電影環境接受的現代文學作品一部部被改編成電影，白先勇、黃春明、王禎和、蕭颯、李昂、張愛玲、蕭麗紅、七等生的作品常常在電影公司老闆和導演之間談論著，和七〇年代的台灣電影比起來，八〇年代的台灣電影可眞是非常現代文學的。

明驥先生在民國七十三年間被調離中央電影公司，在官方的「褒獎詞」中絕口不提那些叛逆的新電影作品，反而讚美在他任內所拍攝的八股教條的宣傳片。文工會派了新的繼任人選，爲了繼續保有台灣新電影的生產基地，我和新的老闆共事了四年半，繼續撒謊，並且完成了更多的新電影，像侯孝賢的《童年往事》、《戀戀風塵》，楊德昌的《恐怖分子》，張毅的《我這樣過了一生》，柯一正的《我們都是這樣長大的》，李祐寧的《父子關係》，陳坤厚的《桂花巷》，王童的《稻草人》，還有一些更新的導演像王俠軍、廖慶松、但漢章、何平、李道明、黃玉珊等也在這段時期加盟中影拍片行列。臨別最後一年，我仍然不死心的想說服老闆起用更年輕的一代電影工作者，並且以辦一本電影雜誌《長鏡頭》作爲新的根據地。精明的老闆不再相信我的謊言，最後，在八〇年代即將結束的那一年，一九八九年，我扛著自己寫了整整八年沉重無比的「謊言」默默的離開了自己說了八年謊話的地方，從此不再回頭。

這就是我說過很多遍的故事，你覺得有趣嗎？

膝蓋與蚊子

我和劇場熱戀的日子

⊙鴻鴻

1986 年，藝術學院舞蹈系學生的年度公演。
（劉振祥攝影）

多年後重看侯麥的《克萊兒之膝》時，我不禁渾然出神。沒來由的執迷，無可救藥的戀物癖，我自己的青春和許多朋友大把大把的熱情，都在片中那個中年男子對一名冷漠少女膝蓋的強烈頑念中，現出原形。他並不是筆直地朝著明確的目標前進，只是每當機會出現時，克萊兒的膝蓋所在之處永遠是他無法抗拒的第一選擇。欲念曲折隱密到難以辨識，然而晦暗正是它最吸引人的光芒。

夏天的蘭陵

一九八二年暑假，我同時報考蘭陵劇坊新戲的演員甄選和剛成立的國立藝術學院戲劇系。前者落選，後者上榜。往後幾年，我一聽到蘭陵就肅然起敬。當時不但沒多少人了解國立藝術學院是所什麼樣的學校，甚至班上不少同學都跟我一樣，以爲進戲劇系是念電影，可見民智未開的程度。

進戲劇系前，我看過的唯一一齣舞台劇還是蘭陵的《荷珠新配》，尤其對劇中李國修的表演讚歎景仰不已。那年暑假上成功嶺，念念不忘的只是看不到蘭陵的新作《懸絲人》和《社會版》。剛和我談戀愛的女友常在信裡夾一顆糖果，我不愛吃糖，卻被這種別出心裁的心意深深觸動。有一回來信，夾的卻是蘭陵的節目單。裡頭的文章，許多句子底下都畫了紅線，顯然是仔仔細細讀過。此刻再讀，童大龍（夏宇）的幾行字仍然吸引了我的注意。

「在整個世界這樣迅速無理性的變遷和破壞中，無論何種實驗或者創新，相對之下只顯得保守和緩慢；在劇場裡，那些誇張的臉譜和線條，也只是一種微小的抵抗方法而已。」

當時對這段話無動於衷，想必是少年的我尚無視於世界的變遷和破壞，一心嚮往藝術營造的神奇經驗。那年頭大家流行用中國古老的舞名、劇名爲舞團、劇團命名，「雲

門」「蘭陵」就像它們演出的作品一樣，讓我覺得既陌生、新鮮，又似乎回應著某種久遠的文化召喚。林懷民返國十年時，脫離雲門舉行的實驗獨舞展，則是一次更具開創性的現代感示範。在紅色閃光中「倒帶」演出的《紀念照》，在洪榮宏〈我是男子漢〉歌聲中酩酊起舞的豪邁身體，讓他在我眼中，從雲門的「大師」變成一名獨立藝術家，而後者代表的，我說不上來什麼東西，始終更令我著迷。

莎士比亞逃難

一連十七年，文化戲劇系都以莎劇作畢業公演，我有幸趕上看到最後一年的《馬克

港劇

⊙安寧

一九八二年五月，由於引進金鐘獎觀摩節目，中視播出了港劇《楚留香傳奇》，引起熱烈的反應。隨後順應「觀眾要求」於每週日播出，造成超級轟動，其勢不亞於七〇年代台製《包青天》、《保鏢》等劇的盛況，鄭少秋、趙雅芝等港星即於此時打入台灣市場。

隨後，台視、華視也立刻跟進，三台協議輪播港劇四個月、每週播出兩小時。由於港劇節奏明快、劇情相較之下顯得真實而合乎邏輯，製作腳本、取景受限少，加上準確地抓住觀眾崇拜偶像明星的心理，一時《天龍八部》、《天蠶變》、《楊門女將》等劇全面征服台灣。

雖然其後港劇收視率逐漸下跌，但已對台灣戲劇的作業方式產生極大影響：起用港導、港星、港編，甚至香港的武術指導，「台劇港製化」已成了九〇年代普遍的潮流。

白》。那一屆人才輩出，我後來才發現，焦桐是節目單編輯，High 漫畫的總編輯黃健和當年演刺客甲，而戲中以一句台灣國語「他殺了我父親！」引人發噱的麥克德夫，則是後來拍紀錄片的吳乙峰。當時對那種使盡蠻力的表演法印象深刻，而且以爲莎劇就當如是。

次年一九八四，不曉得是不是受了剛回國的賴聲川指導我們班演出《我們都是這樣長大的》大獲好評的刺激，文化開始改變作風，推出學生自創的短劇聯展。導演之一葉鴻偉在場刊上謙卑卻自信地說：

「我們希望能用我們僅有的這一點點膚淺幼稚的生活經驗，以及這一點點生澀粗陋的傳達技術來做出一點點東西，讓後起的同好們從這一點點東西開始累積，

一生志節感人的台灣作家楊逵於 1985 年病逝。（中國時報資料照片）

來堆砌出能讓我們感到痛，感到癢，屬於我們自己的偉大戲劇。」

然而莎士比亞卻在我們的生活經驗中生根發芽。我的同學陳立華，在導演課的第一個作品就構思將莎翁的所有劇本交叉剪裁，如詩旋流，在教室內外穿梭演出。這個偉大計畫因爲規模太大，當然被老師打了回票，我一直很遺憾沒能看到這個瘋狂的夢想實現。我自己的畢業製作卻相中了《哈姆雷特》，並找了一個身材五短、滿口台灣國語的學弟來飾演這位王子，讓他佩掛父王遺留下來的巨大盔甲和寶劍，顯得極不相稱，在「父仇子償」的壓力下猶疑怯懦。這可能是我當兵前心情的鮮明寫照，卻發現好些師長不能接受一個英雄氣質蕩然的哈姆雷特。由於演出中換場頻頻，笨重的屏風在台上像帆船一樣搬來搬去，我聽到一名觀眾的評語說：「好像在逃難！」

小劇場闖入

然而英雄的時代是眞的過去了。對政治向來懵懂不覺的我，還是透過觀看校外小劇場的演出，逐步接觸到解嚴前波瀾洶湧的社會動力。八五年筆記劇場的《楊美聲報告》將已盛行一段時間的個人成長題材拼貼到陳年報紙顯現的政治、社會脈絡上，而其極簡的報告劇形式、隨機偶合的後現代傾向，宛如一顆外星炸彈，在我眼前無聲地爆炸。

小劇場闖入我的生命經驗在一九八六年。馬汀尼策畫的新象小劇場節目中，有一個叫河左岸的劇團演了一齣戲《闖入者》，並置兩個原不相干的文本：梅特林克的劇本《闖入者》和卡波特的小說《美莉安》，兩段之間「闖入」了一位導演，現身說法組合全劇的理念，用「台灣是一座被不斷闖入的島嶼」來強化兩個斷片中的「闖入」意象。這一行爲的唐突冒失被那位導演靦腆的神色調和得天眞有趣，他在劇中運用燈光明滅打斷

進行中的戲劇手法，和我剛在課堂上呈現的導演作品《婚姻場景》摸索實驗的方向又若合符節（我是看雷奈《生死戀》引發的靈感，不知他的靈感從何而來）。看完時我像個傾慕的戲迷衝上台去找導演致意，並探詢是否有可能挖角兩位出色的女演員來演我的戲。結果我的下一齣戲《黑暗中的音樂》排了幾次就無疾而終，倒是和其中一位女演員展開拍拖。往後八年，我們熱戀、結婚、離異。黎煥雄也在幾經拉扯之後，離開了河左岸。八〇年代末，「小劇場已死」的呼聲頻傳。對我而言，小劇場不死，但那種坐在黑暗的台下，望著台上發生的一切都顯得魔術般神奇的強烈感應，則已一去不返。

鍋裡的電影

藝術學院的五年生涯，回想起來有點像跑百米。我上遍所有時間許可之下本系外系的課，看遍所有校內校外可能看到的演出，並把所有剩下的空檔泡在電影圖書館和新興的MTV裡。台大附近和新聞局玩捉迷藏的幾家MTV，成了諸多以往只聞其名的「經典名片」供應站。那些錄影帶多半畫質不佳，字幕跟不上，有時還會發出刺耳的噪音。其中一間「跳蚤窩」藏有一些獨家版本，記得第一次推出沒有中文字幕的《大國民》時，滿堂觀眾湊著小小的電視螢光幕，幾乎一起睡著。我還帶同學擠在小房間裡看《八又二分之一》，畫面模糊不說，而且跳動不穩定，大家受不了紛紛出走，我雖然看不懂仍然苦撐到底，希望發現什麼奇蹟。事後大家笑稱，這部片名的由來必定是由於「八又二分之一秒跳一次」的緣故。許多同學至今一聽到「藝術電影」就感冒，大概都得怪我。

在王小棣老師的課堂上，有機會拍我的第一部電影。我向已分手的初戀女友借了一台八厘米，結果機器失靈，沖出來的底片曝光過度，全部報廢。我不死心，所有劇場作品全向電影借經取法，從雷奈、高達、黑澤明到塔柯夫斯基。汪其楣老師有一次指著我的鼻子數落：「你就是吃在碗裡、看在鍋裡！我要你有一天回來跟我說：汪老師，我不是這種人！請你收回這句話。」然而直到今天，我的不知足只有變本加厲，因此也始終

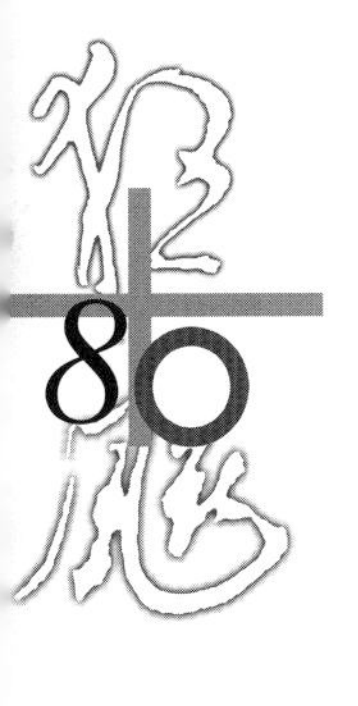

小劇場講義

【八〇年代影像誌】

⊙梁正居／文・攝影

八〇年代，小劇場興起，在蓬勃發展之餘，竟也導引了不少有志於另類表演方向、缺乏像雲門那種大舞台的男女青年，真正耕耘出一片田園，引起社會的普遍注目讚賞。後來，有的人馬跨出舞台，走向社會的真實大舞台，發展出除了舞台藝術以外的種種可能，從此，所謂表演藝術，似乎已不太需要所謂的「舞台」了。

照片所示，正是八〇年代初，小劇場初起，劇場前輩白先勇先生，正和一群青年男女齊聚切磋講課，這種不拘形式、排演台上席地而坐，輕鬆自在之中又有幾分認真，或許正是小劇場的精神之一了。

沒辦法去請她收回這句準確的斷語。

同一隻蚊子

整個八〇年代，劇場在混亂中的暴長眞是一項奇觀，我親眼看到許多文學愛好者像我一樣，一夕之間向劇場輸誠倒戈，成爲自願的俘虜。然而就像夏天晚上在我臥房出現的蚊子，我起床、開燈、搜捕，一擊中的，在掌心留下小小的血印。每晚重複同樣的步驟，我也經常錯覺，不斷來襲的是同一隻覓食的蚊子。當然不是。

只是，我不禁會懷疑，對於那雙守候的手掌而言，我們這些飛來飛去的也不過是同樣的一隻蚊子？

倒立的人

⊙林文珮

的確，那時候，我們人人都想做空中飛人。

但我們一開始更想做的，是改變這個世界的人。

那時，我們有的十九、二十，有的二十五、六，我們回到家裡，每個人都是很普通的學生。學生，工讀生、校對、快遞、餐飲服務員，總之，假裝我們還過著一種類似於社團的生活，好像一隻腳還黏在學校裡。但是當我們一踏出那個父母的家門，我們回到的卻是另外的一個家裡。

在我們那個家裡，鋪著黑色膠皮或榻榻米的地板上，我們在那裡讀馬克思、西協順三郎和台灣史，聽布蘭詩歌，喝立頓紅茶，有時只是放鬆身體。這時，我們是另外的人——至少在我們自己心裡，就算我們不是眞正的革命者，也是要改變這個世界的人。

不只是我們，那時候所有的人都想要推翻自己父母的世界，爸爸的世界，「他們」的世界。而「我們」是一輩子都要住在劇場裡的。在劇場裡讀書，在劇場裡寫作，在劇場裡煮飯、爭吵、談戀愛，以後也許還要生一個劇場的小孩……。

小劇場

⊙安寧

八〇年代，台灣社會因急速經濟成長而面臨資本主義化的轉型，加上適逢解嚴，政治結構開始鬆動，傳統劇又和現實嚴重脫節、亟待求變，各類小劇場遂以抗爭精神為起點，點燃了對體制劇場質疑的火把，例如「屏風」、「果陀」、「河左岸」、「環墟」、「蘭陵」、「臨界點」等，針對各種議題進行創作。這些劇場運動相對於傳統戲劇，無論觀眾人數、演出場地、製作規模都相當小，遂被稱為「小劇場」。同時碧娜鮑許、葛羅托斯基、羅伯威爾森等各種西方戲劇流派，也陸續的被引進，一時之間生氣蓬勃。

然而，政治逐漸落實本土、社運陷於分化或走入瓶頸之後，台灣的小劇場失去了直接的衝撞對象，就一個個停滯不前。這些驟然膨脹、深具學院或社團個性的小劇場，立刻面臨了專業編導及技術人員缺乏的基本困境，而過分強調社會批判的性格，造成的緊張感及窄化，也在某個程度上阻礙了戲劇藝術的成熟與自由。時至今日，如何吸引觀眾繼續走進劇場，還是一個亟待努力的問題。

一九八六年，在一個河邊的有榻榻米的劇場，裡面排練著《闖入者》，之後還排練了《兀自照耀著的太陽》和《迷走地圖》第一部……。那時其實已經是解嚴前後了。在那之前和以後幾年，許多的其他人也和我一樣，從教室課桌椅裡的僵硬座位，走進了黑暗之中，燈光流動、反差強烈的排練場。而我們一點也不覺得它黑。

那幾年裡不管我們在哪裡，都要遇到劉靜敏——在蘭陵、在環墟、河左岸，或者之後零場 121.25 和優劇場——從她那裡，我們又會遇見果托斯基。當然還有許多別的人、許多別的劇場，還有林懷民、金士傑和李國修。但那是一個人們走到街上的年代，

一個接著一個的事件像漩渦一樣地把所有過去事物都吸捲進去的年代。

你並不需要「會演戲」，你只需要生活在那裡。五二〇、機場事件、搶救森林、蘭嶼反核示威遊行、鄭南榕自焚，之後詹益樺又自焚。身體的、歷史的、政治的，以及當時騷亂的街道，把所有人都包裹了進去……。當然也還有別的。看表演，學戲，做田野。太極導引、七字仔調和都馬調、車鼓、芭蕾功步、平劇功步，還有塔可夫斯基和安哲羅普洛斯。

但你總是要先劈腿拉筋，不管你在哪個劇場。兩個二十幾歲的大人，面對面坐著打開雙腿、相互抵住；或者由於你的體形十分獨特，那就只好自己一個人劈開腿往一八〇度角的兩邊展開，旁邊自然有人會幫忙壓住你的左右膝蓋。這時，嚎叫就開始了——之前曾經因爲忍受同樣疼痛而嚎叫過的人，在新來的嚎叫裡，立刻得到一種平衡般的滿足。

但你並不能眞的嚎叫出來。因爲之後還有一個接一個晚上，一個又一個studio。有時練習頭腔共鳴，有時練習蹲馬步站樁，然後是奔跑。一定要奔跑。奔跑、跳躍，奔跑、翻滾，超越自己，繼續跑下去……。地板濕了又乾了，每個人的T恤背後鑲著一圈白鹽巴。因爲要讓自己有更好的演員身體，我們在排練場裡，繼續練習三角倒立。

那時候，我們對待自己身體，其嚴肅有如僧侶。而且是姿勢滑稽的僧侶。我們頭頂在排練場黑膠皮地板上、躬著身體，趑趑趄趄地前進後退著，設法找到一個新的平衡，將自己往上推、往上推，往上推離開地心引力，哪怕只是完成第一個完整的三角倒立，把顚倒了的身體往上倒立起來……。

八〇年代後半，世界是一片偌大的操場，我們像穿著黑衣的幻想魔術師手底下蹣跚的小獸，在闃黑的空曠道路上一次次地起跑試飛，努力讓自己更輕逸起來、飛起來。終於要跌下來以前，先是看見自己的大顆汗水，脫離我們努力撐起來的肢體，啪答啪答地跌到地板上……。

沒有人知道這樣的奔跑要帶我們到哪裡去。我是說，有的人也許知道。譬如優劇場現在在打鼓，秀娟眞的剃髮修行了，榮裕後來組了自己的團，文翠發表了一些自己的片段……。許多人出國，有人已經回來又組了自己的劇場，只是那時候的劇場和裡面的許多人，後來都已經不在了。

那時候，時間是那樣悠長。我們總是在路上走來走去。不是在去劇場的路上，就在去皇冠小劇場旁邊的公園溜冰場的路上。在去看表演的路上，去宜蘭傀儡老師家的路上，或是車鼓老師家，歌仔學會，太陽系，和運動現場。我們在國家劇院看完表演出來，又坐進廣場上的示威靜坐區……。那時街道裡的許多地方，我們以前從來沒有去過。

然而最後大家還是要回到自己的社區裡去，沒有社區的想辦法創造一個社區。但那已經是九〇年代的事了。《拾月》、《武貳凌》、《被繩子欺騙的欲望》、《毛屍》和《夜浪拍岸》，做完學運布偶的八〇年代，做完《七彩溪水落地掃》和《暴力之風》，大家一個一個都走了。然後女生也走了。

最後，我們還是要回到自己父母的家中。雖然，我們的確曾經，撲搧著用意志拱起來的背鰭，把我們倒立一樣的身體，懸吊於八〇年代的街道之上……，在那裡，背對著所謂的尋常人生，背對著性別、話語與歷史的禁制，背對著後來我們終於還是一點一點往前堆積的、那時被稱之爲世故的自己的圖像——的確，那時候，我們人人都是，某一種形式的空中飛人。

而我們記憶的遙遠家中，仍然住著那個穿白襪的女孩，她翻完了一個筋斗，從書架上拿起一只寫著她自己名字的馬克杯……。

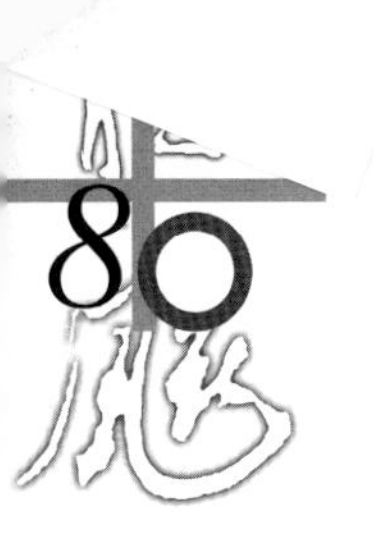

動物園大搬家

【八○年代影像誌】

⊙梁正居／文．攝影

動物大搬家那天，圓山動物園大門口清早就擠成個人山人海，小朋友們喊嚷歡笑不說，大人們也要陪著亂跑的孩子們湊熱鬧，把中山北路弄得水洩不通。

一位頗有些童稚之心的退伍老兵模樣的人，站在人牆後頭，很聰明地使用一把「潛望鏡」搜尋著，他輕鬆自在地喃喃自語，鄉音頗重地說：……大象、獅子、老虎……孫猴子、雀鳥兒……樂隊……嗯，真正的動物還沒得空出來。原來，他看到的都是些巨型卡通布偶動物，在隊伍前頭載歌載舞，拉高了大搬家的熱鬧前奏。照片中後方的瓦房，是當時已荒廢的「美援時代」美軍眷舍，如今已是市立美術館的一部分範圍。

再見，政治詩

⊙劉克襄

八〇年初，當我執筆寫出〈革命青年〉、〈狗尾草〉等系列飽含政治語意的新詩時，這些內容背後所意涵的父執輩的信念，以及我和一些年輕朋友的壓抑和憤悶，似乎都在這段期間獲得一處宣洩的管道。

毫無例外地，這些詩作和同時期不少詩人朋友的創作一樣，因爲處理的是禁忌而敏感的內容，被冠上了政治詩的口號。

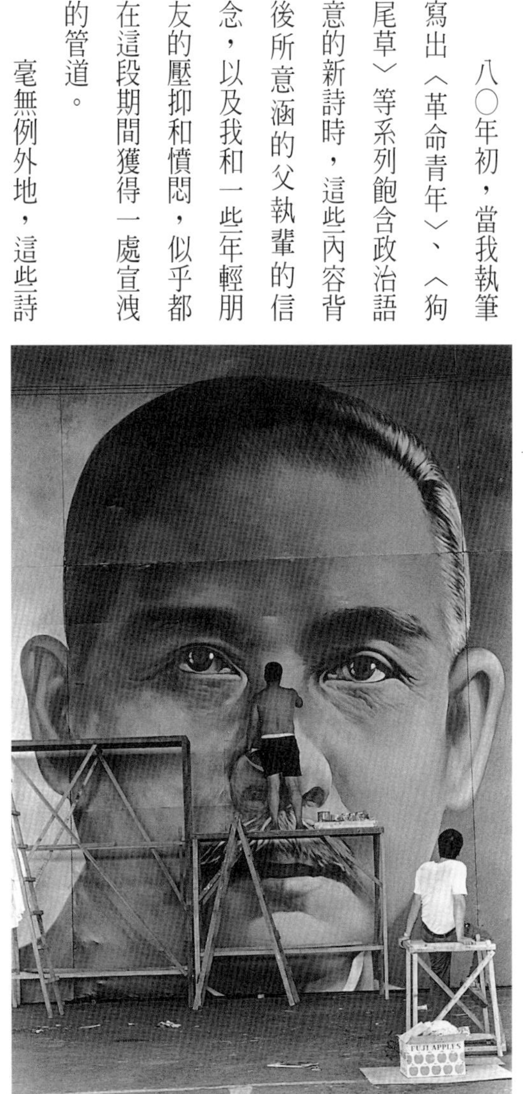

政府遷台後，奉行國父遺教。到處可見國父遺像，工人繪製國父像以便參加雙十慶典。（黃子明攝影）

當時，政治詩多半在黨外雜誌或地下型詩刊發表，以直接的白描和赤裸的吶喊展現，因而也屢遭其他詩友和文學論評者質疑，抨擊其美學和藝術的價值。有一陣子，提到政治詩，彷彿就像提到五〇年代的反共文學作品，都是拙劣文學的代表，被全盤否定了。甚至到今天一些詩選、詩論和新詩發展的運動史裡，還都略而不提，彷彿不曾發生過這一段台灣解嚴前後緊密反映社會情況的文學大事。

後來，我被選錄在一些詩選集的作品，多半也是學生時代的《河下游》，以及八〇年代末期的《小鼯鼠的看法》。詩選者顯然有所堅持，必須疏漏這段時期的我。我又如

愛拚才會贏

⊙安寧

葉啓田在一九八七年左右唱紅的流行歌，由陳百潭所創作。由於歌曲旋律琅琅上口，歌詞鼓勵人心向上，開創了台語歌的新境界，唱出每個人都想「出頭天」的心聲。不但市井小民當作「地下國歌」，連朝野兩黨、政府官員都競相用作競選歌曲，一時間紅透半邊天，唱片暢銷近八十萬張，而「愛拚才會贏」也變成一句流行語，經常被引用。

王永慶就曾表示他喜歡此歌的積極性，而厭棄〈心事誰人知〉的消極調調。〈愛拚〉讓剛出獄一年多的葉啓田坐穩了閩南語歌壇「寶島歌王」的寶座，更幫助他開拓從政資源，一路唱進了國會殿堂。有趣的是，這首歌曾被洪榮宏「退稿」，送審時還曾被新聞局在「拚」字上打了個問號，誰也想不到後來會「時來運轉」。

何看待自己呢？在一次重要的訪問裡，我竟也有過如此嚴厲的自我反省：

「現在，我重新來看待《漂鳥的故鄉》這本詩集，我覺得我本身完全沒有達到文學的功能，而從政治運動的角度，我覺得它們很好笑。因為它除了顯現一個年輕人對他的信仰不深之外，他的叛逆也毫無意義，它不可能對政治運動有任何貢獻。」

「不管生命怎樣轉折，我和那些號稱左派的青年們一樣，都會有個共同的終局——安於現實，對現狀妥協。儘管心中有所不滿，但為了自己的利益，都會聰明地避開所有政治範疇內的事物。」

以上是一九八五年四月時，陳文茜用筆名丘苛在黨外雜誌《台灣年代》訪問我這個「反叛青年」的紀錄。

現在回想起來，她聰明地藉由我的訪談，說出了想要講的話，並且對當時的「左派」青年做了一次無情的批判。而我似乎慌亂地把這本詩集當作突然冒出的怪異昆蟲，急躁地用石頭砸死。

這次訪談結束，此後，我開始停止了這類詩的創作。或者說吧，赤裸而熱情的吶喊戛然停止了。

等我在《小鼯鼠的看法》裡，以詩用冷靜卻略帶質疑的口吻詢問家父「十七歲就死了」時，更加證明，我的反叛期顯然也沒有活得太長。

弔詭十足的，最近在整理早期的詩作，鍾愛這本詩集的內容卻勝過不少集子。我終究抵擋不住歷史的迷思、自我的愛戀；深深地眷戀著當時的叛逆、茫然，以及語言的聳動性。

世紀末時，我像古生物學者閱讀這本狂野的詩集：「十八歲就加入國民黨，彷彿是生平最丟臉的事」。雖然已經死了，畢竟還是活過的自己。

80

【八〇年代影像誌】

陳映眞

⊙梁正居／文．攝影

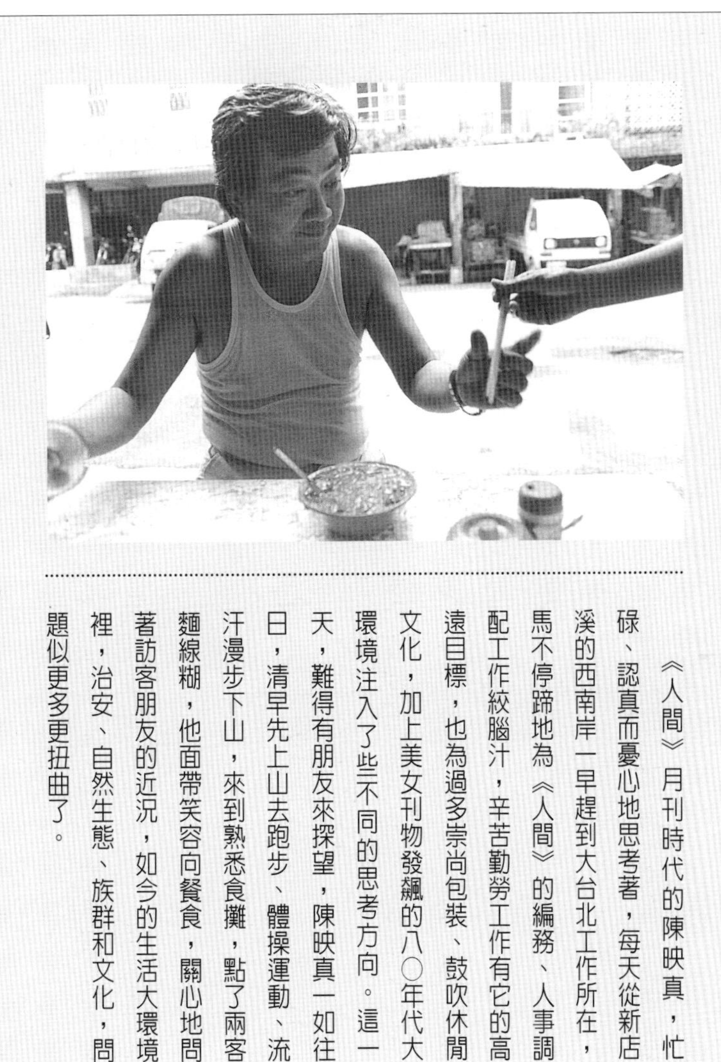

《人間》月刊時代的陳映真，忙碌、認真而憂心地思考著，每天從新店溪的西南岸一早趕到大台北工作所在，馬不停蹄地為《人間》的編務、人事調配工作絞腦汁，辛苦勤勞工作有它的高遠目標，也為過多崇尚包裝、鼓吹休閒文化，加上美女刊物發飆的八〇年代大環境注入了些不同的思考方向。這一天，難得有朋友來探望，陳映真一如往日，清早先上山去跑步、體操運動、流汗漫步下山，來到熟悉食攤，點了兩客麵線糊，他面帶笑容向餐食，關心地問著訪客朋友的近況，如今的生活大環境裡，治安、自然生態、族群和文化，問題似更多更扭曲了。

都市化的文學風景

⊙紀大偉

若要敘述一九八〇年代的台灣小說，「都市文學」是不可或缺的關鍵詞。當時年輕氣盛的幾位小說家都很自覺甚至用力地呈現都市，如縱橫整個八〇年代的黃凡，稍晚的張大春，以及都市文學傳教士林燿德。乍看之下，他們執迷於都會空間的呈現，張大春的《公寓導遊》固然膾炙人口，黃凡小說中對於房屋仲介的執著興趣蔚爲奇觀，而林燿德更是不厭其煩地在他的小說、散文、詩、論述中反覆鼓吹都市之名。似乎基於都市意象的戀物情結，這些作家也興致勃勃投入科幻小說的領域——科幻小說向來是都市想像的極致遊戲。同時，八〇年代的女性小說家，如施叔青、李昂、平路、蘇偉貞、袁瓊瓊、朱天文、朱天心等人，各在不同的光譜位置甚或殊異的地理空間（如施叔青不在台北而在香港，平路在美國）打造越來越鮮明的都會女性主體，爲後來性別研究及其文學批評奠定了厚實的文本基礎。

不過正因爲「都市文學」一詞太過於不可或缺了，反而容易讓人覺得不痛不癢。隨手翻開一本小說，都市景觀都像空氣一般理所當然，豈是值得加以標識的特色？以鄉野

爲主題的小說就是鄉土文學，而以城市爲主體的文本就是都市文學，這算是引人側目的特色嗎？——結果，這個不斷被強調的詞語反而不見得有特色，至少不像「女性文學」「同志文學」讓人振奮或不安。

所謂特色的力量，往往來自於「差異」。如，女性文學和男性文學不同，同志文學和異性戀文學不同——差異與特色足以引發力量，無論是吸引力或排斥力。然而「都市文學」的力量卻以另一種樣態存在：與其說它和鄉野主題的文學保持差異，造成城鄉對立，不如說它更著力於見證「都市化」的歷程。都市化，宛若一艘巨輪，我們全都身置其上，無法返航也不能跳船，只能隨同前進——正因爲我們人在船上，所以輕易（或被迫）認可了行進過程中的變革；「都市文學」向我們揭示時代變遷，我們卻不見得感覺吸力或斥力。

我們的主觀認知或許遲鈍，環境的變遷卻無可否認。「都市化」除了指稱人口往都市集中的過程之外，也關注這個過程牽連的變動。湧向都市的人口以爲可以獲得更大的利益（就業機會、成就感、情慾對象等等），卻也終將面對更大的競爭、壓力、失落。呈現都市化主題的小說喜歡描寫都會空間，甚至乾脆直接以房屋仲介爲小說題裁，不過都會空間經常只是背景或道具，未必眞的是要旨；都市文學更加關注都市化過程中變異鬆動的人際關係與溝通模式。既然角色可以脫離鄉而進入城，他們也可以繼續保持遷徙力（mobility），脫離原有的家

1987 年，台北忠孝東路四段，原 ATT 吸引力。（林國彰攝影）

閨秀文學

⊙安寧

相對於寫實的鄉土文學在八〇年代的逐漸衰退，文學商品化在八〇年代完全成形，尤其是以年輕女性為主要讀者的女作家作品——「閨秀文學」，可說是台灣文壇繼瓊瑤小說之後大規模的流行文學。

當時台灣社會面臨轉型，舊的性道德、兩性行為模式解體，新的社會規範又未成形，文學大眾化的主要素材——飲食男女，也加速了「庸俗化」的腳步。而「閨秀文學」及時提供了「鴉片」，讓女性暫時忘掉尷尬的處境。其秉持的基本原則是：完全不提實際問題，代以溫馨美妙的文字幻境，諸如純淨的青春、虛無的夢想、絕對的愛情、或是無私的奉獻……。

到了八七年左右，希代《小說族》問世，「閨秀文學」發展成「紅唇族文學」，展現的是飄逸的長髮、十八歲的青春。封面放上美女作者的沙龍照，加上綺麗標題、玫瑰的色彩、淡淡的幽香，讓人有感官的愉悅，文字反倒變成「裝飾品」，這股風潮直到世紀末仍未退燒。

庭，原有的道德，或原有的身分；在都市／都市文學裡，再失魂落魄的角色也有轉圜容身的空隙。

不過，都市空間裡的人事變遷，很容易遭受情緒化的批評。城鄉的對立向來是文學裡習見的陳腔：前者是善變、黑暗、墮落的現世，而後者是穩定、光明、無可贖回的過往。可惜，今非昔比的執念不但無助於化解城鄉對立，更沒有能力面對勢無可擋的都市化進程；思索如何呈現都市化同時帶來的危險和生機，始可存活下來。

在此，我想以白先勇的《孽子》爲例。說來奇怪，現在許多讀者都將《孽子》視爲時光渺遠不可考的史料，而非將之視爲八〇年代的都市文學——雖說遠景版的《孽子》

於一九八三年初版（一九七○年代末在《現代文學》發表），而《孽子》也的確極其細緻描繪了都市（化）。《孽子》雖然呈現幽暗的都市風景，卻不急欲加以批鬥，反而沉潛其中，摸索求生路線——在這個層次上，它比許多直斥都市文明的憤怒文本來得豐富許多。除了鮮明的城市地景（尤其新公園）之外，該作更衍說了邊緣性主體（男同性戀者）如何在都市化過程中熬過來：都市化鬆動了既有社會秩序，得以讓同性戀者逃離既有家庭關係，另行建塑邊緣人相互扶持的人際網絡。值得一提的是，世紀末台灣同志文學固然是《孽子》的傳承的生成，不過九○年代在本地興起的同志文本其實也脫胎自八○年代都市文學的普遍關懷：對人際關係的敏銳省思，對自我身份的反覆質疑等等。

人際溝通的重要中介，是語言。當都市化搖撼既有的人際溝通時，語言也不可能文風不動。值得留意的是，都市化向來是一把兩面刀，它在威脅都會人口時，也爲眾生殺出一條生路（如女性和同志可以找到存活的都市空隙）；它在砍向人際溝通以至於語言的時候，一方面鑿出了傷口，卻也開放了呼吸的氣孔。再者，語言做爲人們辨識眞實的介質，人們在審視語言的時候，難免也就將「世界」、「自我」、「眞實」置於括號中觀察。八○年代適逢政治生態狂飆（如解嚴、蔣經國去世等事件）、經濟遊戲勃興（從大家樂到股市熱潮等等），現實感越來越讓人難以捉摸；耍弄語言的後設小說、後現代主義等等在八○年代台灣文字中頻繁出現，獲諾貝爾文學獎的南美作家馬奎茲以魔幻寫實風格遙控台灣文風，捷克作家米蘭昆德拉夾議夾敘的文體開始掀起熱潮…… 想來亦非偶然，當時離奇情境畢竟提供了沃土。

回首當時，我們必須在小說內外來回張看。八○年代的小說想像都市（化），都市（化）也捏塑小說。整個八○年代，文學環境越來越「布爾喬亞」（在此並無貶意；布爾喬亞 bourgeois 的法文字根原來就有城鎮之意），讀者大眾也越來越具都會姿態

八〇年代人物素描

誰是詹宏志？

⊙曾昭明

（林國彰攝影）

跟一位朋友說起要寫點關於詹宏志的東西。「他是誰啊？」她語氣平淡地回道。

真是難回答的問題。「誰是詹宏志？」想著想著，我也開始覺得遲疑，對於自己自以為是的答案。

看著桌上的資料，得知他在遠流出版社任職總經理八年的期間，策畫過五十種以上的叢書，出版過一千種以上的書籍。看來不經意之間，我們這些「閱讀人」的書架上大概都有著他的蹤影。

「他還策畫過林強的『春風少年兄』專輯的發表會。妳喜歡的《悲情城市》等的台灣新電影，他也參與著發行和製作工作。」

朋友有點驚訝了。

「聽起來像個有靈魂的超級行銷機器。」她笑著說。

也許吧，但是，對於在八〇年代閱讀過他的《趨勢報告》與《城市人》的我來說，「詹宏志」，首先像是一個屬性不安定的符號，象徵著台灣八〇年代後內需消費市場擴大後新都市商品文明的崛起。

在八〇年代的學院、校園中日益喧囂的「逸樂文化」，使得批判取向的知識分子憂心忡忡；在陳舊的政治道德語言開始失控的地方，新的市場消費語言迅速補位上陣，開始以廣泛的「去政治化」機制營造風格呆滯的安定與秩序。當時，正因此閱讀歐美以法蘭克福學派為代表的文化批判理論的我，當接觸到詹宏志在《時報雜誌》的一篇年度消費趨勢報告後，卻開始質疑這種文化批判策略的有效性。當我們將新的消費文化理解為一種新的社會控制機制，將新的大衆消費主體視之為新的自我監控模態，詹宏志的作品卻訴說著不同的故事

腳本：被誘惑者是自由的；在消費中，在經營個人化的「生活方式」的努力裡，你可以奪回在生活世界其他的面相被剝奪的自我認同，甚而創造新的自我認同。

似乎，很難拒絕這樣的腳本。對於許多年輕的文化工作者來說，這是一個不需妥協的妥協；既然無法離開不道德的資本主義體系，就加入它罷！「創意廣告」、「創意行銷」，很快成為新的流行，既足以使八○年代成長的廣告行銷人將自己與仍然迷信於「子彈理論」的舊型態工作者區別開來，又是她們與一同在城市中顛沛流離的伙伴們互通訊息的祕密通訊協定。在這個故事裡，詹宏志以自身的實踐示範著一種既沉醉而又清醒的語言，將誘惑與被誘惑的抒情詩轉化為一個異質組合卻又效率驚人的符號機器，不斷地經由符號化的商品世界解讀社會，也不斷地生產符號來讓社會解讀一種持續自我解構的自我。

這樣說來，「詹宏志」，其實開始像是一種品牌，一個由自我反思性的行銷者與消費者共同組成的夢幻共同體的可能名字之一，以及，一個既建構著「大衆」又同時解構著「大衆」的曖昧反叛策略。

妳要找詹宏志嗎？妳只需要看一看房間裡妳所喜歡的書籍、CD與電影。妳要拒絕詹宏志嗎？先度量一下，妳是否可能離開妳所鍾愛的種種都市品味生活——也許還有，他所設立的「PC home」網站——或者，妳是否能夠貧窮到不夠格成為創意行銷的對象。

顛覆者，當然，也永遠被顛覆著。只是，請不要太嚴肅，因為這個故事，無關於古典的「迫」與「救贖」的敘事。

（urbanity）。副刊文學獎正處於黃金時代，文學獎仍是極具號召力的桂冠；初探性別議題的中長篇小說在副刊連載未歇，較容易被消費的極短篇小說更在報端以及書市閃耀；《聯合文學》的豪華品牌建立未久，本地還可以養起另闢蹊徑的小說刊物《小說族》；

本來在街坊小書店看雜誌卻怕被小氣老闆驅趕的讀者，發現何不光顧規模浩大的金石堂連鎖店；走進大書店的讀者不虞驚恐迷茫，至少有暢銷書排行榜可供購書指標；龍應台的小說評論沸騰之際，張曼娟的愛情小說正打下大好江山。雖然八〇年代社會動蕩，但台北卻隱然蛻成一座歡愉的文化沙龍，文學消費行爲歇斯底里進行著。

西方文學史中，都市的興起帶動了小說這種文類；雖說這份主流論點並不容易植入台灣小說的時空，可是八〇年代台灣小說的表現似乎爲此一論點簽下背書。無論如何，那竟是個樂觀的文學年代。

在即將進入九〇年代之際，一些在八〇年代建立穩固文壇地位的小說家紛紛射出狂囈般的文本，如張大春忙著扮演《大說謊家》，朱天文出示《世紀末的華麗》預言，彷彿興高采烈迎接世

1985 年，新竹最偏遠的泰雅族村落司馬庫斯，車船不通，居民揹香菇去竹東賣。（李文吉攝影）

紀末，卻更可能是抖顫顫地向繁華的八〇年代揮別。在此，我想要特別提起張貴興在八〇年代末尾發表的《柯珊的兒女》。《柯珊的兒女》是張貴興作品中非常特異的一部：除了此作，出身馬華的張貴興幾乎沒有發表以台灣都會爲背景的小說；他並爲此作特別量身打造極其譏諷的都會痞子文體，與黃凡相較是有過之而無不及。書中主人翁原本是春風得意的台北知識分子，卻逐漸發現既有的家庭關係瓦解、自我認同崩潰，他只得回歸老家、回溯記憶來尋回眞相——當然，眞相是找不著的。原來主人翁一直活在無可脫逃的語言陰謀裡——《柯珊的兒女》簡直就是八〇年代的警世小說，徹底幻滅。

雖然只不過十年過去，小說家生態已有許多變化。我審視收集而來的八〇年代小說書目，感嘆發現一條早已彰明的殘忍眞理：（小說書名／小說家人名）能夠留下的都留下來了，沒能留下的都沒留下，沒有別的可能。樂觀年代之後，該是如何？如果「都市化」之後是「後都市化」現象，那麼小說年代之後又該是什麼？後小說的世紀末嗎？我們是否仍自以爲安然坐在巨輪上，享用河上歡宴，並未醒覺終有改換交通工具的一日？

學園

1988 年，大安國宅剛蓋好時，有人說頂樓看起來像墓碑一樣。（朱明光攝影）

學園

希望我有更崇高的動機，但我沒有。事實上不只我有這個問題，我的朋友都是賀爾蒙的奴隸。我們是學校中最平庸的一群，過胖、過瘦、過多青春痘。我們看《小畢的故事》，坦白說沒有什麼共鳴。因為我們叛逆的極限是聽羅大佑的專輯，思考為什麼「今天的歡樂將是明天痛苦的回憶」。

人怎樣成為自己

——記八〇年代台大學運

⊙羅葉

1988年，台大傳鐘。（林國彰攝影）

《瞧啊，這個人！》是存在主義大師尼采的智慧傑作，我曾經很想買來拜讀，卻遲遲沒有付諸行動，唯獨對該書副題「How one becomes what one is」印象深刻；在我試圖回溯八〇年代台大學運的此刻，內心所隱隱惶惑不安的，便也正是「人怎樣成爲自己」，我如何走過那段顛狂歲月，蛻變成現今的我？

1

整個八〇年代的台灣，可說是以「美麗島事件」揭開序幕，它發生於一九七九年十二月十日，經過一番逮捕與軍法審判，肅殺聲浪淹沒了同情。當時就讀國三下學期的我，正爲七月高中聯考作準備，放學後，偶爾會從南門國中繞遠路，散步到龍山寺附近等公車，順便翻閱書報攤的黨外雜誌；但因發生美麗島事件，當時的新聞局長宋楚瑜先後查禁《八十年代》、《亞洲人》等刊物，使我失去課餘窺奇的樂趣，或許正因爲這樣，我只好專心讀書、打打籃球發洩精力，幾個月後順利考上建國中學，少了黨外雜誌

浪費時間，說起來應該感謝宋楚瑜。

進入建中後，文學熱情逐漸萌發，不假思索就加入校刊社，準備當個建青編輯。我開始閱讀大量閒書，小說、散文、哲學思想、從牯嶺街買來的過期雜誌，課業成績漸趨滑落，卻自得其樂的醞釀文學夢。如此升上了高二，正式進駐建青編輯室，雜書照看不誤，多出的則是策劃、寫稿、學習面對完稿紙；倘若僅止於這些，絕對不需太多時間，但因摻雜對課業、家庭的反叛，編輯室便成爲避難所，經常藉故請公假，與好友窩在裡頭抽菸、聽披頭，偶爾看書或寫稿，要不就是蹺到台大打撞球，苦悶與紊亂構築著所謂的「紅樓才子」，而成績一落千丈，高二上學期三次月考，數學相加不到一百分，兼又對化學不感興趣，鬧了一場家庭風波，下學期便轉念社會組。

轉念文組後，課業成績意外好轉，連數學課本也能像小說般甘於捧讀。成績沒問題了，煩躁的卻是校刊編務上的審稿制度，在那接觸過程裡，我認識到國家機器對學生思想的箝制，這使我對國民黨難有好感，升上了高三又很嫌惡「三民主義」，儘管我在閱讀孫中山原典時感覺頗佳，但教科書與原典差異甚大，過度闡述附鑿後，可能連孫中山本人都搞不清，又因被列入聯考科目，使它成爲塡鴨教條，不再是活潑思想更遑論信仰。

由於高三上學期曾經幫學生輔導室編輯《成長》刊物，下學期，李晶華老師送我一張雲門舞集入場券，依稀記得那已是聯考前第三十七天，表演地點國父紀念館，舞碼正是著名的《薪傳》。傍晚時分，我就帶著三民主義教科書出門，想利用搭車時間猛K一陣；然後我進了表演廳，在欣賞《薪傳》時，原本頗愛那布幔燈光塑造的意象，它模擬先祖們「唐山過台灣」，結尾則安排一群孩童上場，象徵國家新希望；偏偏就在那瞬間，背景音樂「國歌」響起，全場觀眾肅然起立，而我對於其中夾雜國家認同頗不以爲

一國兩制

⊙晏山農

一九八二年九月，鄧小平在會見英國首相佘契爾時，首次提出「一國兩制」的概念，他說關於收回香港主權問題，可以採用「一個國家，兩種制度」的方案來解決。一九八四年五月中國總理趙紫陽正式向第六屆全國人大提案，獲得通過成為具有法律效力的「國策」。

所謂「一國兩制」，按鄧小平的講法是：在中華人民共和國內，大陸十億人口實行社會主義制度，香港、台灣實行資本主義制度。九七年香港主權移轉後，香港現行的社會、經濟制度不變，法律基本不變，生活方式不變，香港自由港的地位和國際貿易、金融中心的地位不變。

儘管「一國兩制」不脫中國霸權心態，更未體認台、港間的千差萬別，但，確實給了台灣相當大的壓力，於是此地什麼「一國兩治」、「一國兩府」、「多體制國家」的講法紛紛出爐，惜多流於空泛，無法在島內形成共識。「一國兩制」在九七年七月以後正式在香港接受檢證，台灣承受的壓力日增是無可避免。

然，兀自坐在原位，內心交織著莫大掙扎與恐慌……。

我隱約聽見後排觀眾的指責，但就是不肯起立鼓掌！散場後，我隨人群湧出戶外，在回家的公車上，映著微弱燈光，俯視手中的三民主義教科書，猛然感覺它猶如狗屎；但是，爲了考上大學、爲免辜負母親的期望，就算狗屎吧，我還是硬吞下去了。

2

八三年大學聯考後，我進入台大社會系，展開一段孤獨的摸索。在情感上，大一浸淫於狂熱的初戀，大二墜落失戀的深淵。在文學上，開始寫作詩或小說，試著向報紙

副刊投稿。至於校園活動，甫入台大，正是吳叡人擔任代聯會主席，相對於國民黨的長期掌控，當時的改革派學生彷彿讓國民黨淪爲「在野黨」；包括《大學新聞》、《大學論壇》、《醫訊》、《法言》等社團刊物，八二年即以「普選」推動校園民主，要求代聯會主席由全體學生選舉產生，但因未被校方接受，進而標榜「還我學生權，還我自治權」，攻佔代聯會作爲學運據點，這也便是我在活動中心所見到的「學生政府」。

大二後的暑假裡，揮別失戀情苦，我意外閱讀鼓吹台灣意識的若干書籍，對社會環境有了關注，正巧社會系同學何棋生當選法代會主席，在其盛情邀請下，我允諾主編《法言》，首度嘗試報紙編務。最先推出的，是由許舜能執筆的〈女教官涉嫌宿舍餐廳經營弊端〉，引發法學院訓導處震驚，相關壓力接踵而來；不過，那位女教官後來終究被調職，事實證明我們是對的，這使我發現「媒體正義」的力量。基於這開始，以社會系學生爲主的法代會重返改革派陣營，但僅只站在邊緣，並未參與社團串聯；刺激我們的踽踽獨行的，彷彿是法學院訓導處的顢頇審稿，無論時評散文或新詩，他們都能挑毛病，這便喚醒我建青時期的記憶，纏鬥的意志愈趨堅定。

爲了讓《法言》徹底轉型，大三下學期起，總編輯改由許傳盛接任。我們初識於建中，進入社會系後，他一直參加大新社，透過他，大新主筆們也爲《法言》跨刀，我則較常赴台大校總區，逐漸熟識大新社的林志修、吳介民，醫訊社的王增齊、王作良，乃至其他社團朋友們。

就在這年五月十一日，母親節上午，政治系四年級學生李文忠在傅鐘下靜坐絕食，抗議校方對他的退學處分；事件導因是他「大一英文二修或三修不過」的爭議，由於雙方認知殊異，先前已在活動中心召開公聽會，但因李文忠積極參與黨外運動，退學處分夾雜了政治考慮，而國防部的徵兵召集令又火速寄來，更加深整件事情的陰謀論，改革派學生為爭取平反時機，遂趁母親節園遊會開幕之際，於椰林大道遊行抗議，直接挑戰孫震校長的行政權威。

我是在「公聽會」當晚結識李文忠的，基於義憤與同情，母親節當天便為他的絕食守夜。那一天，從下午到深夜，情治系統大舉動員進出台大，可以想見國民黨對此事件的關切；隔天，校方即應學生要求，組成「九人教授調查委員會」，稍後並建議校方准予李文忠復學，由於孫震校長曾經允諾接受教授決議，絕食行動便告收場，孰料學生們竟遭行政當局欺騙，李文忠等人遂赴行政大樓前抗議，與三十多位校警發生肢體衝突，多名學生受傷，而李文忠也在五月十六日被迫南下入伍服役。

李文忠事件落幕後，林志修代表改革派參選代聯會主席落敗；法代會主席何棋生即將任滿，國民黨方面運作奪回法代會，遭《大學新聞》披露；醫訊社王作良等六人因主導李文忠絕食事件，遭校方處以留校察看，校內學運動能一時式微。但在暑假期間，以《大新》、《大論》為主的社團學生南下鹿港，參與反杜邦設廠運動，則是學運腳步跨向社會的重要嘗試。

3

升上了大四，只能以「諸事纏身」來形容。首先，社會系的難兄難弟們交卸法代會，轉任畢業生代表聯合會幹部，且將我引薦為畢業紀念冊總編輯，先前我編過的報紙期刊都是黑白印刷，為求補充彩印經驗，決定挑下那個重擔。其次，針對紀念冊的預算規劃，我結識了畢代會財務長——女友阿咪，失戀兩年後又再戀愛，自然也是很花時間。第三，大四一開始，我正式登記為大新社員，而大新旋即因審稿問題遭校方懲戒停社一年，社長許傳盛、林國明、陳明祺均被記過，改革派社團乃串聯簽署「爭取校園言論自由聯合宣言」加以聲援，卻遭台大「連絡中心」刊物惡意中傷；於是，大新社決定舉辦「惜別演講會」，在大陸社、三研社及多位研究生參與下，儘管校方祕密探知演講者名單，向各家長恐嚇「上台演講者一律退學」，仍難遏制如箭在弦的抗爭風潮。

八六年十月二十四日傍晚，暮色漸沉中，改革派學生將台大校門口每棵椰子樹綁上黃絲帶，現場播放Joan Beaz的抗議歌曲，大橫布條上寫著「只要眞理存在，我們終將回來」；稍後，學生群眾千百集聚，不安氣氛隱隱籠罩，經由林佳龍等人開場後，確立了「和平不理性」局面，學生們接棒暢言盛況空前，而這也正是台大「自由之愛」團體的搖籃。基於這場演講會的成功，校方未敢妄施懲戒，「自由之愛」團體又於十二月十

【八〇年代影像誌】

留守

⊙梁正居／文．攝影

八〇年代初，新店地區一座軍營遷移他去，卻把「領袖」給留了下來，那營區廣大，每天有怪手車推土機工作，把建物搗毀推平；好幾個月過去了，雕像由工人們以大紅布密實的包捆完好，經過漫長的雨季，又有人動手將紅布包裝的雕像載走，移到附近的一所學校操場上。

大約過了兩年的工夫，老營區上國宅開工，不久幾棟十多層的住宅群矗立，遷入南北各地的新移民，如今這裡已經熱鬧擁擠一如台北鬧區。

日舉辦「肥皀箱演講會」，同一天《自由之愛》創刊號出爐，擔任地下編輯的我忝受抬愛，負責撰寫發刊詞，劈頭即是：「讓我們嘗試檢驗眞理的體質，就在土生土長的這塊土地上，我們什麼都該重新認識的——百分之百的自由與沒有仿冒的愛！」

之後，台大學代會通過決議，要求廢除審稿制度，改革派社團展開「大學改革方案芻議」簽名活動，配合《自由之愛》第二期出刊。當然，校園民主風潮受到大環境解凍的影響頗深，舉例而言：八五年十一月，陳映眞創辦《人間》雜誌；八六年五月，《當代》雜誌創刊；到了九月，《文星》雜誌復刊，《台灣新文化》與《南方》雜誌相繼問世，這些刊物都爲文化界注入活水，較特別的是《南方》，其負責人呂昱因高中時代參加讀書會，竟被判處十多年的政治牢，出獄後仍對學運情有獨鍾，而我與好友游士賢意外擔任《南方》第二期美編，因此結識呂昱，輾轉認識其他院校的學運成員。

八六年九月底更有一件大事，亦即民主進步黨宣布成立，國民黨在威脅逮捕無效後，十月初，蔣經國宣稱即將解除戒嚴及開放黨禁。隨後便是年底增額國代與立委選舉的重頭戲，台灣首見兩黨對壘，許多大學生不禁投身爲反對黨助選，而我與郭宏治、許傳盛，去蔡式淵的國代競選總部幫忙，在南方朔的帶領下製作文宣，因緣際會做出一份對整體選情頗有影響的傳單。

選戰過後，民進黨大有斬獲，學生們重返校園，其他院校的學運漸趨活潑，台大《自由之愛》繼續燃燒。八七年一月，關切校園情勢的蔣經國終於有意將國民黨知青黨部遷出公立大學，稍後「台大教授聯誼會」成立，「教授治校」呼聲高漲。在社運勃發民心思變的時空下，有一天，我在台大公館附近遇見南方朔，他說即將與朋友創辦一份刊物，問我有沒有興趣去做事？我聽了，心中虛榮竊喜，但因當時畢業紀念冊尚未完成，只好簡單婉謝，稍後始知那就是《新新聞周刊》，而我遲至九〇年退伍後，才進入《新新聞》擔任文字編輯，繼續受到南方朔教導。

八七年春節過後，《自由之愛》重新出發，對內釐清組織本質，對外則是跨出校園。有鑒於大學改革非僅限於台大一隅，《自由之愛》第三期祭出〈新社會宣言〉，那

選戰

【八○年代影像誌】

⊙梁正居／文．攝影

八○年代的選戰，仍以張貼人頭照為必要的先馳手段，彰化大街一面高大好看的銀行建物，或可說明一斑。遠遠的看過去，是一片四方連續的人頭照，近看了發現他們都一本正經，做出各自的政客、民代或官員相貌，看來不好不壞也不了解，反正曝光率越多、當選機會越大倒是台灣各種選舉的鐵律，因此競選一開始，盡量盡快張貼人頭照成了必勝的先聲與哀求伎倆。選舉一旦進入尾聲，那些張貼得最多的，往往因為位置適中，最易遭人順手撕去或塗抹，有畫上八字鬍的，有加上海賊眼罩的，張貼得老高的，清潔工對它頗有怨言怨語。

是郭正亮的力作；隨後即有「大學改革請願團」赴立法院請願，如此持續抗爭至五月，又在校園內擴大遊行要求普選，此事雖仍未成，改革派推選的陳志柔卻當選了代聯會主席，為日後普選奠立基石。

這時候，畢業紀念冊也已大功告成了，但身為總編輯的我並未畢業，說來不免有些好笑。基於各種因素考量，我初上大四時便決定念「延一」，逕將一門必修課留到大五下學期。暑假裡，為求減輕母親的負擔，我去《南方》雜誌打工當美編，當時總編輯已是郭正亮，他邀集一批台大研究生主筆，陸續推出政經社會相關專輯，而在呂昱熱心串聯下，《南方》對於校際學運的整合貢獻甚大。

我在《南方》打工半年，稍後轉至「三映」，那是由政大學運成員翁明志創辦的傳播公司，旗下另有「第三映象工作室」，專門製作各種社會紀錄片。當時正是台灣社運勃發期，勞工、反核、國會全面改選……，諸多議題前仆後繼，街頭頻見示威遊行，我則負責製作錄影帶封面，由於收入有限，年底又到民進黨兼差，擔任《民進報》美編；或許是因為這緣故，不願隸屬任何政黨的我，入伍後竟被政戰系統指為「民進黨員」，前五個月遭特別隔離，後來則是當工兵、蓋營舍直到退伍，雖然日子比較苦，體魄卻也練得結實，不能不說是民進黨「惠我良多」。

八八年開春後，大五下的我逐漸淡出學運，當時蔣經國崩逝不久，李登輝政權猶未穩固。我想趁著當兵之前，讀讀書、寫寫稿、順便練練退步的體能，閒暇時便愛出遊散心，兩度到花蓮鳳林拜訪許傳盛，他也同樣念大五而準備服役。第二次去花蓮休閒時，某天傍晚，我與傳盛坐在電視機前吃晚飯，猛見螢幕中播出警民追毆——那便是著名的「五二〇事件」，數千農民北上請願，與鎮暴警察發生流血衝突，我們熟悉的許多學運同志也置身其中，頭破血流、遭警拘禁，當時我就對傳盛說：「如果人在台北，應該也是那樣子吧！」

但我們只能為學運同志默默祝福，因為，那已是告別，在入伍前夕，我們的心情已提早畢業。

八〇年代不曾離開

⊙曾昭明

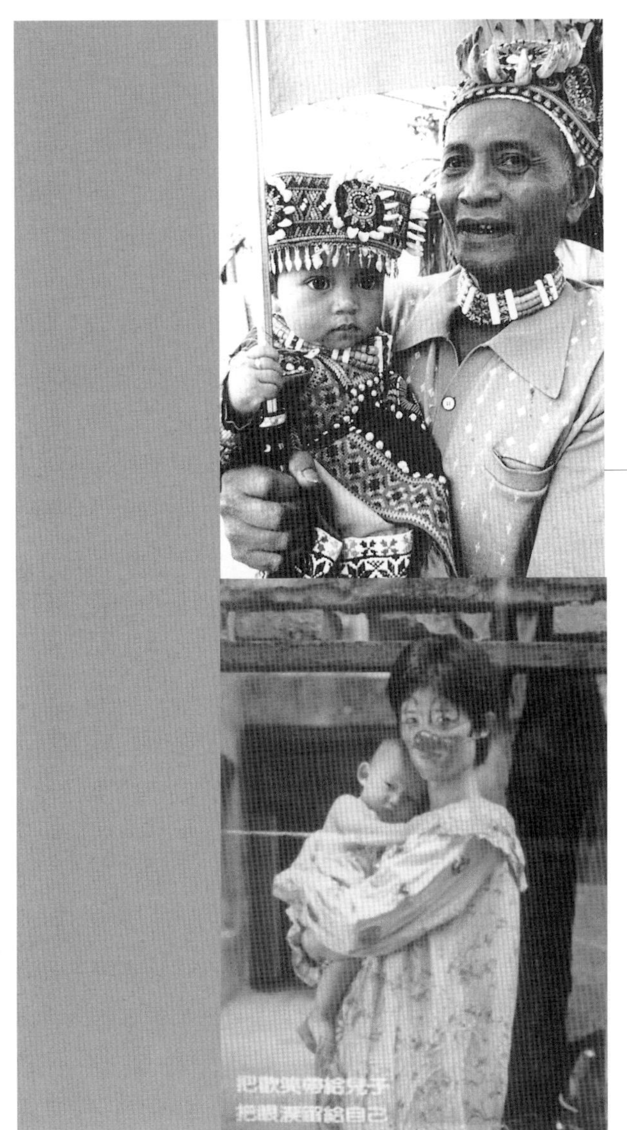

1987 年，魯凱族的父子。（林國彰攝影）（上圖）
《兒子的大玩偶》海報。（中國時報資料照片）（下圖）

朋友在電話的那一頭幽幽地說著：「可是，你知道嗎？八〇年代已經離開我們了。」

掛斷電話後，有好一陣子，我一直未能確定是否明白朋友的意思。書架上一排整齊的書背，浮現著「八〇年代學運史」等的字樣。對於以體現「時代精神」爲特質的所謂「學運」，用「年代」作爲界定與描述的判準，豈不正適宜嗎？但是，對我們這一群在八〇年代被命名爲「學運青年」的人來說，究竟有誰可以說他眞正擁有那個傳說中的「八〇年代」？而「八〇年代」，又曾經屬於過誰呢？甚而，究竟是什麼樣的發言位置，使得我們對於某個名爲「八〇年代學運」的事物始終有股喋喋不休，乃至進行審判的衝動？

朋友，妳的提問將我推入了深淵中。

「八〇年代學運是什麼？」

是的，按照某種紀念碑式的「八〇年代學運史」論述，我總是被設定爲它的當然代言人之一——或者，樣板被告。作爲據說是第一份學生地下刊物《改造》的參與者，作爲第一個公開的學運串聯組議「大學法改革促進會」的推動者，作爲激烈主張社會議題優位與「人民民主路線」的「民主學生聯盟」的核心成員，我似乎沒有沉默的權利。然而，對於這些，我是寧願保持沉默的。理由？因爲我所最想敘說的「八〇年代學運經驗」，總是漂流於莊嚴的「學運史」論述的有效箭靶範圍之外。

即使保持沉默，「八〇年代」眞正離開我了嗎？

已經有好幾年了，每次開車經過仁愛路與新生南路的交叉口，都會不油然地仰頭望著路旁一棟建築的頂樓，坐落在不起眼的普通加蓋違建裡的一個勞工教育中心。經常於夜半經過時，那裡都依然燈火明亮；心裡猜想，一些過去學運年代的朋友，仍然忙碌著，也許是爲著某個成衣廠的關廠抗爭，也許是爲著某廠外勞僱傭爭議。屢屢有股衝動，想上去問候這些朋友：「近來還好嗎？」只不過，我從沒有一次停下車來。這些朋友總是疲於奔命各處，以微薄的人力收拾著台灣經濟發展所遺留的惡質元素；我的出

現，看來是個尷尬的多餘。但是，裡面的堅持與理直氣壯是熟悉的，裡面的疑惑與苦惱，可能也是熟悉的。八〇年代學運的某些理念，沉靜地在這裡緩緩沉澱，落土扎根。每次看到這些身影，我只能毫無招架地陷入心中總也無法迴避的「八〇年代」。

過不遠處，在幾條街外，是民進黨中央黨部的所在，也是另一個聚集著我所認識的同儕的地方。只是很奇怪的，每次步入民進黨中央黨部，在明亮寬敞的辦公室內，面對

共犯結構

⊙晏山農

大概是八六、八七年左右，旅日名歷史學者戴國煇於報章雜誌撰文，針對二二八的責任歸屬問題，認為不應將一切罪愆全推給陳儀及國民政府，當時的台灣人，尤其是菁英階層也必須負起一些責任，他並指出不少菁英階層在日治時代和統治者形成「共犯結構」云云，一時引起不同立場人士的質疑抗辯。

戴氏在《台灣總體相》一書提到，日本殖民政權以「鎮撫並用」的手段推行殖民地型的經濟開發，並把台灣人之中的中上階層編進可稱為殖民地體制的「共犯結構」。延伸戴氏的講法，「共犯結構」的台灣人就是異化的台灣人，既是維持社會穩定的力量，也是藏污納垢的力量匯聚處。戴氏提出這一概念雖富創意，卻予人有為國民黨脫罪之嫌。不過，此後「共犯結構」卻成為各界進行抗爭的有力武器，無論環保、婦運、原住民運動等都能嫻熟加以運用。祇是當所有人都可能置於「共犯結構」架棚時，問題焦點和潛存的罪惡感是否會渙散也必須留意。

AIDS

⊙伊里

它的正式名稱為「後天免疫不全症候群」，八〇年代起它危害無數人的生命，造成全球恐慌。

一九八一年，AIDS在美國被發現，提出。由於它的致命性和傳染性，被形容為「世紀末黑死病」；而它首先流行於男同性戀社群，因此又被指為是對男同性戀的「天譴」。

一九八四年十二月，台灣首次出現愛滋病例，患者是一位過境台灣的美籍醫生，當時媒體將之譯為「愛死病」或「愛滋病」。一九八六年三月本土第一個愛滋病例出現，衛生署並成立AIDS防疫小組；同年底才將中文俗名統一為「愛滋病」。初期AIDS流行於同性戀圈，官方便藉此強調一對一的婚內性行為是最好的預防之道。此後，透過觀光買春、嫖妓等途徑感染的病例出現，一九九一年，愛滋病毒在異性戀群中流行，同性戀承受的污名和誤解才漸有改變。

愛滋病不僅造成性道德的衝擊，更反映出性別政治、階級差異等課題，深刻影響了人類的社會文化。

友人摸著啤酒肚，談起如何「爲台灣人打拚」，夜夜辛苦應酬，我心中卻是感覺著輕鬆與自在。在這裡，我不會特別回憶起「八〇年代」，因而，也不需要迴避；它，不過是許多年輕黨工與「新世代」政治人物早已毋須炫耀的疤痕。我曉得，我繼承自八〇年代對於政治人物近乎偏執的不信任，依然如昔。丟下我的偏執，八〇年代學運的另一部分，其實也悄悄地褪去浮華的外表，找尋新的生命。

我明白，我還沒有離開八〇年代。我的朋友們，也還沒有。

「草根運動」，或者「群眾運動」，該是八六到八九年多數學運參與者最共通的經歷。八七年台大大新社總結了在鹿港反杜邦的現場進行社會調查的經驗，發表〈新社會宣言〉。之後，由南到北，幾乎每個學運團體裡，下鄉調查與支援社會運動都成爲寒暑假的必修課。下鄉，滋潤著這些學生接近「基層」、「邊緣」的想像，不過，也使他們接觸到自身與不同的弱勢主體樣態之間的斷裂。曾經在咖啡廳與路邊酒攤高談闊論政治經濟學批判的我，在下鄉的衝擊中，逐步驗證，由「弱勢者」的角度來觀察和理解社會，原來是如此艱難的學習過程；甚至於對來自弱勢群體背景的學生而言，亦復如是。由「草根」的角度發言，不再是如何去認識自我之外的遙遠又抽象的他者的生活世界的問題；它，開始像是場練習如何放下自我的種種傲慢與偏見的漫長戰爭。

這些細緻的內在反思與自我重塑，在社運抗爭的田野現場，一次又一次地無聲地發生著。遺憾的是，它們卻是多數的「學運史」作品所遺漏的。只是，對曾經身歷其境的我來說，這些才是這個「年代」中最動人心弦的篇章啊！

我一直懷疑，「學運史」文體對於這些主體經驗的「遺忘」，並不是偶然的；這種「遺忘」，也許不幸地正是八〇年代學運中流行的種種「解放論述」所共享的。

以「族群尊嚴」之名也罷，以「階級意識」之名也罷，許多時候，這些「解放論述」，倒更像是方便著所謂「學運領袖」們嚴明劃分友敵的政治計算公式。從八〇年代初到八〇年代末，一件事情似乎一直沒改變著：感性與情緒乃是「政治理性」的反命題。在學運組織中，主體經驗的表白與溝通，僅僅是作爲「坦白交心」與「向草根認同」的權力技術運作的對象而被鼓勵著。在強調著「言論政治正確」與「革命紀律」的氛圍之下，學運團體，確切地說，是男性的友誼共同體，是「兄弟」們共築梁山「打天下」的所在。學運團體中的女性，泰半扮演著沉默的事務機器的角色，或者，在不妨礙「兄弟義氣」的前提下，成爲「兄弟旁邊的女人」。這種學運，是如此地「理性」，以至於它所了解的「解放」女性的方式，不多不少，只是將女人變成另一種「男人」。

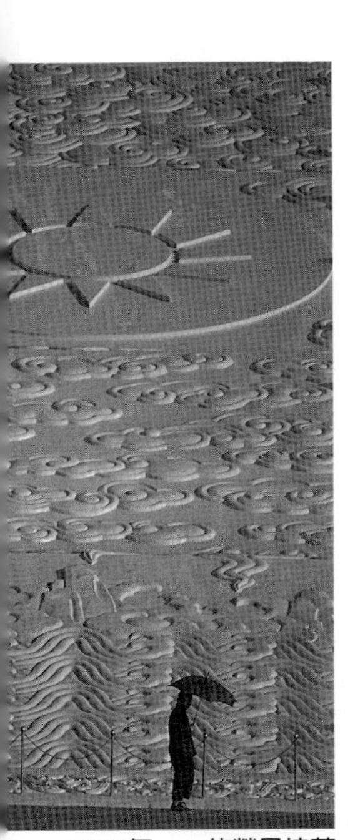

1985 年，一位榮民持著雨傘，孤獨地站在中正紀念堂前的國徽下。（朱明光攝影）

激動的大舌頭——吳樂天

⊙陳文瀾

關於舌頭的政治正確，八〇年代，對我這種每每被他人，包括被外省第一代，認做外省第二代的閩南人而言，遍歷種種無法閃躲的遇合，或努力掘鋤的傷痛再現，幾經激越、懺悔、遲疑與掙扎，轉向認同各種在野的思潮及勢力後，最深沉的精神與道德焦慮，便是無法說一口流利而「輪轉」的福佬話，一如幾年前難以說一口假音尖嗓台北腔的北京話般地，舌頭總是與腦袋唱反調。失語症意味著，自己無法通過某種忠誠稽核認證，取得某個國度的身分證明，只能在旁看戲、敲邊鼓和乾著急，在需要人頭便被動員，分配權力及利益時，卻只能在門外忿忿不平，更得時時刻刻證明自己的忠貞，證明自己不是楊康，而是陸文龍。

聽吳樂天的廖添丁廣播，便如探訪自己被閹割掉的舌頭。他編造的故事真偽並不重要，重複聽或從任何一個章節切入，亦少在意，從未將故事中的人物對號入座某某政壇人物，或哪個橋段可殷鑑、臧否某某事件，而是令人深度地反芻再反芻鄉愁及本土懷想。他激動、忿怒、責天籲衆、故做憂恨之音調，毫不懷疑所言內容的信心，鬥雞似夜以繼日的粗壯嗓門，帶著血鹹、汗臭與胃酸的口水味，正是我腦中所有，嘴卻無從發出的聲音，那飽含被欺壓矇騙許久的怨氣、痛苦、迷惑，雜著荷爾蒙、腎上腺素的壓抑內在之聲。其抑揚頓挫、慣用詞、幽默與獨家螺絲，則彷彿過去三台新聞主播所使用的，是開啟許諾地寶藏門禁機關之密語，更代表著語言稽核的標準答案，與學舌的終南之徑。

深夜，窩在狗窩裡，降低音量聽他說書，既怕別人聽到、又怕別人沒聽到，像一種不留下證據的造反，既有種偷偷做壞事的私密快感，又有種貪夜困思的哲學感。吳樂天跟政客們的激動冒進，我和同儕們的浮躁與假勇敢，人被人拖著跑的倥傯流離，事件雪滾動牽連著事件之不定難安，硬著頭皮試探禁忌的緊張、興奮、徬徨及觀望，書寫著八〇年代潮流的情緒與時代精神。

不過，吳樂天卻又如衆多曾領風騷一時的台灣人物，總禁不起時間的考驗，他們帶領時代前進，然而被時代遠

拋在後，是個人的腐化與不長進，卻也像是畫虎必類犬的族群原罪。他們善變易腦充血的脾氣，難圓其說的搖擺反覆，以肚臍眼為世界中心的驕妄，唯有獨白而無對話，使用權力與他人信任時的缺乏謀略，缺乏細膩情感及精緻美學的大男人主義，自以為擁有群衆魅力的牛蛙自信，犯錯後的瞎掰胡賴，樣樣裝先知的雞首鑾性；八〇年代中讓他們得以挾山超海的個性，在九〇年代卻只能做暴虎憑河的匹夫，掩耳搗眼的過氣叛徒。吳樂天藉廖添丁揚名立萬，電影廖添丁卻相當程度地終結了吳樂天，吳樂天戰勝不了的是，自己的個性，神棍與

（中國時報資料照片）

郎中的形象，與官方的曖昧陰影。

但我們今日仍達不到的是，吳樂天示範了想像台灣歷史、土地，與以虛構故事(fiction)干犯歷史的成功文案。台灣的歷史太過沉重，少有人敢在歷史縫隙中伸展手腳，甚至塗鴉、扮鬼臉，土地人文美則美矣，卻沒有浪漫的深度。在此，並非意指要竄改史實，或是粗手粗腳、破綻百出的拙劣文本，而是如金庸讓我們想像華山，梁羽生讓我們想像天山，兩者讓我們想像中國歷史的文學作品。現實生活中，台灣一直比不上古惑仔、倪匡的香港，拳打腳踢的上海與佛山，柴門文與弘兼憲史筆下的東京，來得更貼近我們，蘇乞兒、黃飛鴻比賣鹽順及鴨母王，更像我們的先人；我們需要更多吳樂天的廖添丁般俗豔動人的故事，偵探推理、羅曼史、武俠小說等類型，才能將台灣推向人們意識的深層。

凡是有壓迫的地方，就有反抗；這句話，毫無例外地，適用於八〇年代學運自身。

由八九年開始，學運團體中女性主義意識較爲鮮明的成員，紛紛出走，另外組成以女性主義爲主體的新團體與連線組織。八〇年代學運文化中潛藏的男性沙文主義，在進入九

〇年代後，更是受到主張「個人的即是政治的」與突出「差異政治」的女性主義直接而全面的批判。至此，在紛雜的八〇年代學運派系系譜之外，整個八〇年代學運論述的共通特性與限制，才於焉清晰呈現。原來，八〇年代學運，已經是最後一個「學運」，最後一個以普遍主義的「啓蒙理性」爲基礎論述的學運，同時，也是最後一個仍然執迷於爭奪「時代精神」的主導權的學運。有人喟嘆著「九〇年代沒有學運」，可是，難道不能說，所謂「學運」的終結，就是八〇年代學運給予九〇年代最好的禮物。

在八〇年代，學運團體中最流行，也最無異議的語言，莫過於「徹底反對」。在每一次的抗爭中，檢驗「政治純潔」的標準，取決於某種無所疑慮與保留的「徹底反對」姿態；爭取「時代精神」主導權的爭戰，逼使「學生領袖」們必須大聲地、急促地、義無反顧地喊出一個接一個的「徹底反對」，然後，「徹底反對」別人的「徹底反對」。進入社運現場時所感受到的弱勢群體與自許爲「代言人」的運動者之間的具有高張力的倫理關係，再度消失於政治思考與政治實踐中；「學運領袖」的發言，佔據、乃至竊取弱勢群體的發言位置爲己有而不自覺。終於，主導權爭戰的副作用，在惡名昭彰的「五月分裂」中趨於表面化。

八八年的年初，「國會全面改選」的聲浪漸趨高張。三月之後，當時擔任台大代聯會祕書長的鍾佳濱，開始與「民主學聯」翼的學生協商五月推動國會全面改選議題的行動計畫。在對於代議民主體制的性質的左翼觀點與右翼觀點的辯論中，在對於要以社會議題爲優先，還是以政治議題爲優先的爭議中，雙方核心成員的互信基礎全盤崩解。五月，台大學運團體對於「民主學聯」翼的「抗議教科文預算違憲」活動發表杯葛性的聲明，在媒體的渲染與推波助瀾下，轉瞬間就爆發成八〇年代學運的首度公開分裂。

相對於無止盡的分裂、結盟，不論我們所相信的意識形態爲何，「時代精神」這種東西的解構，每天都發生在每一個學運團體的聚會上；既沒有人會特意提到，也不必具文爲一套嚴格的論述。在這群人之間，存在著許多政治觀點上的歧異，但是，這個「年代」——假如可以這麼說的話——的弔詭之一，就在於：在我們彼此之間認爲差異最大

的地方，卻也是我們之間彼此最相似的地方，形成某種祕密的命運共同體。在每一場「校際會議」上，在每一次爭取「時代精神」的主導權的激烈言辭交換中，我們都有意無意地瓦解著所謂「時代精神」這個幽靈。每個團體內，對於某些「對立派系」的厭惡或者恐懼，如同傳染病一般流傳著，用以證明他們所衷心服膺的意識形態即是「時代精神」的體現；而每一個厭惡或恐懼，卻也只能以更爆炸性的分裂與對主導權的爭奪來克服。也許，沒有人眞正抗拒了作爲崇高的「時代精神」標誌的誘惑，但是，也沒有人眞正征服它。對於曾參與這些爭鬥的「學運領袖」最好的描述，該是海明威小說中釣回一攤魚骨頭的漁夫罷。這是當時的我所不明瞭的事：「時代精神」，恰恰是一具魚骨頭。

「八○年代」並沒有離開，因爲，遺忘、壓抑差異的誘惑，依然甜美。它存在於我們相信唯有掌握著社會資源的群體，才能做出正當而有效的發言的時候；它也存在於我們仍然以團結之名，書寫出普遍性的解放論述的時候。遺忘掉在權力場域的邊緣被異化的「她者」，迴避了詢問我們的自我認同與慾望看似自然的正當性是如何可能奠基在對「她者」的聲音的壓抑上，對我來說，「八○年代」就還沒有結束。

我，還能夠對這個「學運的年代」繼續說出什麼呢？或者，在我雖有所抗拒但又依然延續著某種虛構的神話的同時，是不是該問一問：這一場發言，終究又遮掩了哪些難以言詮的沉默？

朋友，其實並不存在著「八○年代學運」，不是嗎？

假如妳正抗拒著那難以抗拒的幽靈，不管我是否認識妳的名字，乾杯！

我愛北一女

⊙王文華

一九八三年，我進高中。我在高中做的每一件事都是為了女生。

我希望我有更崇高的動機，但我沒有。事實上不只我有這個問題，我的朋友都是賀爾蒙的奴隸。我們是學校中最平庸的一群，過胖、過瘦、過多青春痘。我們看《小畢的故事》，坦白說沒有什麼共鳴。因為我們叛逆的極限是聽羅大佑的專輯，思考為什麼「今天的歡樂將是明天痛苦的回憶」。我們羨慕籃球隊的帥哥，女朋友多到買花可以打折。我們嫉妒勤補習的第一名，高一就背熟了整本狄克生片語。我們吊車尾考進、勉強維持在四十名、週記的「師長訓話」抄上週的「導師評語」，而當值日生是生活中最大的危機。我們基本上沒什麼志氣，滿腦子北一女。

一九八三年，沒有信用卡、大哥大、安琪或琳達。有的是We Are the World、長壽蚊香、旋風小飛俠。在那個兩性戒備森嚴的年代，認識女生並不容易。我們一個禮拜上一次學校理髮廳，只為了聞理髮小姐的香氣。「『銅鞋』，裡面『捧』。」沒錯，你必須忍受她們的台灣國語。

我們當然更想染指同齡的女子。三點五十分下課，換上中華商場後面訂做的制服，弄亂書包背帶上刻意撕開的鬚鬚，像模特兒走秀，我們擺出自戀的姿勢、不屑的表情向北一女邁進。罩的帥哥能和北一女門房打屁，等當紅的石安妮；蠢的只能學總統府前的衛兵，木然地站在車站旁念英文講義。四點半，北一女學生湧出來，我們在大軍中逆勢而行，每一次摩肩擦掌都當做是佔到便宜。看到順眼的，我們跟蹤她走到金石堂。她拿起席慕蓉的《七里香》，我拿起杜思妥也夫斯基的《罪與罰》。我們保持一個書架的距離，跟著她的步伐移動，希望能看到她的學號和班級，回去再請同學的表姊打聽。「二年勤班林小琪同學收」，信上我們寫著，「那天在金石堂看到你，不知道能不能和你做個筆友……」是的，筆友。十七歲，我們不懂愛，只懂用花稍的文字實踐供過於求的感情。

我們當然也渴望身體的碰觸。西門町萬年冰宮，我們靠著欄杆、嚼著口香糖、欣賞黑裙子在冰上飄蕩。「一條龍」時，我們抓住前面女生的腰際，捧花瓶一樣小心。女生跌倒時我們暗自叫好，卻能裝出同情的眼光：「我教你煞車好不好？」離開冰宮時她說：「爲了謝謝你教我煞車，我請你吃『謝謝魷魚羹』！」在狹窄的桌上，她伸過手來擦掉你襯衫上的醬油，你放下筷子爲她摺起過長的衣袖。她上公車，跑到後座來和你揮手，你倒退走路，得意忘形而掉進水溝。

除了溜冰，還可以看電影。班聯會週六下午在中山堂辦電影欣賞，參加者一半是外校的女生。我們排在女生背後進場，夏日午後，她們把短袖捲高，黃綠白的各色襯衫被汗水沾濕，裡面的肩帶閃爍如寶石。燈光暗下，銀幕上演裸體的甘地，我們幻想另一群人脫去衣服的情景。

去自家的電影欣賞不稀奇，去女校的音樂會才神氣。帥哥們在吳倩蓮成名前就在中

1989 年，台北重慶南路金石堂書店。（鄭美里提供）

1986 年，表演工作坊《暗戀桃花源》。（中國時報文化新聞中心提供）

校園美女

⊙晏山農

從來校園出美女，只是八○年代以前的校園美女宛如高檔藝術雕像，不容外界褻玩。直到八五年八月創刊的《大人物》雜誌一舉推出「台灣校園十大美女」專輯，以及當時台視收視率極高的《強棒出擊》的推波助瀾，不但捧紅了日後紅透半邊天的崔麗心，更拋開偽善的夫子之道，讓校園美女成為一項清雅的新商品，不再只是與世隔絕的花間仙子。

《大人物》雜誌封面。（蔡其達提供）

不過，八○年代的校園美女泰半還是馴服於黨國威權體制＋男性沙文主義之下，所以，有校園美女被詢及社會問題時，就會嬌滴滴的吐吐舌頭說：「好可怕喲！」如此「可愛」又「純潔」的校園美女，好似受保護的動物般，因而被龍應台概嘆為「不會『鬧事』的一代」。問題的癥結其實更在男性，因為男性身處變動劇烈的時代，仍搞不清女性追求自主的潛力已蘊藏其間，還一味以瓊瑤小說的標準看待校園美女。如此到了世紀末，類似《歡樂龍虎榜》的節目大玩更多元的校園美女選拔時，男生除了流口水外，就只會噤聲無語了。

山女高聽她唱過〈乘著歌聲的翅膀〉（她那時叫吳茜蓮）。第二天節目單在課堂上流傳，傳到後排時吳茜蓮的照片竟被人剪掉了。看著破洞的節目單，我們爲上面的歌詞譜上自己的曲：「乘著歌聲的翅膀，我要帶你飛上天，那兒有我美麗的故鄉，終日溪水揚揚。」「親愛的吳同學，」我們拿出頭頂印有詩句的香水信紙，「我爲你的歌譜上了新曲，不

知道能不能和你做個筆友……」

對去不了音樂會的我們，校慶園遊會是最快樂的時間。有人佈置鬼屋，有人烤甜不辣，有人玩碟仙，我們算命。「我的面相如何？」女生眨著大眼問。我們偷瞄腿上的〈洛神賦〉，搖頭晃腦地說：「其形也，翩若驚鴻、婉若遊龍、榮曜秋菊、華貌春松……對了，你要不要看手相？」不等她回應，就死拉人家的手不放。講不出所以然來的同學會被派去主持別的遊戲。我們和女生猜拳，贏了就拿玩具槌敲她的頭，她必須及時拿起洗臉盆擋住。她歇斯底里地尖叫，我們笑彎了腰，沒有人知道有一天這個遊戲會變成避孕的技巧。

校慶過後就是合唱比賽。爲了提高參與率，班長會找友校的女同學擔任伴奏。放學後，班長到校門口接她，驕傲地帶她走過操場，趴在三樓欄杆的學長以軍禮歡迎，三分鐘的口哨和紙飛機。「各位同學，這是林小琪，她要爲我們伴奏。」接下來三個月，我們有了集體情人。大家忙著猜測她的血型，班會的臨時動議在爭吵送她什麼禮。排練休息，眾人爭相送上飲料，還有人特別從家裡帶來寶特瓶。比賽結束，我們拿歌譜請她簽名：「你有男朋友嗎？」「我喜歡蕭邦。」「蕭邦？」我們憤憤不平，「他哪一班的？」

合唱比賽完了通常都有班際郊遊。星期天一大早，公園路人行道。我們一圈圈聚集，假裝熱烈地討論化學習題，眼睛卻在偷瞄女生暗中下評語。到了目的地，分組烤肉開始。氣質最好的女生往往吃得最多。她們看你汗流浹背地煮魚丸湯，不但不幫忙還抱怨碗洗得不夠乾淨。吃完了肉，大家圍成圓圈玩遊戲。女生把手帕丟在你背後，你得趕快拿起來追著她跑。這個遊戲沒有任何意義，卻讓你對出席者一覽無遺，待會要電話時比較有效率。回台北的路上，漂亮的女生總是和別人坐在一起。偶爾你幸運了，她卻在你的肩上睡著。髮絲飄到你鼻下，你衝動拔下一根。因爲你知道有一天她會嫁給別人，

猴的傳人——侯德健

⊙孫瑋芒

大學時代結識侯德健時，他早已有「猴子」的綽號。常人在地上前行，步步為營；猴子在樹梢跳躍，捷足先登。「人猴同體」的侯德健，沒有受過任何正規音樂教育，但他只要一抱起鋼弦吉他，雙眼半閉，發出蘊含著蒼涼與野性的聲音唱起民歌，在座者無不傾倒，因此比民歌唱片更絕妙的歌聲，就活生生地在眼前。如果是夢幻年齡的小女生聽了，往往會產生迷戀，自薦他的靈感泉源。

已故作曲家戴洪軒，當時聽了侯德健創作的民歌，也不禁搖頭嘆服：「我寫不出你那種感覺。」

侯德健向同是軍眷村出身的我證明了：學音樂不是布爾喬亞的專利。他那時的情況才是真正的普羅：母親與父親離異，帶著四個孩子遷出岡山的軍眷村，北上自謀生活，他們四兄妹以野外求生的方式在台北度日。我們認識了彼此頑皮面具下的嚴肅本相：做個藝術家，以美感克服貧窮與悲哀。

侯德健的「貧窮藝術」，跨足文學領域。我大學畢業後服兵役時，他創作了歌曲〈龍的傳人〉，歌詞在台美斷交之際發表在報端，索取歌譜的信函足以埋了他。我利用休假回來的時間，幫他抄寫歌譜，送交快速印刷，寄發熱情的讀者。這首歌流露的對傳統文化的鄉愁，存在於任何移民社會；那旋律，一如德佛亞克《新世界交響曲》第二樂章的念故鄉主題，是能夠根植於聽者記憶的永恆旋律。

在猴子翻滾的世界，形式會逆反，吹口哨、開汽水其實是讚美。〈龍的傳人〉歌詞發表後，有位詩人在報端為文批評，用現代詩的尺度挑文字毛病。從那種酸溜溜的文氣，我嗅出詩人在怨嘆；自己苦心孤詣寫了一輩子的詩，不及侯德健的一闋歌詞那麼廣為流傳。

〈龍的傳人〉風行，引來了更大的角色想要馴猴。時任新聞局長的宋楚瑜，先把歌詞改為健康勵志的訓詞，發表在對成功嶺大專集訓學生的演講詞中，然後要求侯德健同意他更改歌詞，以「宋版」〈龍的傳人〉取代「侯版」廣為傳唱。權傾一時的宋楚瑜，更召集了一群文化人當面施壓，眼看著他要成

如來佛了。然而，猴子根本不信佛，他的世界裡也就不會出現如來佛。何況，

還有一群愛猴人，包括戴洪軒、唱片製作人姚厚笙、編劇家張永祥，為侯德健助陣，使得宋楚瑜敗下陣來。

宋楚瑜當時萬萬想不到：他也有受到當道打壓，自比「孫悟空」，要當「猴的傳人」的一天。

愛猴人還包括詩人余光中，我們從他那裡竊取了文字的煉丹術，在我退伍之後，兩度相偕前往台北市廈門街朝拜。儒雅的余光中，引用杜甫思念李白時寫的詩句，贈猴以言：「世人皆欲殺，吾意獨憐才。」

眼看著侯德健以他猴性，征服了拆船大王的千金，下嫁於他。才一年多，猴子難耐婚姻的頭箍，忽焉離妻棄子，收起吉他，一個觔斗雲，從台灣翻到中國去了。至於他的動機，除了猴性發作，我找不到其他更好

（中國時報資料照片）

的解釋。共產黨奉他為上賓，優遇有加。猴子到了中國，繼續寫歌、泡妞，過著猴王的日子。

猴子連國民黨柔性籠絡的日子都會反抗，何況千百倍頑固的共產黨。碰到八九民運，侯德健抱著吉他加入天安門廣場學生的靜坐示威，睡進人民英雄紀念碑台階上的帳篷，與毛澤東的遺體為鄰，在此創作了傳唱一時的歌曲〈漂亮的中國人〉，成為國際媒體的焦點。

在六四凌晨，猴子更為廣場上示威的學生出面與戒嚴部隊談判，要求軍隊讓學生和平撤退。這下子，猴子抓到了歷史的方向盤，又搖又轉，企圖影響歷史進行的方向。這是一般文字工作者想都不敢想的事，因為我們可見的成就巔峰，也只是觀察、記錄歷史的進行，做一個稱職的史官。台灣出現了抨擊他的文章，說他哪裡有鏡頭就往哪裡鑽、好出鋒頭。我想，持這種觀點的人，其實是為著猴子做到他們想做而無緣、無能、無膽去做的事，在戰慄中對著騰雲駕霧的猴子咒罵不已。

亂棒追打，追不上蹦跳的猴子。一位澳洲女記者稱他為「龍的反骨」。中共吃不消猴子大鬧天宮，又收伏不了他，便把他送上漁船丟回台灣來，猴子跳上台灣報紙的頭條新聞，享受到台灣已茁壯的包容力。那一陣子，在台北市的富豪飯店，我親眼見到一個眷村小子何等的名震天下：從事客房服務的歐巴桑，為侯德健鋪完床後，掏出紙筆索取簽名，說她的女兒很欣賞他。

當代的「行動藝術家」，或以自囚，或以在美術館排便作為藝術創作，於我都不足觀。跨越整個八○年代，我見到了侯德健以矯健的身手攀住最高枝，超越了金錢與政權的障礙，創作了他個人的行動藝術。當年在政大校園「狼狽為奸」的舊友如我，如今只能戴著腳鐐在地上跳舞，夢想著猴的傳人的身手。

對年少的情懷矢口否認。她不會記得你曾經花了五十分鐘爲她烤一根肥香腸，用掉半個初戀和一整瓶沙茶醬。

社團活動也可以認識女生。吉他社、合唱團和外校聯誼的機會最多，不過你得有些才藝才能加入。我們不會彈也不能唱，只好參加辯論社。墮胎應不應該合法化？死刑應

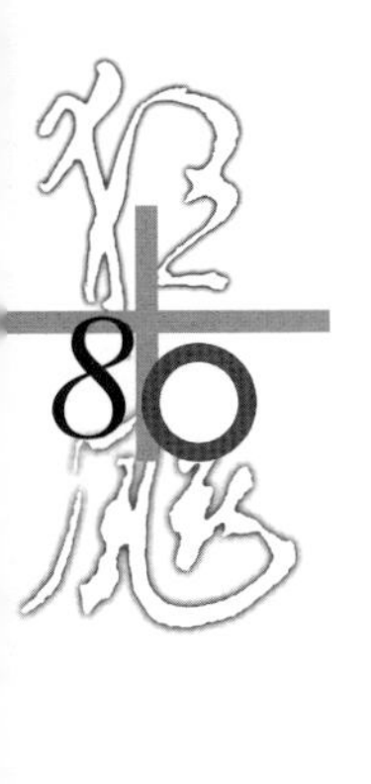

不應廢除？坦白說我們根本不在乎。但一想到可以認識女生，我們也一本正經地開始研究死刑符不符合人道精神。殊不知搞辯論的女生都很犀利，她們只想打敗你，不想愛上你。你只是她們的「對方辯友」，不是羅密歐。「我的意思是——」「對方辯友，我們都知道您的意思是女性對自己的身體沒有自主權。您就讀男校，難怪有這種沙文主義。」「我不是這個意思，我是說——」「對方辯友，請您不要一直打岔好嗎？您剛才明明說女性不可以墮胎，現在怎麼又反悔了？您這樣反反覆覆，我們不知道您的論點是什麼了？」

我們也許講不過她，但寫起文章來卻可以心狠手辣。那時編校刊是一件風光的事，你不但可以請很多公假，還可以登一堆自己都看不懂的文章。有一次在打字行看到北一女校刊要登的一篇〈心事〉，我們偷回來後登在自己的笑話欄：「多雲的天空不斷變換著圖案，無聲地由花變魚、變蓮、變棉絮……」後面還特別註明：「本篇純爲創作，如有雷同，純屬巧合，如需轉載，請先經本刊同意。」我們的笑話反應了對性的渴望：「建青徵稿，要有深度；北么徵稿，長短不拘。」笑話欄的封面通常是一篇排列成方塊形的古文：「『北』冥有魚，其名爲鯤……」順著念沒有意義，但從右到左第一排念過來赫然是「北一女的新書包沒水準」。

自強活動是擠破頭的。編校刊的去文藝營，認識筆名叫「湘弦」的男生或「夢涵」的女子，晚上梳洗完後坐在寢室地上談鄭愁予的詩。「我達達的馬蹄是美麗的錯誤」，我默默背誦，迫不及待用做下一封情書的起頭。不編校刊的去戰鬥營，早上起來朗讀蔣經國的《守父靈一月記》，晚上熬夜編隊歌畫隊旗。日夜行軍最容易營造感情的幻想，我替你拿背包，你幫我摺睡袋，所以結束時必定痛哭流涕，信誓旦旦地要一輩子通信。回來後寫信給她，一個月、兩個月過去。這怎麼可能，我曾經背她走了半小時，她還替

我扶正衣領？半年過去沒有回音，你第一次體會到現實世界的感情：你的永恆只是她的插曲，你的生死相許只是她的一陣噴嚏，你達達的馬蹄都是狗屁。

到了高三，我們仍希望在補習班抓到一點情意。在毫無逃生設備的高樓，我們像人蛇般擠在一起。第二排那個中山的怎麼沒來？第四排那個景美的換了手表？是的，我們注意到手表，甚至手臂上的汗毛。老師在台上用另類的方法教我們背單字：「STATUTE是法令，三個T就代表三個衛兵保衛著法令……」我們偷看著她，專心到咬斷2B鉛筆。半學期過後，終於鼓起勇氣傳紙條：「吾欲與君相知，長命無衰絕」。她轉過頭，我們立刻低頭寫英翻中。下課後我們等在電梯門口，「聽說她男朋友是附中的。」「我×附中！」但這只是嘴巴狠，骨子裡我們是膿包，不敢爲心愛的女人幹架。她走出來，扶著眼鏡看我們一眼，我們卻又立刻血脈僨張，「那個附中的個子大不大？」

我終究沒有找到那個附中的。一九八六年，我進入大學外文系，女與男十比一。對我來說，八〇年代在那一年就結束了。那個禁忌、壓抑、迷信永恆、交淺言深的年代。那個吳茜蓮、甘地、林小琪、鄭愁予的年代。坐在外文系教室，我夢想了三年的一切就在眼前，不知爲什麼，我竟寂寞了起來。

火燄與灰燼

⊙柯裕棻

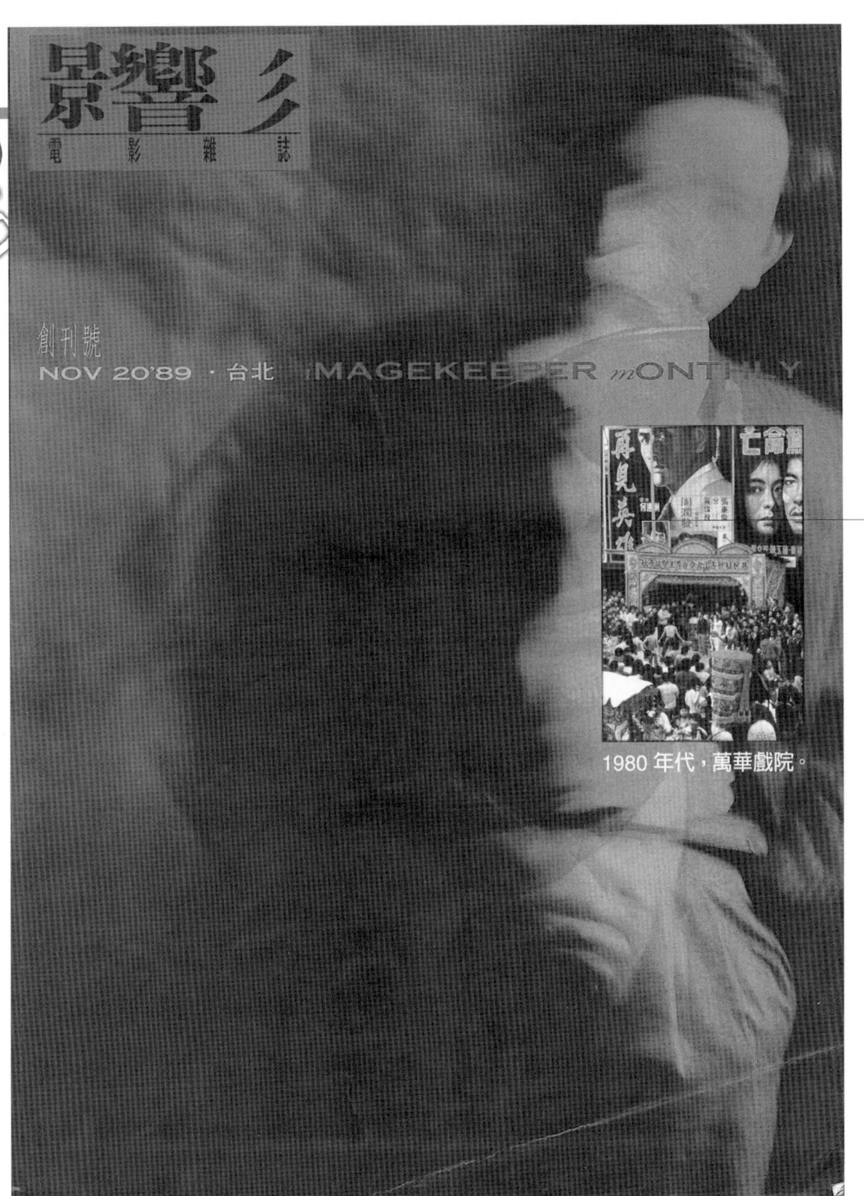

1980 年代，萬華戲院。

有人說那個年代是好的，因爲它發光它燃燒，它照亮許多黑暗沉寂的畸角。爲了一樣的理由，有人說那年代光怪陸離而且炙痛難忍，它不分青紅皀白一切盡成灰。我沒什麼反對意見，即使曾經有過，也眞的都煙消了。時代會過去，年少青春也會，何況火燄，何況意見。

不過我的朋友大桂說，不一定，很難講，誰知道。大楠說，來不及了，結構已經完成，現在只能分析不能解決。阿櫻說，像被開了一張空頭支票。小柏說，壓迫還在，只是型式轉變。小松說，反正都老了，我現在只談藝術不講政治。椰子說，現在哪有政治，不都是作秀嗎？阿樟吐一口煙，說，幹。

那時候，捷運還是個令人唾棄的蠢夢。火車還穿過西門町。那時候，女孩子流行把眉毛畫得又粗又濃，唇膏是正紅或亮粉紅的，香水是濃郁惑人的毒藥鴉片和CoCo。髮型是泡麵式的波浪。耐吉球鞋剛剛登陸台灣，世界最強球隊是洛杉磯湖人隊。最被崇拜的港星是鄭少秋、周潤發和鍾楚紅。迪斯可都還是很基礎的電子合成樂。最賣的卡帶是瑪丹娜和麥可．傑克遜（所以第一次聽到陳昇的時候眼淚差點掉下來），CD還沒普及。最正宗藝術叫雲門舞集。最賣座表演可能是相聲。最熱門話題書說不定是朱天心的《擊壤歌》。國片還很衰，侯孝賢剛開始得獎，沒看過《童年往事》和《戀戀風塵》的大學生總有點心虛。誠品只是個小書店。海外遊學風潮正在起步。電腦還是DOS或蘋果二號。大家樂六合彩賭風盛行，某國際雜誌說台灣是貪婪之島。股市開始發燒，啓動了將近十年的太平洋經濟圈的盛世。

我們還在念大學，然而去街頭的時候比去教室的時候多。每天總有不同的團體示威抗議，在不同的地點，爲了差不多的理由，社會不公不義，所以自力救濟。校際之間的串聯是很常見的，學生社團聲援社運的行動很頻繁，在校教官和訓導處的忙碌也可想而知，各種大過小過警告名單貼滿公佈欄。沒有人在乎，豁出去了，不一定會壯烈成仁，但成名總是難免的（羅文嘉那時候已經很紅了）。舊霸權正在瓦解，謠言和利益飛得滿天都是，還有警棍，學生被打掉的牙和扯掉的頭髮，憤怒農民的雞蛋和包心菜，鎭壓的

消防車水柱，鄭南榕自焚的火星。

烈火青春。這是一群踩著風火輪的哪吒。這群人曾經咬牙切齒地做夢，顛覆，瓦解。每天四處串聯不同的團體和運動，偶爾考慮犧牲自我或他人。社會力的釋放像是宇宙無所不在的能量，我們不是宇宙超人或學生領袖，但我們吸納而且附著於其上。我們不過是小原子，可是我們都相信那種瞬間爆發的衝撞力可以夷平一切的不平。我們活得很興頭，夢想彷彿伸手可及。有的人因此被叫做野心份子，或者是被野心份子利用的不安份子，有的人泡在ＭＴＶ小包廂看前衛電影，搞實驗劇場實驗電影，實驗自己與群

大家樂

⊙伊里

八〇年代中在台灣社會掀起一陣狂飆的賭博「大家樂」，原是民間針對愛國獎券中獎率偏低，因應而生自行發展的一種賭局，因中獎機率、金額均較愛券高，而有了此一名稱。

儘管起源地眾說紛紜，但到了一九八五年它已流傳盛行於台中、嘉義，並從此擴展至全省。

由於「大家樂」的進行方式簡易，在投資管道缺乏、民間資金無處流通的經濟因素，結合功利觀念、既有人際關係的社會條件，遂一發不可收拾。

它衍生的社會現象包括：催化迷信、影響原有的生產體系，因參與「大家樂」而家庭破碎、損龜自殺者不勝枚舉。

官方於一九八八年一月起停售發行了三十八年的愛國獎券，此後，「大家樂」偃息，以香港六合彩券為簽賭依據的「六合彩」繼之而起，存活至今。

眾之間種種流離與溝通的可能。有的人參加各種讀書會，整天在唐山書店、紫藤廬和人性空間茶藝館穿梭，腦子裡塞滿盧卡奇和阿圖色。也有人上午到號子裡看股票行情，下午跑三點半，晚上在統領前面擺地攤。有的人活躍於各種地下媒體，選舉的時候是文宣寫手，示威的時候是口號創意，遊行的時候是V８錄影者，平常沒事的時候背著單眼相機上山下海拍黑白照片，替《人間》雜誌寫環保文章。報禁解除後大家都恨生得太晚，巴不得早點畢業好去卡位。期末考的時候各路英雄人馬聚集黎香咖啡，熬夜猜題寫報告。

那時有幾個令人啼笑皆非的愛國廣告，叫「愛到最高點心中有國旗」，和「明天會更好」。可是如果那時候你問我們到底愛台灣還是不愛，我們可能又愛又恨，莫衷一是。

那幾年小柏非常熱中小劇場，整天排練我們看不懂的劇情，租回來的錄影帶也一樣高深莫測，沒事就泡一個Pub叫名駿。小松更絕，只想拍電影，看大島渚的時候不知爲什麼哭得唏哩嘩啦，後來他跑去學法文，一心一意要去巴黎學電影。大桂打辯論，南征北討很多年，除了大專盃最佳辯士，還常常當評審和社團指導老師，非常關心安樂死是否應合法化的兩難問題。大楠純粹搞理論和讀書會，思想很不單純，《當代》雜誌好像只有他讀得懂，他常常酸溜溜問大桂，你們爲什麼不訂一個辯論題目叫「台灣應獨立或統一」，看誰打贏。玩地下樂團的阿樟每每聽到他們抬槓就哈哈大笑，阿樟幫尤清競選的時候很得重用，因此身分很黑。阿櫻念社會，卻很反社會，五二〇事件她被警察打得很慘，之後她就很少去上課也不上街頭，除了瘋狂打工之外也寫詩畫漫畫，她最迷戀的人是崔健和羅大佑，對於我們這群熱血青年她有一種冷靜的同情。椰子的父母除了常常返鄉探親之外，炒作股票與地皮非常成功，買了一輛跑車給他，泡妞無往不利，我們有時會搭他的車當日往返台中去庭園咖啡。

然而活得那麼熱鬧，卻時常有崩潰之虞。

正好在一九八九年六四天安門事件發生前一晚，我一個人在家看電視新聞，媒體都瘋狂出神，以為鄧小平死了，大陸民主運動如火如荼，大家都又興奮又害怕，以為共產黨會因此而完蛋然後我們就要反攻大陸了。我也很害怕因為那年夏天我要出國遊學，萬一打起來我豈不是要換護照嗎？那時小松已經忍無可忍，休學偷跑到法國去了，而且還

80 等候公車

【八〇年代影像誌】

⊙梁正居／文・攝影

八〇年代的一個農曆年前兩三天，台北中山北路人行道上，上班族紛紛要下班求去，公車私家車一輛接一輛的塞在四線大道上，走走停停。交通，是那整個年代裡台北人的最痛，可現在改變也並不多，因為車輛只會增加，上班族好像總是比較不幸的一群，公車不好等，污染和廢氣天天看著呼吸著，焦躁地想著回家回家回家去。

就快過年了，一位小朋友手執一方「鎮宅避邪」的大紅聯，那是剛從大街騎樓買來的嗎？他身著正流行的棉衣童裝，搖搖晃晃的摟著站牌，和大人們一塊等公車、呼吸車輛的廢氣。當然，寒假春節壓歲錢是少不了的快樂。

是逃避兵役，勇氣可嘉。

那天半夜我接到椰子的電話說他發生車禍現在醫院。他說他沒事不過阿櫻還在昏迷。我不知道他們兩個什麼時候湊成一對，不過這個不重要。我趕到醫院的時候，大桂和大楠也在，原來他們四個一起去 Roxy 喝酒，椰子喝太多開太快，車子撞爛有人斷手有人刮傷，阿櫻腦震盪。我一出現在走廊，大桂立刻問我天安門現在如何了，我說不是很樂觀，他又問我們這裡的聲援狀況，我說我不知道，大楠插嘴說，你以爲會反攻大陸嗎？神經病。大桂和大楠一如往常，開始在急診室一言一語鬥起嘴來。

椰子忽然大喊，你們閉嘴，現在人是死是活都不知道，還光講這些高調！我愣住，搞不清他是在說鄧小平還是阿櫻。應該是阿櫻吧，因爲椰子接著嚎啕大哭了。

我起身說，我打電話告訴阿樟和小柏。大桂、大楠阻止我，說，小松跑去法國，小柏心情不好一定泡在名駿。阿樟不會來。

我說他爲什麼不來？

大桂、大楠看看我，嘆口氣，往椰子和阿櫻看一眼。

我突然明白，原來阿樟、阿櫻和椰子有三角關係。我好像是住在月球上，這種大事竟然不知道。我坐下來，不知道怎麼辦，覺得很疏離，好像我從來不屬於這個小團體。椰子還很戲劇性地哭著，我懶得過去安慰他。

後來小柏來了，原來他沒去名駿。他來了也不說話，呆呆坐著。

這時不應該來的阿樟突然出現。他一來就和椰子扭打成一團，椰子歇斯底里衝出醫院，大桂大楠追了出去。阿樟氣喘吁吁看看昏迷的阿櫻，沒說話就走了。醫院裡剩下我和失魂落魄的小柏。在阿櫻清晨醒來之前我們一句話也沒有。

後來天安門事件就發生了。大家都嚇壞了，不過也沒事。台灣文風不動。我們這群人卻從此散了。

隔年李登輝任命郝柏村爲行政院長，幾年來風起雲湧的學運終於蓄積到了爆發點，大家都聚在中正紀念堂，圍著野百合發燒。阿樟已經儼然是學生領袖，指揮小蜜蜂隊伍

四處突擊。他彷彿是個嗜血的戰士，爲了革命而存在。我們在他的領導下，倒像是參加了一場嘉年華，阿櫻還去場外的攤販打香腸。

野百合學運是那次六四車禍之後，我們最後一次聚在一起。

打辯論的大柱後來成了新黨要員。大楠移民加拿大。椰子變成律師。

小松電影學成歸國，卻和小柏反目成仇，雖然領域相近卻彼此不相往來。

阿櫻好不容易畢業了，現在畫漫畫和插圖，和誰都沒聯絡。

阿樟後來成了民進黨重要幹部，做幾年又回頭搞音樂。

這個城池屹立於夢想的殘骸之上，我們踩著青春的灰燼過活。哪吒從風火輪上摔下來，發現滿腳都是水泡。

因此你說，那年代好亮，我們曾經有過無限的可能，來改造這個社會。我們彷彿拆了一些東西，可是它們是怎麼重建的，我們既不知道也沒參與。牌彷彿重洗了，可是玩牌的也還是同樣那些人。因此我說，那年代是拆除是清洗是推翻是掏空是解放，它的光芒犀利如閃電，可是它也重組建構，以一種迅雷的速度和密雲的勢態，嚴嚴地在我們爲電光所盲之際進行修補。十年之內，台灣貧富差距加大，新霸權已然成形，政治權力結構鞏固，黨國與鉅商的勾結更牢不可破而且複雜，強勢弱勢卡位戰未曾稍歇，中心邊陲涇渭分明而且差距逐漸懸殊。壓迫還在，只是型式改變，然而沒有人想革命了，現在大家都想選舉。

選舉的時候，我們一樣可以到場子外去打香腸。

歷史：我的心虛

⊙顏忠賢

1988年，彰化員林，看花車女郎。（林國彰攝影）

我是心虛的。

在這個時刻重新試圖去思考八〇年代。

那個我一向自以爲不可能忘記但事實上卻已經搞不太清楚自己還記得什麼的年代。

一九八〇年，八〇年代剛開始的那一年，那個剛考上台中一中的我，事實上仍然搞不清楚那年約翰．藍儂的遇刺身亡和美麗島事件的大審爲什麼是那麼難以被忘記的「歷史」悲劇。

八〇年代，那段我的「歷史」，或說是我的「青春期」，事實上正好是我花了最多時間和「歷史」打交道的時刻。各式各樣的「歷史」：無論是八〇年代初我高中搞校刊寫詩寫散文所抄襲來的黃河長江式的懷古餘漾，還是有位曉以大義的國文老師用新儒家重寫重解文化基本教材裡《論語》、《孟子》所代理的吾不及也沒什麼人弄懂的三代……或是大學四年裡用更大堆頭的技術或式樣的過時名詞所砌出來的既冷僻又無聊的建築史（後來還變成我學位論文的辟邪光環），甚至是更後來的接近八〇年代末我也趕時髦所讀到的更多更熱門的和歷史有關的左左右右各派的理論方法論學說（雖然往往過了好幾手）……

但是，這段和各式各樣「歷史」打交道的時刻，一如我的（或是每個人也差不多的）青春期，由於太過用力，而總是錯過了那些比較接近「可能洩露內幕」的那一刻。不論是太努力地（甚至是扭曲的）「表達」宣稱自己是在運動在歷史現場裡的反叛式幻覺，或是一廂情願地「壓抑轉移」到純研究純寫作的溫馴懷古癖，都不免遭遇到這種愈用力愈看不清楚的心虛。

心虛的八〇年代的我的青春期。

但，我所想的，卻是更多看似和「歷史」沒什麼關係的一些畫面。

（畫面一）

那是高中編校刊的時候，有一天，那個帶我讀新儒家書的校刊指導老師把我叫到辦公室，拿兩篇小說問我怎麼辦，因為編輯們開會投票決定了其中型式主題都大膽煽情的那一篇，而放棄了另一篇故事雖然健康寫實而技巧成色卻相較遜色得多的作品。

我老是會想起那一天的畫面，在辦公室的滿晚的下午，天色有點暗，其他老師走得差不多了。

我明知道那校刊編輯的朋友們會惡搞的、會蠻幹的堅決把那篇稿子拿掉，而我又不想讓這位曾經如此誠摯眷顧過我的老師傷心……

天色就快暗下來了。

我突然想到她曾在某回談牟宗三、熊十力時所談到的張愛玲，對於她那瑰麗卻殘破、絕美卻敗德的小說有著客氣但顯然的不滿……我還想起她談起的義利之辯、內聖外王之說和更多文以載道得令我更心虛的典故……

天色就暗了，我呆在那裡不知如何是好許久許久。

我老是會想起那一天。

八〇年代初的那一天。

我的心虛或許不只是對於校刊社裡編輯與老師之間觀點紛歧的苦惱，而是第一次感覺到那些我所深信的帶自己離開僅是聯考無聊教材教義的那派文起八代之衰的學統可能也不過是另一種較健康較寫實的新派八股……和那時隱約流行懷長江黃河古式的民歌新詩風潮相同，只是讓大家在教科書外頭暫時喘口氣，可以更說愁一點濫情一點都無妨。

其實，那時候的我仍然是跟著在那裡頭一起濫情兮兮的。從來沒弄清楚八〇年代來臨前的最後兩三年那鄉土文學論戰到底爲何而論而戰而緊張，或是裡頭所爭議的誰的鄉

土誰的懷舊甚至最根本的誰的「歷史」之類的問題。

我也是在很久之後才留意到，論戰裡頭眞正的鄉土，對住在彰化的我而言，或許應該是去台中上中學總會經過的老沒什麼水的大度溪，去台南上大學火車外看出去看好幾個小時都看不完的沒什麼山的嘉南平原，也就是，台灣話「下港」（而不是地理課本上大山大水的神州大陸）的眞正基地吧！

民間社會

⊙晏山農

一九八六年的下半開始，以民間學者自居的南方朔藉由「拍賣中華民國」、「台灣的新社會運動」等議題的發抒，漸次將「民間社會」（civil society）的觀念呈現出來，其後江迅、木魚等新生代又經由《南方》雜誌繼續闡述這一觀念，並化為運動實踐的源頭活水。

按照南方朔的說辭，民間社會意指「在政治學上，國家之外的人民自主部門，或者是經濟上相對於國家支配的部門」，如此定義的 civil society 其實和

歐美傳統的看法不侔，它的點子主要來自於波蘭團結工聯，再結合葛蘭西、尤瑞、拉克勞等人的理論而來。它的邏輯和結構未必堅實，卻因掌握了人民 vs. 黨國機器的心理需求而大受歡迎。雖然，左右兩翼曾先後圍剿這一理念，卻無損其鋒芒。其後還有人擬出「人民民主」的新策略繼續挑戰民間社會，卻也不再那麼涇渭分明。於今觀之，民間社會理論的漏洞確實不少，但它的一些基本概念，早已滲入日常生活的想法裡了。

俗擱有力的豬哥亮

⊙簡白

八八年初，前總統蔣經國逝世，全台灣被迫進入所謂「服喪」期間，正常影視娛樂幾近停擺，僅只錄影帶出租業一枝獨秀，其中最風光的，恐怕要屬豬哥亮的餐廳秀錄影帶了。那時候，拿豬哥亮做招牌的錄影帶，少說也有五百集，乘以全台約四千家錄影帶出租店，起碼即有兩百萬頭「豬哥亮」在街肆流竄，聲勢嚇嚇叫。莫怪乎美國影視工業權威雜誌《綜藝報》製作台灣娛樂界專題報導時，除介紹邱復生、徐楓、侯孝賢之外，也要另闢專文敘述豬哥亮這位教父級笑魁明星的傳奇崛起過程。

儘管錄影帶內容鹹濕油黃，兒童不宜，但豬哥亮仍如水瀑下流般狂瀉，闖入市井家庭，連三歲小子皆知「豬哥亮」大名。假若說，蔣經國逝世之前的整個八○年代，中下階層民眾白天「聽命於蔣總統」，黑夜則「看秀於豬哥亮」，講法雖誇張，卻也離事實不遠。

本名謝新達的豬哥亮，頭頂著正字標記「馬桶蓋」（這要歸功於張琪所取的諢稱），於是乎臀部上升至天靈，也就是「下半身統治上半身」的他，言語舉止粗魯鄙陋，開黃腔、吃豆腐，消遣男女來賓時又帶有那麼點自虐味道。觀眾看著看著，一不察覺，就被豬哥亮搔癢到大腿根處去了，然後仿效他的口吻暗罵：你爸卡好，真是夭壽！

遠望可以當歸，搞笑當然也能夠澆愁。在苦悶的年代，中下階層民眾藉由目睹豬哥亮「調戲別人身心」的秀場，而收到「調劑自己身心」的效果。風尚所及，豬哥亮的後生同行，諸如胡瓜、張菲、賀一航、陽帆等「黃色浪子」輩出，主持風格統統傳染有「無賴加登徒子」的基因。豬哥亮的「典型」，實在帶給台灣電視綜藝節目相當負面的示範。

負面雖負面，但「負負得正」。老朽的國民黨，就是特別喜愛形象難登大雅之堂的藝人幫忙抬轎。進入九○年代，在台灣省長選舉期間，李登輝總統召見豬哥亮，對其「演藝成就」大加讚譽，並央請這位「俗擱有力」的諧星替宋楚瑜造勢。自稱「六合黨員」的豬哥

亮，慨然應允，於是省長選舉期間，「瑜亮同台」賣命演出，蔚為奇觀，教很多文化界人士看不過去。例如，瞿海源就憤而下筆指出，既然李登輝這樣欣賞豬哥亮，乾脆在介壽館辦場「豬哥亮秀」算了。

按說注重創意的影視圈人物，如同作家，崇尚進步，厭惡束縛，政治意識較傾向於自由派，但台灣娛樂界與好萊塢風氣反是。沉迷因循抄襲、拚守既得利益的反動心態，讓此間藝人大都畏懼改革，擁抱保守派，甚至極右政黨，原屬司空見慣，無啥新鮮。只是「瑜亮本該有其『情結』，下駟怎可背書上駟？」的士大夫觀念，蒙蔽了（一如法國社會學家塔爾德所言）模仿機制建構下的社會運作真相。人在江湖，身不由己。倒是傳聞為豬哥亮小學同窗的陳芳明，以江蕙歌曲〈藝界人生〉作比喻，著文為「牆頭草」似的豬哥亮之流，寫下如是體諒的感慨：「選舉站台上的藝人，也很可能只是在演別人，同樣是表演，也可能有台前台後的寂寞辛酸。」

（中國時報文化新聞中心提供）

一九九八年，又遭逢選舉年，影視圈的大大小小「豬哥亮」，或多或少又要成為輔選的道具矣。然而，奇妙的是，生態不變的台灣綜藝界，今日「迷信當道，造假成瘋」，豬哥亮的「黃」梅調，反而變身「古典」。午夜時分，偶爾把玩選台器，撞見有線電視播放豬哥亮與白冰冰搭檔主持的昔日作品，畫面依舊，人事全非，內心竟也萌生些微的悲涼鄉愁了。

那神州大陸在不是老「歷史」的那時對我們而言又變成了什麼？

（畫面二）

那一年快過農曆除夕前，在一個名叫卯澳的東海岸老漁村做田野調查式的訪談，本來以為人口外流得差不多的這個地方應該是很落魄很可憐的，沒想到來過幾次後弄得比較熟的雜貨店老闆招呼我們去他家後面喝茶時，談了些當地古蹟保存的事以後，有個朋友突然問起說快過年了有沒有大陸的酒可以買，我因此有點緊張，怕老闆以為我們來查走私而弄得不愉快……沒想到，他從櫃子裡隨便拿了拿，就好幾箱，貴州茅台、紹興花雕、孔府老酒……應有盡有，招待我們喝了幾杯下肚以後，他還笑著說：「你們讀書人大概用不上了，不然，黑星、紅星的手槍也有貨，台幣幾千塊就可以買一支呢！……」

那幾年大學念了建築的日子裡，因爲在下港各地調查訪談，面睹了一些舊城（諸如那個老漁村）走向報廢的宿命與它們頑皮而頑強的抵抗行徑……，也正由於在種種荒謬得如此可悲又可笑的現場，自己才隱約感覺到一九八〇那年落成的中正紀念堂和更多更早仿宮殿式的官方建築所讓人懷的舊未免太過豪華太過「文以載道」地昧於現實，正如我過去高中時所在裡頭跟著昧於「龍的傳人」式的歷史而緬懷的濫情兮兮。然而，眞正的下港卻早已識時務地找尋著自己更多利多的和歷史無關的各種出路。

那時，苦惱的青春期的我其實也還花了更長的時間在一些和建築沒什麼關係的事，找尋自己可能的不同出路。由於無法跟上務實得令人髮指的那個時代的腳步，我反而愈用力於一些更不識時務的事來反叛那種凡事只講究利多的習氣：拚命追老是追不到的女生，拚命寫老得不到文學獎的詩，拚命聽怎麼都聽不懂的音樂、看怎麼都看不明白的書，拚命地在社團找更多人來拍壞自己的片子，然後拚命地難過著。

就在那段我用力地讓自己報廢的時光裡，台灣終於解嚴解報禁，房地產飆漲，股票指數也升到八〇年初的十多倍，台幣對美元首度升破一比三十，甚至麥當勞登了陸，其他國外各品牌各連鎖店也虎視眈眈地看著台灣人的荷包跟了進，所有的人與土地都好像不得不必須變得更識時務了些，才能跟得上時代……。

但是，我仍然對於那種識時務的不得不然感到難過，無論是面臨時代轉型的台灣下港、還是感覺到青春期已到了盡頭的自己，每個人都好像必須變得更虎視眈眈一點，更緊攀著歷史一點，才能說服自己是比較不心虛的。

這大概是八〇年代最末我在台大念城鄉研究所時，也曾努力過投身於無住屋組織、反郝動員和中正廟學生會師……種種運動的動機，想要挽回一些因心虛而從來不曾涉足歷史現場的遺憾，然而，現在想來，也是太用力了，而看不到自己所心虛的，終究是和「歷史」打交道過程的莫須有的害怕所喬裝出來的過於溫馴或過於反叛。

一如整個「下港」（台北以外的地方就是下港了嗎？）也正抵抗著自己所害怕可能被寫上報廢的宿命，而更狡獪地近乎拚命地想找回

1986 年，高雄加工出口區的上班車潮。（朱明光攝影）

⊙梁正居／文·攝影

八〇年代初，內湖地區的老煤田，福田礦坑發生了瓦斯突出爆衝意外，連日擠滿了觀看救災的民眾，以及各路媒體的採訪工作人員，有的好奇爭睹，有的關注不語，也有追蹤獨家消息的。災變坑口，每隔一陣就會有隆隆之聲，捲揚機拉出台台煤車，車上常載滿了土石泥煤，湯湯水水的一路泄著，有時就載運出礦工的烏黑屍身，再不就是一臉疲累的援救礦工們，他們大部分是本坑的，也有各地友坑趕來的，有的一語不發，有的暗自悲泣成張張大花臉。台車每一停下來，一片哭嚎之聲哀淒聚攏，相機的燈光閃個不停，一位礦區的孩子，幾天來日日在災變現場，看似無力的坐在枕木上，沉默異常。

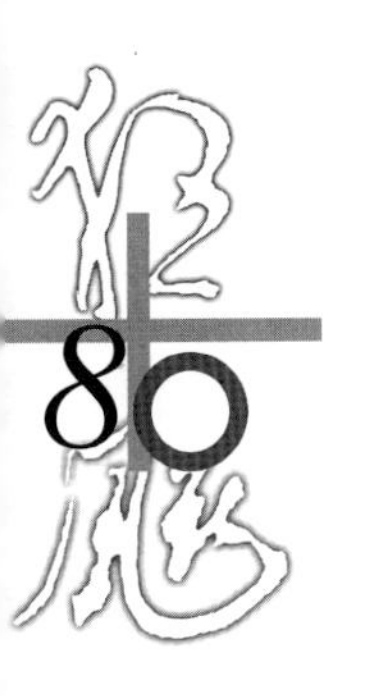

的利多消息式的（至少是不被人同情的）未來展望。

其實，不管是過於溫馴或反叛，下場是雷同的，急著跟上世界跟上時代跟上九〇年代的台灣是不會再勤於溫習那些吾不及也的三代、黃河長江神州懷的古、甚至是文學論戰裡的鄉土及其掌故……的那些不識時務的「歷史」，它正和我一樣努力地想擺脫那種（解嚴以來）青春期式的心虛，至少是不再受其沉重地威脅……

但是，未來就來得更快了，還虎視眈眈地，不帶一絲同情，致使某些如我一般還沒有想清「沉重一如悲劇式的歷史」的人與土地，所面臨的下場同樣地可悲而可笑，還來不及嘆息就早已無可奈何地被推入了九〇年代……

（畫面三）

八〇年代最後一年的有一天，我記得的那個時代的最後一個畫面是當兵下部隊到台東報到時的印象，我和數十個碩士預官被很擠很擠地硬塞到一部卡車裡，像運豬一樣地往海邊的軍事基地顛簸地開去，我站在車的最後頭，看著城市、建築……所有的人跡和那個年代（我所沉湎所心虛）的種種……沿著越來越顛越小的山路慢慢地消失在遠方。

國際

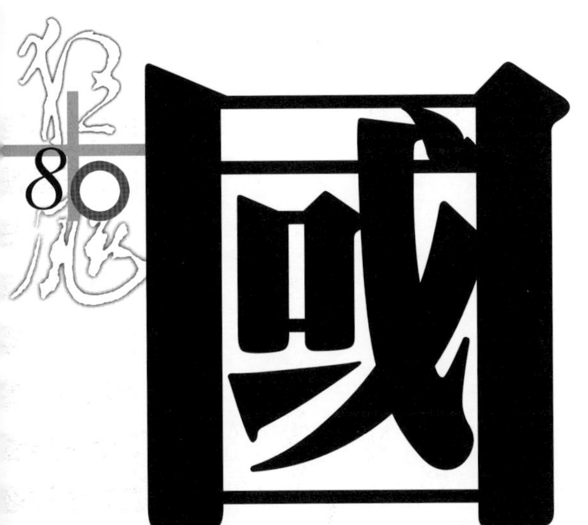

國際

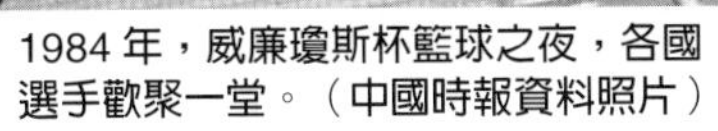

1984 年，威廉瓊斯杯籃球之夜，各國選手歡聚一堂。（中國時報資料照片）

死了一個教授之後

——美國媒體眼中的八〇年代台灣

⊙林博文

《台灣新文化》雜誌封面。（蔡其達提供）

《人間》雜誌封面。（蔡其達提供）

《南方》雜誌封面。（蔡其達攝影）

八〇年代是台灣政治大變革的年代。時代與潮流的急遽變化，使國民黨政府在自我陶醉中矇矓地感覺到「時不我與」了；黨外人士並不因美麗島事件而冷卻爭取「出頭天」的熱潮；蔣經國的身體大不如前了，台灣好像要變天了。

大家萬萬沒有想到的是，國民黨情治人員與黑道聯手逞凶海外的一場暗殺事件，通過美國媒體窮追不捨的深入報導，徹底改變了台灣的前途和蔣家的命運。江南之死逼迫蔣經國不得不冷靜思考蔣家第三代的接班問題、解嚴問題、開放黨禁問題以及大陸探親問題。這一連串問題使蔣經國敝精勞神、「苦其心志」，問題終於一項項解決了，蔣經國已然油盡燈枯，統治台灣近四十年的蔣家朝代也就完全落幕了。

一九七九年十二月三十一日，七〇年代的最後一天，美國與台灣的〈中美共同防禦條約〉正式告終，台灣從此必須自食其力、「自力救濟」。

蔣經國和他的父親一樣，都不太喜歡美國，父子對美國都有一種複雜的「愛恨」感情，儘管如此，他們必須把對美關係列入外交戰的第一優先，沒有美國的支持，台灣難保。八〇年代伊始，一向親台的前好萊塢過氣三流演員、前加州州長雷根把背棄台灣、與北京建交的民主黨總統卡特趕下台，台灣朝野都很興奮，都一廂情願地認爲雷根政府會善待台灣，甚至會改變美中台三角關係。雷根是個極端反共的人，他在四〇年代當好萊塢影星工會會長時，就是聯邦調查局的線民，專向聯調局打小報告，舉發某某人是共產黨或有親共嫌疑，另一個也愛打小報告的線民就是卡通大師華德·狄斯耐。

雷根確實很夠意思，軍售台灣亦比較積極，一九八二年四月向國會提出了售台武器零件六千萬美元案。同年五月，雷根寫了一封密函給蔣經國，重申信守台灣關係法以及拒絕接受中共所提出的軍售設限。然而，北京對美國軍售台灣問題，一直採取緊迫盯人的手法，欲迫使美國逐年減少對台軍售，質與量都要限制。雷根政府的強硬態度引發了美中（共）關係的危機，美國媒體泰半支持台灣，希望台灣能夠繼續獲得充足的防禦性武器。但雷根政府終向北京低頭，雙方簽署〈八一七公報〉，美方表明北京政權代表唯一的中國，美方無意實行「兩個中國」或「一中一台」政策；美方將逐步遞減對台軍售，即今後軍售台灣的質與量均不能超過「現在的水平」。

親台灣的雷根處理美中關係失當，反倒使台灣遭到池魚之殃，頗受美國媒體的批評，並譏之爲比卡特時代所簽訂的〈建交公報〉和尼克森時代的〈上海公報〉還要糟糕，因爲〈八一七公報〉眞正影響到台灣的國防實質利益。雷根在內心深處當然對台灣感到愧疚，他寫了幾封信給蔣經國再三表示美國會信守台灣關係法。

美國媒體平常甚少報導台灣，但八〇年代台灣島上的政治演變和兩宗謀殺案，卻使台灣成爲美國媒體的熱門新聞，一些有深度的評論家並預測台灣在八〇年代將進行一系列的政治改革，台灣人會快速地掌權，而不像過去在中央部會只是當花瓶角色。

1989 年，北京天安門流血鎮壓前夕，台北群衆在中正紀念堂廣場前徹夜聲援民運。（中國時報資料照片）

美麗島事件雖發生於一九七九年十二月，但其對台灣內部和國際形象的衝擊，在八〇年代方始劇烈凸顯出來。美國媒體認爲台灣人已「等得不耐煩了」，雖則蔣經國的民主步伐比他的父親邁得更大，但台灣人要爭實權，要在政治上落實本土化的要求。一些分析家幽默地說，國民黨最大的錯誤大概就是發展經濟和普及教育，一九四九年大陸來台的統治者以爲台灣人有飯吃、有書念之後，就會乖乖地做個「順民」。沒想到台灣的一批政治積極分子、知識菁英、社會運動家和許多熱中於「民族自決」的群衆，都認爲「是時候

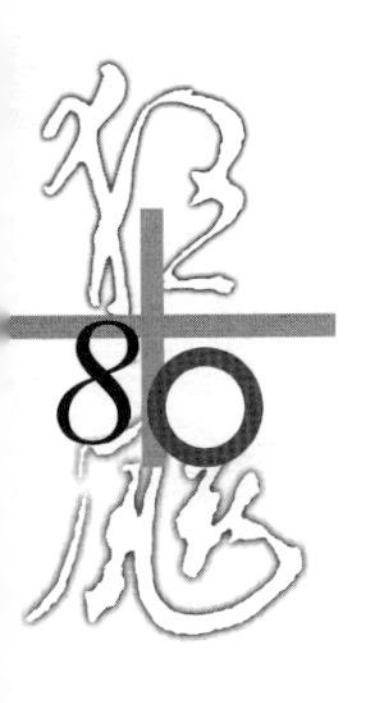

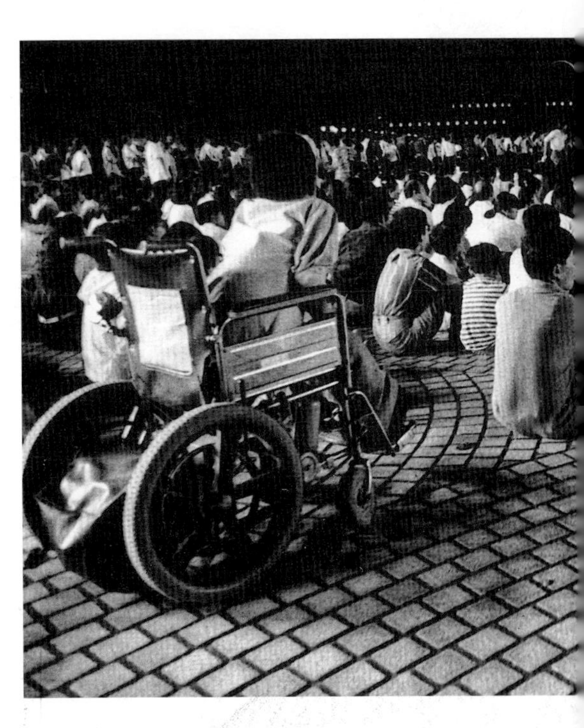

了」，他們辦刊物、開座談會、遊行喊口號，情治單位的處理不愼或不當，爆發了美麗島事件，點燃了島內外反抗運動的火種。

美國媒體密切注視美麗島事件被捕人物服刑之際，一九八一年七月初，返台探親的美國卡奈基—梅隆大學教授陳文成，被警總約談後竟陳屍台大研究圖書館後面，引起了海外媒體的強烈關注。從美國到歐洲、從日本到加拿大，海外台灣人社團同聲一致譴責國府情治機構乃是陳案的黑手，美國各大報皆報導了陳文成的離奇死亡，《紐約時報》發表了〈一個教授之死〉的評論。位於匹茲堡的卡奈基—梅隆大學是所好學校，理工科系頗出名，被國民黨情治單位視爲台獨分子的陳文成的冤死，在美國學界引起了一陣抗議台灣政府壓制人權、蹂躪民主的浪潮。

可悲的是，國府情治人員根本無視於海外輿論的反應，亦漠視「一個教授之死」對台灣的國際形象的打擊，在海外仍廣布耳目，在大學校園裡收買一些留學生當「線民」打小報告。紐約《村聲周刊》(*Village Voice*)以首頁篇幅揭發了國民黨特務在美國大學校園活動的祕聞，使國府大失顏面。《村聲周刊》是小眾媒體，非主流刊物，但一些主流媒體（如《華盛頓郵報》）亦依據《村聲》的獨家報導，暴露了台灣特務橫行美國的行徑。在美台仍維持官方關係的年代，台灣特務在美活動，雖亦受到聯調局的注意，但因台灣是友邦，聯調局乃睜一隻眼、閉一隻眼，只要未危及美國安全和利益，他們並不

干涉。雙方斷交後，台灣特務並未稍加收斂，仍肆無忌憚地活動，聯調局亦未出面制止。

國府情治人員的囂張與盲動，終於導致一九八四年十月十五日利用黑道人物在舊金山灣區大理市暗殺作家江南（劉宜良）。江南是個文筆犀利的作家，著有《蔣經國傳》，他的遇刺使大家很自然地想到可能與撰寫《蔣經國傳》有關，或與他計畫著述《吳國楨傳》有些關聯。江南從事過新聞工作，又是政治人物傳記的作者，他的遇害，在美國掀起了軒然大波。一開始，美國媒體並未太在意，但在海外華文媒體的大量報導下，美國媒體亦開始注意了，尤其是案子還盛傳涉及到台灣的統治者蔣經國的兒子蔣孝武，以及台灣的情治高層和黑道分子。於是，美國主流媒體快馬加鞭地傾力追蹤，大牌記者亦親自披掛上陣深入採訪這樁跨國政治謀殺事件。

包括《紐約時報》、《華盛頓郵報》、《洛杉磯時報》在內的主流媒體，不斷報導和分析江南案；收視率奇高而影響力又大的哥倫比亞電視公司ＣＢＳ王牌新聞節目《六十分鐘》，亦推出名記者黛安．索耶（Diane Sawya)製作了一個特別報導，數千萬美國人民知道了台灣政府與謀刺江南有關，儘管國府行政院新聞局長張京育矢口否認政府涉案，但沒有人相信他的話。

當時大家沒想到的是，江南案竟是促成台灣走向民主、自由與開放社會的契機，這件謀殺案對蔣經國而言，實具「當頭棒喝」的作用，使他痛苦極了。其時擔任參謀總長的郝柏村在日記中一再提及蔣經國所受的煎熬，一九八五年一月二十日條云：「總統說：處理中美斷交，其錯在美，故理直氣壯；而今處理劉案，我理不直，故內心至爲痛苦……。」蔣經國任命了五人小組以處理江南案，並與美國調查小組會商。一九八五年一月二十二日，蔣經國在軍事會談中說：「中美斷交錯在美，吾人理直，而劉案理不直，處理事難上加難、痛上加痛、苦上加苦……。」一月二十三日，蔣又對郝說劉案給他的精神壓力甚大。郝在三月十二日日記稱：「總統對於劉案實在操心已極。」

國府官方說法是謀害江南乃爲情報局長汪希苓個人行爲，與政府無關，但有道義責

任。美國作家卡普蘭（David Kaplan）於一九九二年推出一本《龍之火》（*Fires of the Dragon*），大談江南案以及國民黨特務過去的暗殺工作。卡普蘭說，美國國家安全局已監聽到陳啓禮向情報局陳虎門處長打越洋電話報告要殺江南一事，並予錄音，同時轉告中情局，但中情局卻未通知聯調局採取保護江南的行動。

江南案之後不到一年，台灣的情治單位又出了一次大烏龍。洛杉磯《國際日報》發行人李亞頻於一九八五年九月返台時，遭警備總部以涉嫌「爲匪宣傳」加以逮捕，引發美國強烈抗議，雷根政府並發表最強烈聲明要求台北立即釋放。美國媒體又多了一次報導台灣是「警察國家」的機會。

海內外風起雲湧的政治改革呼聲，愈來愈強，蔣經國已充滿了危機感，島內一批政治積極分子已體認到必須衝決羅網了。在劍拔弩張的氣氛下，蔣經國於一九八五年十二月二十五日在行憲紀念會上正式宣告他的家人不能也不會作爲總統候選人，中華民國也不會有軍政府統治。一九八六年九月二十八日，民進黨在圓山飯店成立，蔣經國頗爲緊張，召集高幹會商如何對待這批「偏激分子」。然而，蔣經國知道「大勢已去」了，台灣必須要變，否則後果將不堪設想，他知道唯有加速改變台灣的政治文化，才能使台灣變成一個有朝氣、有前途之地。他在一九八六年十月七日接見來台訪問的《華盛頓郵報》及《新聞周刊》董事長葛蘭姆女士（Katharine Graham），親口透露台灣將在近期內解除戒嚴、開放黨禁，同時絕不採軍事統治。

《華盛頓郵報》以顯著版面報導蔣經國的談話，總統府祕書長沈昌煥對郝柏村說，這項「扭轉形勢的報導，五千萬美金都買不來的。」

那時期，日本正在亢奮

⊙劉黎兒

《尼羅河女兒》封面。（南琪出版社提供）（右圖）
《哭泣殺神》封面。（時報出版提供）（中圖）
《千面女郎》封面。（大然出版社提供）（左圖）

一九八九年，日本天皇裕仁逝世，日本長達六十四年激動的昭和時代宣告結束，平成時代開始，在這一年與日本戰後大眾文化一起走過昭和時代的美空雲雀亦離世，正是舊時代終焉的象徵，而八〇年代等於是昭和末期，也是日本泡沫經濟的全盛時期，遍地黃金，威光閃閃，物質豐饒後的現代社會病相繼出籠，但另一方面也誕生了標榜以無主題爲主題而且口語化的文學健將如村上春樹、吉本芭娜娜及詩人俵萬智，從八〇年代相聲熱也冒出了不世出的全才北野武，留到九〇年代大放異彩。

八〇年代的日本是一個一直在亢奮狀態的日本，如果以生理週期來看，九〇年代長達八年的衰退與不景氣也是理所當然，現在活著的二十歲以上的日本人都享受過高潮時代痙攣的痛快，八〇年代是經濟只成長而不後退的時代，萬事充滿希望與光明，每一位日本人均完全擁中產乃至中上階級意識。但是另一方面地價飆漲，銀鈔亂舞，也使虛無感及陰濕的犯罪氣氛瀰漫，日本人不再隨便撿拾或接受他人的食物，懷疑與不信任的現代氣質也是八〇年代才開始附著於日本社會的，飄浮與寂寞的不安定感成爲年輕人的生命主題——這或許是任何時代任何國度的年輕人皆同的。

八〇年代序幕的八〇年是山口百惠及巨人球團的監督長島茂雄及選手王貞治的引退，其間山口百惠的自傳暢銷三五〇萬本，而日本的時代氣氛也從「女人」的百惠時代轉變爲輕薄短小之少女偶像的（松田）聖子時代，其後八〇年代還有中森明菜、小泉今日子等活躍，但是偶像演唱的節目逐漸從電視節目上消失，只是偶像崇拜或迷戀的文化殘存，到了九〇年代又遠播亞洲各國，八七年時小泉今日子的廣告片價碼一支突破五千萬日圓，她廣告的資生堂洗髮精賣了一億瓶，所以她的偶像魅力使廣告客戶的股票跟著暴漲，廣告皇后掀起的「小泉現象」是日本偶像文化的巔峰期，而且眾寵集於一人，是此後難見的，小泉的人氣來自她所代表的「元氣」，充滿生氣與活力是八〇年代的日本的象徵，而這樣的小泉在九五年穿著便服和男星水瀨正敏結婚，也意味著時代從豪華絢爛歸於一個平淡，像松田聖子花費二億日圓或數億日圓的婚禮，是只有八〇年代才有的。

八〇年時，日本汽車生產量突破一一〇〇萬輛，超越美國，成了世界第一，這是在戰後一直追趕美國的日本所夢寐以求的，而從這一時點起，日本人開始自信而自傲起來，日圓不斷升值，讓許多凡庸卑屈的日本人在國際上也抖起來了，在歐美搶購屬於當地歷史文化一部分的城堡或建築物如洛克斐洛中心等等，開始出口批判老大哥美國是笨

1985 年，越野車成了青少年的新寵。（中國時報資料照片）

蛋——一如現在罵日本爲笨蛋的美國一樣，眞正「醜陋的日本人」是在八〇年代才出現的，這之前的日本人只是比較土而已，面目並不猙獰；八〇年代，日本許多國營事業民營化，像電電公社變成ＮＴＴ，掀起股市熱潮的新高峰，股票投資一度如台灣成爲全民運動，「財技」是人們口中重要話題，直到八七年的黑色星期一才算潑了衆生一盆冷水，但是日本的官民均對泡沫依依不捨，又苟延殘喘了三年才不得不讓泡沫崩潰，日本一直未爲泡沫的痛快流血過，也因此無法換血獲得新生，因此呻吟至今。八〇年代銀座街頭有一億日圓的銀行本票飛舞，竹叢中有兩億日圓現鈔無人認領，泡沫的瘋狂令人難以想像。經濟社會急遽進展令人身心疲憊，而新進導演小栗康平在八一年的《泥之河》，便淡淡描寫貧窮而能交心的孩子們的純眞，是療癒心靈的電影；八〇年黑澤明的《影武者》則讓國際間對日本刮目相看，改變對於日本只有「富士山、櫻花及藝妓」的認識；另一方面以《天空之城》、《龍貓》等動畫來對地球環境破壞敲警鐘的大導演宮崎駿也在八四年一躍而成爲世人皆知的存在。《天空之城》的舞台是人類最終戰爭結束後一千年已荒廢的地球，殘存的人類在滿是劇毒的瘴癘之氣中生活，不過宮崎動畫在八〇年代發出的警告究竟撼醒了多少人則是很大的疑問；宮崎駿在九四年回顧八〇年代表示「十二年來世界在改變，我的想法也有所改變，最初是傾向末世觀，認爲人類的機械文明必將滅亡，但是現在看來則未免太天眞了」，新的世界觀則是留在九七年創下日片票房新高的《魔法公主》中訴說。

全才導演北野武是在八〇年代以說相聲（漫才）的藝人嶄露頭角的，在相聲熱退潮後，他憑著尖銳毒舌的力量而在舞台、電視、雜誌乃至電影活躍，是從八〇年代至今仍在領時代風騷的人物，他的存在本身看來是風靡一時的京都大學助手淺田彰的逃走哲學的實踐。淺田彰的「逃走論」是將人類略分爲「分裂病」及「偏執狂」兩種，前者是至今仍持續逃避及放浪的游牧民族，而後者是喜於背負過去及秩序的定居民族，不過北野本人反駁說自己是偏執的定居者，而非分裂型的逃避者，現在則證明他在八〇年代對自己的預言似乎是不錯的，北野武是才氣煥發而且偏執狂傲的人，而且還相當右傾保守呢！

八一年九月台灣遠東航空公司空難，到台取材日本最有人氣的劇作家向田邦子死亡，日本記者大批湧到台灣拍攝恍如劫後地獄場面，這時日本對台灣社會的印象仍停留獨裁、腐化(包括未善加處理的屍臭)，一直要到八〇年代後期總算改觀；另一方面，台灣對於日本也不是有太大好感，八二年台灣人原日本兵要求賠償的訴訟敗訴，東京的電視上播著台灣人哭叫指控此爲「無血無淚的判決」。

八〇年代的年輕人自然做出不少讓大人們白眼的事，八〇年代初期在原宿出現了穿長袍繫長髮帶跳舞的竹筍族，或穿皮衣的龐克族，思春期的女孩開始踴躍地在雜誌中發表自己的性經驗，「喪失處女」蔚爲風潮，八二年時未滿二十歲女孩墮胎已超過二萬件，婚前性行爲普遍化；另一方面，長期被關閉在男女絕對分工社會結構中的日本妻子們也開始反抗，「失樂園」的前代現象已經出現，八五年的日劇《週五的妻子們》點燃了妻子們不倫的慾望，妻子們抱怨成爲「社畜」的丈夫們不理會、不能滿足自己；八六年時渡邊淳一的小說《化身》也如《失樂園》一樣造成空前熱潮，而同樣是描寫男性夢幻性愛的故事——將一位在社會上及性愛上均未成熟的年輕的女人依自己的想法來培育一番，同樣由《日本經濟新聞》連載，同樣拍成電影，而且也由黑木瞳主演；從九八年來看，八〇年代日本人的男女情慾並不是與現在有太大差別的。

八〇年代的年輕女孩也曾參加過「愛人銀行」，被稱爲「夕暮族」，其內容不下於現在流行的援助交際，只是年齡層至少比現在賣春的初、高中女生要大個五歲至十歲；如果時代可以倒過來，或許九〇年代的父母寧可讓女兒像八〇年代的女生，只是穿著奇裝異服或故作「不良」，而非無所事事地去賣春。

八四年則是日本劇場型犯罪元年，有恐嚇在固力果及森永牛奶糖羼毒的「千面

人」，對企業乃至媒體發出挑戰書，還有洛杉磯的三浦疑案，即愛妻家三浦守護在洛城中彈而倒下的妻子，一時成爲美談，但是掀開來原來是一樁爲保險賠償的殺人疑案；犯人意識到成爲觀眾的市民，而使犯罪高潮不斷掀起，洛城疑案則使日本舉國狂熱地爲愛妻物語的虛與實而騷動；不過這一年，日本人居然認爲僅次於千面人事件的第二重大事件爲日本發行新鈔，福澤諭吉、新渡戶稻造及夏目漱石三位文化人成爲新鈔的肖像，這也說明日本在亞洲各國中算是相當重視文化價值的。

八八年是「挪威的森林」年，村上春樹這本全篇漂蕩著寂寥的青春小說，憑著淡淡的感傷渲染了八〇年末期，而在村上之前，日本文學如中上健次、大江健三郎均是必須與各種人類共通大主題搏鬥的，但是村上起則無需主題，無主題本身便是寫作主題；八七年俵萬智的詩集《沙拉日記》賣了二六〇萬本，和村上一樣，不矯作而放鬆的「新人類的口語文體」成爲新時代的文學主流，接下來八九年吉本芭娜娜的《廚房》也賣了二百萬本，吉本的作品掌握了年輕人飄游不定以性別混亂的氣質，也同樣以口語化文體的表現而寫了類似「少女漫畫」的純文學，而村上、吉本的作品在九〇年代也和偶像文化或日劇一樣散播到亞洲各國，日本「內容」(contents) 文化的威力在此時已露出機微。

當然八〇年代的日本人也有過無數愛用的商品，如魔術方塊、洗屁股馬桶、明星的「中華三昧」速食麵、「不老林」及「紫雷改」(育髮劑)、第一代任天堂、溫泉沐浴劑、戒煙煙管、米諾達單眼自動相機、清晨洗髮洗臉檯、迷你四驅車、Superdry 啤酒、進化的卡洛里計步器、五〇〇萬日圓的高級國產車、三宅一生的萬摺布、攜帶型電玩機 Game Boy 等，到了九〇年代，有的商品殘存下來，有的則僅存於記憶中。

膚淺的八〇年代

⊙蘇曉康

1987 年，台北忠孝東路永漢書局。
（林國彰攝影）

大陸的八〇年代，可以有各種解讀，官方稱爲「改革開放時代」，知識分子稱爲「啓蒙時代」，西方稱爲「中國崛起的時代」，老百姓則有民謠曰：五〇年代人幫人，六〇年代人整人，七〇年代人哄人，八〇年代個人顧個人，九〇年代見人就「宰」人。若以「驀然回首，那人卻在燈火闌珊處」的心情去看那個十年，你會覺得那時的政治、文化皆如過眼雲煙，強人、黨閥、政客、明星、菁英都是「各領風騷沒幾天」，留下一筆糊塗帳就沒影兒了，譬如「四大青年導師」（李澤厚、方勵之、溫元凱、金觀濤）而今安在？「小平你好」不到十年就變成了「小平你好狠」，但「十五的月亮」卻可以從雲南老山前線的戰壕，一直唱到天安門絕食營地；探索電影從「第三代導演」一骨碌滾到了「第六代」；總書記也罷黜了兩任；文學就更是眼花撩亂，流派紛紜，外家輩出，到九〇年代民間戲謔「巴金不如包金，冰心不如點心」的時候，《傷痕》作者跑到拉斯維加斯當賭桌發牌員，而王朔已經出全集了……，你能找到的八〇年代標記都是骨董，一個十年就糊裡糊塗過去了，但落腳的那一年終於是血肉橫飛。

這個十年的橫越，對於個人，比如我自己來說，有點像身體被甚麼龐然大物洞穿了，如一列快車風馳電掣突過，把我像紙人兒似的扔在原地飄盪，某種被碾壓、被裹挾的感覺，同「文革十年」的無知狂熱不大一樣。如今隔著快二十年去找我自己，當初那

個沒沒無聞的小記者，結婚一年便有了兒子，卻在家裡待不住，跑到洛陽龍門，去同一個石窟講解員靜靜的聊廬舍那大佛和武則天，如能按下性子來，或許可以在奉天寺和盛唐盤桓幾年；但魂兒總是被外面的世界鉤走，在這個大陸發瘋要現代化的門檻上，六朝故都和石雕都黯然失色了。八〇年代初，我靠龍門石窟的稿子賺了一個報告文學獎，領了獎順道回杭州，在一個春雨朦朧的暮色裡，打著傘逛進兒時熟稔的濕漉漉的鵝卵石小巷，竟是說不出的惆悵，連西湖也沒遊，就扭頭回了中原。我並不是土生土長的中原人，也許因此對這個單調、貧瘠、壓抑的平原流域很敏感，苦難聽得心裡發顫、耳朵生繭子，卻又納悶人們老實沉默得像石頭，於是去找那壓在下面的底蘊，不久竟找到那條大河，開始走進我生命裡黃色藍色交織的一個混沌期。

我同河官、工程師、泥沙專家們聊黃河的時候，或者一個人蹲在豫西某個峽谷裡，瞪著這條「漿河」像一大塊一大塊鐵汁樣沉重的流體緩緩滑過的時候，不會想到什麼「文化熱」、東西方文明，以及把共產黨連同老祖宗一道鞭笞；傅莉在鄭州安靜的養兒子，我們也都不會料到日後的風暴。中原是一個閉塞的腹地，從思潮到服裝，都比北京慢一個節拍，比港風台雨薰染的南方就更是土得掉渣兒。在京穗兩地風氣大開的誘惑之下，我有某種被淹沒在古老磨道裡的恐懼，這可能才是創作的內在衝動。你的動機只有你最清楚，可是你總愛聽別人諸如評論家把你的動機解釋得很高尚、純潔才心安理得，如同後來別人給我冠以「憂患意識」之類的高帽子，其實全不相干。八九年春天學生在天安門一鬧起來，我曾躲到上海幾天，偶遇福建一位作家，據說有神算之功，她就說我，你這個人寫東西，爲什麼總要把標題起得那麼不吉利，什麼「殤」呀「祭」呀，你要有難嘍！不管神算是眞假，卻讓她說中了。

不過，八〇年代的浮躁、西化、反傳統，確還帶著深入骨髓的理想主義，只不過這種理想主義是五〇年代的假平均、假美好（如上面民謠裡「五〇年代人幫人」那一句）孕育的，又在「文革」十年被徹底惡質化了的。毛澤東一個人的烏托邦，因動亂的亂喪而散落成無數人的烏托邦碎片，一同八〇年代泛起的消費、娛樂文化相遇，便憑空昇華

了道德感。我也跑到豫南災區的小泥棚裡、跑到廬山的雲霧裡，去尋找五〇年代大饑荒留下的痕跡；一九八八年春天我躲在江西師範大學外籍教師招待所，以平均每天兩萬字的速度寫《「烏托邦」祭》，偶然到校園裡透口氣時，迎面遇到無數的大學生，也不會想到他們不久就會鬧學潮，而比他們再晚一兩年進校的，將會是「可以說不」的另一代。世代或年代這種概念，很奇妙的把自然繁衍的生物性紐帶，斬斷爲或是意識形態或是文化、社會性的不同裂塊，每一個下一代、或下一個十年永遠是陌生的。

還有那個時代的情感，憤世嫉俗是最時髦的。大概一個文革十年，生靈塗炭，冤魂

1986 年。（黃子明攝影）

遍地，使得接下來的八〇年代非得成爲一個出氣、洩憤的年代，可是媒體都在黨的手裡，老百姓只有指望那些記者、作家、導演們替他們出氣，於是耍筆桿兒的在八〇年代比歌星、影星紅得還要快，大家賽著揭共產黨的瘡疤，鄧小平於是要「反自由化」。舞文弄墨者比較悲哀的地方在於，中國人是一個健忘的民族，你替他們把氣出得差不多了，他們就要看肥皂劇、聽調侃、唱卡拉ＯＫ、「玩得心跳」了。所以，八〇年代把傷痕、改革、尋根、意識流等等樣式都「玩」了一遍之後，搖滾和「痞子」就崛起了，八八年冬天的一個全國青年文學大會上，分組討論的時候，京中文學批評家們對會議的話題毫無興趣，都在交頭接耳感嘆最近冒出來的一個怪才王朔，還都爭著發言大加讚賞，忽然，席間角落裡站出一個小夥子來，往中間一戳，說道：「我就是王朔，我那些玩意兒純屬開開心，瞧你們當一回事的，別玩兒蛋去了！」頓時全場啞然。

八〇年代轟轟烈烈，卻很膚淺。同六〇、七〇年代的黑暗、暴虐、慘無人道相比，它是明朗而又有點盼頭的一個十年，共產黨想用電視機、洗衣機換回合法性，老百姓則看著電視上的歐美很眼饞，氣出夠了就想要那個現代文明，從吃到說都想隨便，哪裡是這個體制餵得起的？兩廂終於廝殺起來，死了一些學生娃娃之後，又都回頭去怪知識分子出了餿主意。於是，貨眞價實的西方物質主義伴隨著九〇年代降臨中國大陸，知識分子便注定要被消解掉了。

從世代的角度來說，我是共和國那一代，紅衛兵那一代，上山下鄉那一代，也是八〇年代「文化熱」那一代，這一代人到了九〇年代很得意，從政從商，在朝的至少是司局長，在野的也能混個「大款」，不過到了九〇年代末，快要被淘汰了。我則在八〇年代就被淘汰。

八〇年代年表

晏山農◎輯

1980

- 一月八日 ◆施明德被捕，美麗島事件重要相關成員悉數入網。
- 二月一日 ◆北迴鐵路峻工通車。
- 二月廿八日 ◆林義雄家發生滅門血案，真相迄今未明。
- 三月十八日 ◆美麗島事件軍法大審開始。
- 四月四日 ◆中正紀念堂落成。
- 四月十五日 ◆法國哲學家沙特去世。
- 五月六日 ◆立法院三讀通過「動員戡亂時期選舉罷免法」。
- 五月十八日 ◆韓國發生「光州事件」。
- 六月二十日 ◆立法院三讀通過「國家賠償法」。次年七月一日起實施。
- 六月三十日 ◆英國租用的淡水紅毛城由我國收回。
- 七月一日 ◆司法行政部改為法務部。國立中山大學成立於高雄西子灣。
- 七月十九日 ◆第廿二屆奧林匹克運動會於莫斯科揭幕，美、中、日、西德等國抵制。
- 八月十七日 ◆波蘭團結工聯成立。
- 九月九日 ◆伊朗和伊拉克爆發兩伊戰爭。
- 九月十日 ◆台灣歌謠作曲家，作品包括〈安平追想曲〉、〈鑼聲若響〉等的許石病逝。
- 九月廿八日 ◆朱邦復發明的第一個中文微電腦系統「天龍中文電腦」問市。
- 十月 ◆「蘭陵劇坊」正式成立。
- 十一月一日 ◆消費者文教基金會成立。
- 十一月四日 ◆美國總統大選，共和黨雷根當選總統。日本職棒全壘打王、華籍的王貞治宣佈退休。
- 十一月廿九日 ◆荷蘭政府不顧中國壓力，決定出售兩艘潛艇予台灣。
- 十二月八日 ◆披頭四主唱約翰·藍儂在紐約遭槍殺致死。
- 十二月十五日 ◆新竹科學工業園區揭幕。

1981

- 一月十一日 ◆作家溫瑞安組織「神州社」，經軍法審判感化三年。

一月二十日 ◆伊朗釋放五十二名美國人質。

一月廿五日 ◆中國最高人民法院宣告江青等「四人幫」的徒刑。

二月廿三日 ◆中華經濟研究院成立。

三月廿九日 ◆國民黨召開第十二屆全國代表大會。

三月三十日 ◆美國總統雷根在華府遇刺受傷。

四月十一日 ◆台灣民謠歌手陳達車禍死亡。

四月十二日 ◆美國首度發射哥倫比亞號太空梭。

五月十日 ◆法國社會黨候選人密特朗當選法國總統。

五月十三日 ◆天主教教宗若望保祿二世遭槍擊重傷。

五月廿九日 ◆中華人民共和國名譽主席、孫中山遺孀宋慶齡病逝於北京。

六月一日 ◆《天下雜誌》創刊。

七月三日 ◆留美學人陳文成在遭警總約談後未久，陳屍於台大研究圖書館旁。

七月廿九日 ◆英國查理王儲在聖保羅教堂與黛安娜結婚，被譽為「世紀婚禮」。但，兩人卻於九六年八月廿八日離婚。黛妃更在九七年八月卅一日因車禍喪生，結束其璀璨的卅六年生命。

八月三日 ◆畫家席德進病逝。旅法卅四年名畫家趙無極返台舉辦畫展。

八月八日 ◆空軍少校黃植誠駕機叛逃中國。

八月十五日 ◆法國印象派大師雷諾瓦原作於歷史博物館展出。

八月廿二日 ◆遠東航空於苗栗三義發生空難，死亡一一〇人。

九月 ◆《書評書目》停刊，共發行一百期。

十月六日 ◆埃及總統沙達特於開羅閱兵典禮中，遭士兵射殺身亡。

十一月十一日 ◆行政院文化建設委員會正式成立。

十一月二十日 ◆「新月派」健將、外交家葉公超病逝。

十二月十三日 ◆波蘭宣布戒嚴。

1982

二月 ◆《婦女新知》創刊。

三月十一日 ◆台北縣議會議長陳萬富涉嫌議長選舉賄選被捕。

三月廿四日 ◆法國荒謬劇大師尤涅斯科夫婦訪台。

四月一日 ◆新儒家大師徐復觀病逝。

四月二日 ◆英國與阿根廷因福克蘭群島爆發戰爭。

四月十四日 ◆台灣土地銀行台北古亭分行發生李師科搶劫案。

四月十五日 ◆航運鉅子董浩雲（董建華之父）因心臟病猝逝於香港。

五月二日 ◆警總文化單位涉嫌濫權對監委陶百川進行圍剿。

五月七日 ◆警方偵辦李師科搶案中，造成涉嫌人王迎先跳河自盡。

五月 ◆《世界地理雜誌》創刊。

七月一日 ◆新竹、嘉義兩縣轄市升格為省轄市。國立藝術學院成立。

七月十五日 ◆台北市首次試辦電影午夜場。

七月廿三日 ◆中國網球代表隊女選手胡娜在美尋求政治庇護。

七月三一日 ◆政府針對日本文部省竄改歷史教科書，正式向日本政府遞交備忘錄。作家洪醒夫因車禍去世。

八月十七日 ◆中（共）美發表「八一七聯合公報」。

九月一日 ◆首座國家公園——墾丁國家公園成立。

九月十二日 ◆胡耀邦當選為中共中央總書記。

九月十六日 ◆黎巴嫩親以色列民兵於西貝魯特巴勒斯坦難民營展開大屠殺，死亡逾三千人。

九月十八日 ◆魯迅之孫周令飛來台申請定居。

十月十六日 ◆諾貝爾文學獎得主，蘇聯作家索忍尼辛應吳三連文藝獎基金會訪台。中國飛行員吳榮根駕米格十九戰機飛抵漢城，其後來台。

十月廿一日 ◆三民主義統一中國大同盟成立。

十月廿三日 ◆台視推出《我愛紅娘》，是電視台首次為未婚男女搭起友誼的橋樑。

十一月十日 ◆蘇共總書記布里茲涅夫去世。

十一月十八日 ◆中國留學生王炳章等公開出版《中國之春》刊物。

十二月七日 ◆台北世華銀行運鈔車被劫一四〇〇餘萬元，為歷來最大金額搶案。

十二月十四日 ◆中國廢除人民公社。

1983

一月二日 ◆中國青年黨因新生代成員創辦《在野》雜誌，引發內部極大的風暴。

一月四日 ◆兩千餘戶反對開闢二重疏洪道的三重民眾群據馬路抗議，是為「自力救濟」行動的濫觴。省籍耆宿蔡培火病逝。

一月八日 ◆文化大學政治系主任盧修一涉及日人前田光枝台獨案被捕。

一月廿十日 ◆「金石堂文化廣場」在台北市汀州路開幕。

一月卅一日 ◆據央行統計，截至一九八二年底，我外匯存底已突破百億美元大關。

二月六日 ◆畫家李梅樹去世。

二月 ◆《電影欣賞》雙月刊創刊。

四月二日 ◆國畫大師張大千病逝。

四月十八日 ◆擔任國特，長期遭中國政權拘禁、勞改的林坤榮（林正杰之父）返台。

四月廿二日 ◆台灣空軍飛行員李大維駕機叛投中國。

四月廿六日 ◆中央日報大樓發生爆炸；聯合報大樓電機房亦傳爆炸。

五月五日 ◆六名中國青年劫持中國民航客機至韓國，劫機者要求前往台灣。

六月四日 ◆無黨派學生吳叡人當選台大代聯會主席。《龍的傳人》作者侯德建投奔中國。

六月十八日 ◆李先念當選中國國家主席。

六月三十日 ◆嘉義市長許世賢於任內病逝，享年七十六歲。

七月一日 ◆《文訊》創刊。

七月三十日 ◆散文大家吳魯芹病逝於美國。

八月七日 ◆中國空軍軍官孫天勤駕機抵韓，要求來台。

八月八日 ◆台北市立美術館成立。

八月廿一日 ◆菲律賓在野黨領袖艾奎諾，自美返菲時，在馬尼拉機場遭暗殺。

八月廿四日 ◆台中豐原高中禮堂倒塌，學生廿七人喪生，八十三人受傷。

九月一日 ◆空中大學正式開播。蘇聯空軍擊落一架誤闖領空的大韓航空客機，致機上二六九人全部死亡。

九月九日 ◆「黨外編輯作家聯誼會」（編聯會）成立，首任會長為林濁水。

九月十七日 ◆中研院院長錢思亮病逝。

九月十八日 ◆「一九八三年黨外人士競選立委後援會」成立。

九月廿七日 ◆東吳大學教授黃爾璇因受政治迫害而遭解聘。

十月九日 ◆南韓總統全斗煥訪緬甸，十七名隨員暨四名緬甸人遇爆炸身亡。

十月廿四日 ◆台籍知名作曲家江文也病逝中國。

十月廿五日 ◆美軍聯合加勒比海六國軍隊，入侵格瑞那達。

十月廿七日 ◆衛生署環保局勒令造成公害的新竹李長榮化工廠停工。

十月三十日 ◆淡水關渡大橋正式開放通車。

十一月十五日 ◆中國空軍飛行員王學成駕米格十七來台。

十一月廿六日 ◆歷史小說家南宮搏在香港病逝。

十二月廿四日 ◆台北市立美術館正式開放。

十二月廿九日 ◆新竹市長施性忠依侵占、圖利罪名遭法院判刑一年五個月，並遭省府停職。

1984

一月四日 ◆新聞局宣佈專案核准四部日片進口，此為一九七三年以來的首次解禁。

一月八日 ◆中國總理趙紫陽首次抵達美國華盛頓訪問。

一月十九日 ◆賴和獲得平反，重入祀忠烈祠。

一月廿二日 ◆大學聯考決採新制——先考試後填志願。

二月八日 ◆我國重返奧運會場，以中華台北奧會名義參加南斯拉夫的冬季奧運。

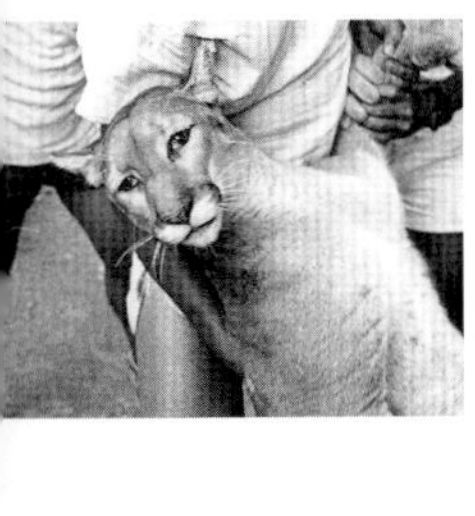

二月九日 ◆蘇共總書記安德羅波夫去世，其後由契爾年柯繼任總書記。

二月十八日 ◆美國麥當勞速食店在台北正式揭幕（民生東路）。

二月廿四日 ◆行政院長孫運璿腦溢血住院，院務由副院長邱創煥暫代。

三月廿一日 ◆國民大會投票選出蔣經國為中華民國第七任總統。

三月廿二日 ◆國民大會投票選出李登輝為中華民國第七任副總統。

三月三十日 ◆台北市螢橋國小發生學童遭瘋漢潑灑硫酸慘案，四十三名學童遭灼傷。

四月二十日 ◆英國外長宣佈，香港確定於一九九七年歸還中國。

四月廿六日 ◆美國總統雷根訪問中國大陸。

五月四日 ◆台大學生吳叡人等八人赴教育部陳情。

五月十一日 ◆「黨外公職人員公共政策研究會」（公政會）成立，費希平為理事長。

五月十八日 ◆我國第一條海底隧道——高雄港過港隧道全線正式通車。

五月二十日 ◆第七任正副總統蔣經國、李登輝宣誓就職。公共電視正式開播。

五月廿五日 ◆立法院投票同意俞國華出任行政院長。

六月二十日 ◆台北縣海山煤礦發生災變，造成七十四人死亡。

六月廿四日 ◆新竹市長補選，被停職判刑的前市長施性忠再度當選。

六月廿九日 ◆立法院通過優生保健法。

七月二日 ◆兩百多名群眾聚集立法院抗議政府強制拆除洲後村。

七月十日 ◆台北縣瑞芳鎮煤山煤礦起火燃燒，共一〇三人死亡。

七月廿五日 ◆台電核能二廠、三廠故障，造成台灣戰後以來最大的電力跳脫事件。

七月廿八日 ◆第廿三屆夏季奧林匹克運動會在洛杉磯揭幕。我獲舉重銅牌（蔡溫義）、成棒表演賽銅牌各一面。

八月十三日 ◆由中國劫機至南韓的卓長仁等六人抵台。

八月廿六日 ◆祖賓梅塔率紐約愛樂管絃樂團抵台演奏。

九月二十日 ◆行政院農業委員會正式成立。

十月十五日 ◆作家劉宜良（筆名江南）在美國舊金山自宅遭槍殺死亡。

十月卅一日 ◆印度總理甘地夫人遭錫克教警衛刺殺死亡，由長子拉吉夫．甘地繼任。

十一月一日 ◆《聯合文學》創刊。

十一月五日 ◆尼加拉瓜革命後首次大選，桑定民族解放陣線候選人奧蒂嘉當選總統。

十一月六日 ◆作家王詩琅去世。雷根連任美國總統。

十一月十一日 ◆美洲《中國時報》因受政治壓力而宣布停刊。

十一月十三日 ◆國安局策畫「一清掃黑」專案，首日逮捕一一〇人。

十二月三日 ◆印度波帕耳布市殺蟲劑工廠毒氣外洩，造成二六〇〇人以上死亡，五萬人中毒。

十二月五日 ◆台北縣三峽鎮海山一坑煤礦發生災變，九十三人喪生。

十二月十五日 ◆政治犯林書揚等獲釋，其中林書揚受刑卅四年七個月，為台灣之最。

十二月卅一日 ◆台中縣大里鄉及太平鄉鄉民合組「吾愛吾村公害防衛會」，此為國內第一個民間組成的環保團體。

1985

一月一日 ◆國內三家電視台自即日起延長播放時間為中午至凌晨零時。

一月十二日 ◆馮滬祥自訴《蓬萊島雜誌》誹謗案一審宣判，黃天福、陳水扁、李逸洋三人各處一年有期徒刑。

一月十六日 ◆國防部情報局長汪希苓涉及「江南命案」遭停職。諾貝爾和平獎得主德蕾莎修女來台訪問。

二月一日 ◆《台灣時報》發行人、立法委員吳基福病逝。

二月九日 ◆台北第十信用合作社爆發違規弊案，衍成年度大風暴。

三月一日 ◆立法委員蔡辰洲因涉嫌十信弊案被收押。

三月十日 ◆蘇共總書記契爾年柯去世，戈巴契夫接任總書記。

三月十一日 ◆經濟部長徐立德因十信案辭職。

三月十二日　◆作家楊逵去世。

四月九日　◆「江南命案」審理終結，被告陳啓禮、吳敦等處無期徒刑。其後的軍法宣判，汪希苓亦處無期徒刑。

四月四日　◆十信弊案主嫌蔡辰洲被判刑十五年。

四月十日　◆玉山國家公園管理處成立。

四月十六日　◆國內第一個試管嬰兒在台北榮總誕生。

五月十六日　◆黨外十四名省議員為抗議省議會通過超額預算，決定集體請辭，最後僅蘇貞昌、游錫堃、謝三升三人請辭。

六月七日　◆高雄《民眾日報》因刊載有關中共的「正面」新聞，被核定停報七日。

六月八日　◆西門町徒步區設計展揭幕。

七月一日　◆國防部軍事情報局成立。《台灣地理雜誌》創刊。

七月二日　◆喜劇演員許不了病逝。

七月三日　◆黨外編聯會會長邱義仁、新聞局科員陳百齡、台大政研所學生石佳音以涉嫌「妨礙軍機」為由遭調查局逮捕，旋獲釋。

七月十日　◆立法院通過「動員戡亂時期檢肅流氓條例」。綠色和平組織反核船「彩虹戰士號」在紐西蘭被法國情報員炸沉。

七月十七日　◆外銷機車著名的百吉發公司爆發財務危機。

七月廿七日　◆烏干達政變，獨裁者阿敏流亡海外。

八月二日　◆前省議員，黨外著名戰將郭雨新病逝美國。

八月廿一日　◆財政部長陸潤康因十信案下台。

八月廿五日　◆中國空軍飛行員蕭天潤駕機至南韓，而後前來台灣。

八月廿六日　◆前教育部長、文化大學創辦人張其昀病逝。

八月廿九日　◆台灣發現首樁愛滋病患者。

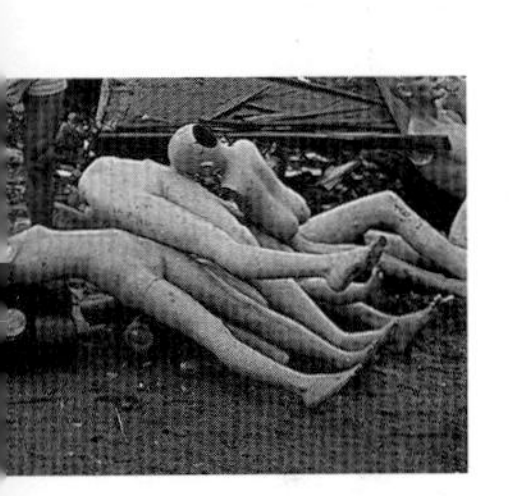

九月四日 ◆副總統李登輝赴哥斯大黎加、巴拿馬、瓜地馬拉訪問。

九月十七日 ◆高雄市國際商專董事長李亞頻涉嫌「迎合中共統戰陰謀」遭警總偵辦。

九月廿一日 ◆著名武俠小說作者古龍病逝台北。

九月廿三日 ◆中國民運人士林希翎抵台，因替黨外人士助講，被國民黨政府列為不受歡迎人士。

九月廿七日 ◆《雷聲》雜誌負責人雷渝齊被控誹謗關中案，判刑一年。

十月五日 ◆關渡自然公園成立。

十一月一日 ◆《人間雜誌》創刊。

十一月十四日 ◆外交家顧維鈞病逝於美國。

十一月十六日 ◆余陳月瑛當選高雄縣長，是台灣首位女縣長。

十一月十八日 ◆陳水扁偕妻吳淑珍在台南縣關廟鄉進行拜票，吳淑珍遭拼裝車撞傷，下半身從此癱瘓。

十一月廿三日 ◆美國逮捕中國間諜金無怠。

十二月一日 ◆電影分級制開始實施。

十二月 ◆龍應台出版《野火集》，銷售極佳，並引發「野火現象」的熱烈討論。

十二月十二日 ◆美國政治漫畫家勞瑞所繪，象徵台灣的「李表哥」亮相，因造形失敗，很快就無疾而終。

十二月卅一日 ◆台北世界貿易中心展覽大樓落成。

1986

一月一日 ◆國立自然科學博物館在台中市開放。公制衡器開始全面使用。

一月三日 ◆高屏地區發生食用西施舌中毒案。

一月五日 ◆內政部宣佈蘆洲鄉李氏古宅為我國第一座列入古蹟保存的古宅。

一月十五日 ◆交通部宣佈全面凍結計程車營業牌照之申請。

一月十七日 ◆許榮淑獲台灣人公共事務協會（ＦＡＰＡ）授權，在台成立分會。

一月廿八日 ◆美國「挑戰者號」太空梭升空後立即爆炸，七名人員全部罹難。

二月四日 ◆日本京都地方法院宣判，京都光華寮學生宿舍產權為我國政府所有。

二月六日 ◆前台東縣長、黨外老將黃順興前往中國定居。

二月七日　◆菲律賓總統大選，因選舉舞弊引起全民示威抗議。

二月廿一日　◆中國空軍飛行員陳寶忠駕米格十九偵察機飛抵南韓，其後來台。

二月廿五日　◆台灣第一位博士、高雄醫學院創辦人杜聰明去世。

二月廿六日　◆菲律賓總統馬可仕流亡夏威夷，艾奎諾夫人繼任總統。

三月二日　◆台灣第一位愛滋病患者死亡。

三月十六日　◆法國國會選舉右派聯盟獲多數席次，首次形成左右共治局面。

三月廿六日　◆中國大陸女作家遇羅錦於西德尋求政治庇護。

四月五日　◆西柏林一舞廳發生美國士兵被炸死事件，疑為利比亞政府所為。

四月十三日　◆天主教教宗若望保祿二世與猶太教教徒歷史性會面。

四月十五日　◆美軍為報復西柏林舞廳爆炸事件，大舉轟炸利比亞軍事設施。

四月廿四日　◆溫莎公爵夫人辛普森去世。

四月廿六日　◆蘇聯烏克蘭的車諾比爾核能電廠爆炸，死亡人數甚眾。

五月一日　◆《當代》雜誌創刊。

五月三日　◆華航貨機在香港飛台北途中降落廣州，機長王錫爵尋求中國庇護。

五月十日　◆國民黨三人溝通小組與黨外公政會七名成員在陶百川、胡佛等人的邀請下首次進行政治溝通。台北市警局保安大隊警員溫錦隆涉及土銀等重大搶劫殺人案。

五月十五日　◆台大針對李文忠退學案，並未採納九人教授團允准該生有條件復學的建議，仍予退學處分。

五月十六日　◆前台獨重要領袖廖文毅病逝於台北。

五月十七日　◆為解決華航貨機事件，國共雙方於香港首次進行公開談判。

五月十九日　◆兩百多名黨外人士集結於龍山寺進行「五一九綠色行動」，要求解嚴。

五月廿五日　◆南投竹山鎮太極峽谷發生山崩，廿九名遊客罹難。

五月廿八日　◆高雄籍漁船於福克蘭公海遭阿根廷軍艦攻擊，造成一死三傷。

五月三十日　◆《蓬萊島》雜誌誹謗案二審定讞，黃天福、陳水扁、李逸洋三人改判刑為八個月。

六月一日　◆黃天福等三君子開始舉行坐監惜別會。

六月十五日　◆高雄市萬壽山動物園啓用。

六月十六日　◆十九名中國大陸青年駕船抵達南韓要求來台。

六月二十日　◆立法院通過修正票據法，票據刑罰自八七年三月起廢止。

六月廿四日　◆鹿港民眾舉行示威，反對美國杜邦公司在該地設廠。

六月　◆卡拉ＯＫ成為最受歡迎的娛樂。

七月一日　◆錄放影機全面開放進口。

七月七日　◆日本劇作家石飛仁率「不死鳥劇團」來台演出《怒吼吧！花崗》。

七月十一日　◆參與抗議李文忠被退學活動的六名台大學生遭留校查看處分。

七月十六日　◆行政院文建會「文建藝廊」開放，為國內第一座公營藝廊。

七月廿四日　◆行政院因外匯存底過多，宣佈放寬外匯管制。

七月廿七日　◆南投縣魚池鄉「九族文化村」開幕啓用。

七月卅一日　◆台中縣大里鄉三晃農藥工廠因「公害防治協會」的抗爭而停工生產。

八月二日　◆榮工處處長，中華棒球協會理事長嚴孝章在奧地利病逝。

八月六日　◆「台大學生杜邦事件調查團」發表初步考察報告。

八月廿二日　◆韋恩颱風登陸，造成死亡五十二人，失蹤廿四人，輕重傷三一〇人，財產損失逾百億元的嚴重災情。王瀚成功游過直布羅陀海峽，為首位華人完成者。

八月　◆個性化商品店屈臣氏登陸台灣。

九月一日　◆《文星》雜誌復刊。《台灣新文化》創刊。

九月三日　◆台北市議員林正杰被控違反選罷法與誹謗，被判有期徒刑一年六個月；林正杰走上街頭抗爭，開啓街頭運動的濫觴。企業家洪建全病逝。

九月六日　◆土井多賀子當選日本新任社會黨委員長，為日本大黨之首位女性黨魁。

九月十四日　◆台北市圓山動物園遷至木柵，舉行動物大遊行。

九月廿八日　◆黨外人士於台北圓山飯店聚會，宣布成立「民主進步黨」，為台灣戒嚴以來本土自主反對力量最大的突破。中央圖書館正式啓用新館。

十月一日 ◆《南方》雜誌創刊。

十月七日 ◆蔣經國接受國外媒體表示，台灣將在近期內解嚴及開放黨禁。

十月十五日 ◆中研院院士、美籍華裔的李遠哲與其他二人共獲諾貝爾化學獎。蘇聯開始撤退駐留阿富汗的部分駐軍。

十月十七日 ◆股市突破一千點大關，創證券市場的新高。

十月十八日 ◆新光集團董事長吳火獅病逝。

十月廿二日 ◆台大「大新社」遭校方予以停社一年處分。

十月廿四日 ◆中國空軍飛行員鄭菜田駕機至南韓，轉而來台。

十一月 ◆台北市北投區大度路、大業路瘋狂飆車蔚為流行。

十一月十日 ◆民進黨召開第一次全國黨員代表大會，江鵬堅為首任黨主席。

十一月十五日 ◆台灣地區發生強震，十二人死亡，四十三人受傷

十一月二十日 ◆蔣介石遺孀蔣宋美齡去國十一年後返台。

十一月三十日 ◆許信良欲闖關返台遭拒，警民於中正國際機場外爆發衝突。連接台北與三重的中興大橋斷落。

十二月 ◆財政部宣佈，自八七年一月開放美國菸酒自由進口，歐市一體適用。

十二月一日 ◆總統府資政連震東病逝。

十二月十二日 ◆新竹市李長榮化工廠毒氣外洩，市府勒令停工。

十二月十三日 ◆圓山天文台發現木星白斑，經證實為全球首度的觀測紀錄。

十二月十七日 ◆八六年諾貝爾化學獎得主李遠哲返台。

十二月廿四日 ◆高雄市政府舉辦中學生舞會，三天後台北市教育局亦跟進。

十二月廿七日 ◆軍火販許金德等三人自菲律賓押解返台。

十二月廿八日 ◆股票交易自八七年起全面實施電腦化。

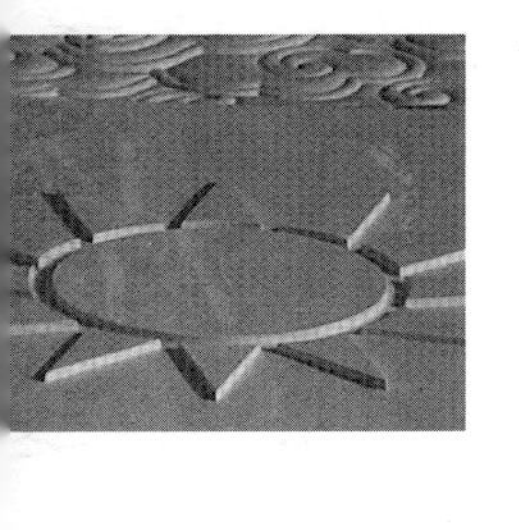

1987

一月六日 ◆「主婦聯盟」正式成立。

一月十二日 ◆教育部宣佈解除中學生髮禁。

一月十六日 ◆中共總書記胡耀邦辭職，由總理趙紫陽代行其職。

一月廿一日 ◆立委蕭瑞徵夫婦因承包工程遭仇家槍擊，蕭瑞徵不治死亡。

一月廿三日 ◆藝術電影院成立。

一月廿七日 ◆美國正式承認蒙古人民共和國。菲律賓支持馬可仕的軍隊叛變，兩天後投降。

一月廿九日 ◆板橋林家花園開放。

二月十四日 ◆民進黨發行《民進報》試刊號。

二月十五日 ◆「台灣筆會」正式成立。

二月十七日 ◆央行證實我外匯存底已突破五〇〇億美元。

二月廿三日 ◆素人畫家洪通病逝。

二月廿四日 ◆立法院爆發民進黨立委朱高正和國民黨軍系立委周書府互毆事件，開啟國會肢體暴力的首頁。

二月廿八日 ◆民進黨於台北舉辦二二八事件和平說明會，紀念二二八事件四十周年。

三月十二日 ◆以民進黨人士為主的「司法改造運動委員會」成立。美國杜邦公司宣佈取消於鹿港設立二氧化鈦廠的計畫。《新新聞》週刊創刊。

三月廿四日 ◆台大學生組成「大學改革請願團」前往立法院請願。

三月廿七日 ◆行政院宣佈放寬外匯管制。

四月一日 ◆日本國鐵民營化。

四月三日 ◆布農族原住民因「南投縣信義鄉東埔村風景區規劃」強遷先人墓地至行政院抬棺抗議。

四月九日 ◆丁邦新於《聯合報》發表〈一個中國人的想法〉，引起極大的爭議。

四月十三日 ◆中國與葡萄牙正式簽署澳門將於九九年歸還中國協議。

四月十七日 ◆民進黨宣佈四一九總統府示威行動延期。

四月十八日 ◆馬尼拉發生兵變，叛軍攻佔陸軍司令部。

五月六日 ◆黑龍江森林大火，至六月二日方始控制，受災面積達八十七萬公頃，生態環境遭到嚴重破壞。

五月十一日 ◆台大學生團體「自由之愛」於校園漫步，要求校園普選。

五月十二日 ◆十九歲曹族青年湯英伸殺人案，三審判決死刑定讞，各界奔走無效。

五月十四日 ◆「十信案」主角蔡辰洲去世。

五月十七日 ◆「夏潮聯誼會」宣佈成立。

五月十九日 ◆民進黨發動示威，要求無條件解除戒嚴及反對制定國安法。

五月二十日 ◆音樂家馬思聰病逝。

五月廿二日 ◆國立編譯館決定局部修改教科書中的吳鳳故事。

五月廿八日 ◆西德青年魯斯特乘坐自用飛機降落蘇聯紅場，舉世震驚。

五月 ◆日本「任天堂」遊樂器在台流行。

六月五日 ◆台大教授聯誼會成立。

六月九日 ◆台北市計程車司機向市府請願，要求成立工會。

六月十二日 ◆民進黨進行反國安法示威，和極右翼的反共愛國陣線發生嚴重衝突。

六月廿二日 ◆立法院通過修正票據法，恢復適用從新從輕規定。

六月廿三日 ◆立法院強行通過〈動員戡亂時期國家安全法〉。

六月廿八日 ◆台北市光華假日玉市開幕。

七月六日 ◆「大學法改革促進會」學運團體正式成立。

七月十日 ◆夏潮聯誼會舉辦「台灣民衆黨創黨六十周年紀念大會」。

七月十四日 ◆總統蔣經國宣告七月十五日零時起解除戒嚴，國安法同日實施。

七月十五日 ◆外匯管制正式放寬。

七月十七日 ◆台大醫院首次人體心臟移植手術成功。

七月廿六日 ◆高雄「超宇宙愛國滅共聯合大同盟」抵制「反共愛國陣線」活動。

八月一日　◆行政院勞工委員會正式成立。

八月五日　◆台南市警局交通隊因取締飆車引發群衆暴力事件。

八月十四日　◆新竹市水源里居民結束一六七天的圍堵李長榮化工廠行動。

八月十五日　◆首家民營加油站成立。

八月廿二日　◆行政院環保署正式成立。

八月廿三日　◆「教師人權促進會」成立。

八月廿五日　◆前世台會會長陳唐山返台。

八月廿八日　◆菲律賓擁護馬可仕的軍隊叛變，後遭平定。

八月三十日　◆「台灣政治受難者聯誼總會」成立，主張台灣獨立。

九月七日　◆東德首領何內克訪問西德，此為兩德分裂以來首次東德首腦訪問西德。

九月九日　◆台灣原住民團體至嘉義縣政府抗議，要求刪除有關吳鳳神話的課文及更改吳鳳鄉地名。

九月十日　◆台大通過新的學生社團刊物評閱辦法，確立事前評閱，事後審檢原則。

九月十二日　◆聲援謝長廷出庭應訊「六一二事件」的群衆搗毀《台灣日報》台北管理處辦公室。

九月十四日　◆《自立晚報》記者徐璐、李永取得旅行證，前往中國大陸採訪。

九月十九日　◆長庚醫學院正式招收第一批學士後醫學系學生。

九月廿七日　◆美國大英百科公司授權中華書局譯印大英百科全書中文版。西藏拉薩市發生藏人要求獨立的示威遊行。

九月廿九日　◆新聞局依刑法第二一四條，將《自立晚報》社長吳豐山，記者李永得、徐璐移送偵辦。

九月　◆《台北評論》創刊。

十月二日　◆台幣大幅升值，突破三十美元大關。

十月六日　◆中正國家劇院與國家音樂廳正式啓用。

十月十五日　◆行政院通過赴中國大陸探親辦法。

十月十九日　◆紐約股市暴跌，下跌五〇八．三二點，為史上最大幅下跌。

十月二十日　◆高雄後勁地區居民前往立法院陳情，抗議五輕設廠，爆發警民衝突。

十月廿一日　◆總統府戰略顧問何應欽上將病逝。

十月廿五日　◆琳恩颱風過境，造成重大災情。中共第十三次全國代表大會揭幕。

十月廿七日　◆台東縣岩灣職訓二總隊發生囚犯暴動，八死，十餘名受傷。

十一月一日　◆王義雄、蘇慶黎等人成立「工黨」，為第一個以階級為號召的政黨。

十一月二日　◆中共十三屆一中全會選出趙紫陽為新任總書記。

十一月三日　◆文學大師梁實秋病逝。

十一月九日　◆民進黨召開第二屆全國黨員代表大會，朱高正與鄭南榕發生衝突。

十一月十日　◆民進黨二全大會結束，姚嘉文當選為第二任主席。

十一月十一日　◆蘇聯解除莫斯科市黨委第一書記葉爾欽之職。

十一月十九日　◆中國空軍飛行員劉志遠駕機抵台。

十一月廿二日　◆統派的「台灣地區政治受難人互助會」成立。

十一月廿六日　◆行政院衛生署證實「登革熱」第一型病毒在南部擴大流行。

十一月廿七日　◆《商業周刊》創刊發行。

十二月一日　◆綠島職訓隊爆發縱火事件，八人死亡。

十二月六日　◆工黨召開第一屆全國黨員大會，選舉王義雄為主席。

十二月八日　◆三千果農集赴立法院請願，要求保護國產水果。蘇聯與美國簽署裁減中程核子武器條約。

十二月十六日　◆我國向荷蘭購製之潛艇海龍號抵台。南韓舉行總統大選，盧泰愚當選總統。

十二月十八日　◆為平息大家樂賭風，省主席邱創煥宣佈愛國獎券自一九八八年元月起暫停發行。

十二月二十日　◆菲律賓呂宋島附近發生超載遊艇與油輪互撞事件，死亡者超過三千人。

十二月廿五日　◆民進黨發動萬人抗議示威活動，要求國會全面改選。

十二月廿七日　◆發行三十八年的愛國獎券最後一次開獎。

十二月廿八日 ◆中國第一家私人持股銀行於深圳開張。

1988

一月一日 ◆報禁全面解除。旅行社執照開放。電影分級制度開始實施。百名大學生協助農民權益促進會舉行「賤賣農民到台北」活動。

一月九日 ◆中科院核研所副所長張憲義潛逃美國。五十餘個民間團體發起「援救雛妓再出擊活動」，於台北市遊行。

一月十一日 ◆立法院通過「動員戡亂時期集會遊行法」。

一月十三日 ◆總統蔣經國逝世。副總統李登輝接任總統。

一月十五日 ◆省府勞工局及北高二市勞工局成立。

一月十六日 ◆高等法院審結蔡有全、許曹德涉及「台獨叛亂」案，蔡有全處刑十一年，許曹德十年。

一月廿一日 ◆《自立早報》創刊。財政部宣佈，從二月份起國民有獎儲蓄券停止發行。

一月廿七日 ◆國民黨中常會通過由李登輝出任該黨代理主席。香港六合彩登陸台灣，大家樂改稱六合樂。

二月一日 ◆永豐餘員工爆發國內首宗因年終獎金糾紛而發生的自力救濟事件。

二月二日 ◆國內首座民營加油站於台北市開始營業。

二月十一日 ◆許信良意圖闖關不成，遭菲律賓當局拘留。

二月十五日 ◆首位資深立委沈友梅公開宣佈自願退職。

二月廿二日 ◆李登輝總統舉行就任以來首次記者會。《聯合晚報》創刊。

二月 ◆《台灣社會研究》季刊創刊。

三月一日 ◆《南方》雜誌宣佈停刊。

三月五日 ◆一貫道總會成立，成為合法宗教。

三月六日 ◆台灣第一個地方性反核組織——鹽寮反核自救會成立。

三月九日 ◆監察院公布楊亮功、何漢文所作的「二二八事件」調查報告。

三月十一日 ◆總統明令廢除國代遞補條例。

三月十三日 ◆世界最長的日本青函海底隧道完工通車。

三月十四日 ◆中國與越南軍艦於南沙群島爆發武裝衝突。

三月十六日 ◆反對開放美國農產品進口，農民於台北進行遊行抗議。台大通過學生會直選決議。

三月十九日　◆蘇聯全數撤離部署於東德境內的中程核彈。

三月二十日　◆孫立人恢復行動言論自由。

三月廿二日　◆在美方壓力下，我國停止原子彈零件的祕密生產。

三月廿九日　◆民進黨發動國會全面改選大遊行，在朱高正率領下於內湖大湖山莊爆發激烈警民衝突。

三月三十日　◆監察院公佈孫立人案調查報告。

三月卅一日　◆內政部決定將北市圓山貝塚列為一級古蹟。青年黨內爭尖銳，李璜撤換執行長。

四月四日　◆「中國統一聯盟」召開成立大會。

四月七日　◆立委朱高正因教科文預算跳上議事桌並與其他立委發生鬥毆。

四月八日　◆中國人代會選出楊尚昆為國家主席，次日選出李鵬為總理。

四月十一日　◆亞洲大專辯論賽，台大輸給中國復旦大學代表隊。

四月十五日　◆台電與潘氏企業購煤弊案爆發。《漢》雜誌創刊，旋遭查禁。

四月十六日　◆停辦廿三年的中國小姐選拔，選出張淑娟、胡翡翠、吳逸寧三位中姐。

四月二十日　◆台北市捷運局選定法國馬特拉公司為中運量木柵線採用系統。

四月廿一日　◆著名台灣歌謠作詞家周添旺去世。

四月廿二日　◆廿二位國民黨增額立委組成的「集思會」正式成立。戴華光、白雅燦等十一名政治犯出獄。

四月廿三日　◆在中國大陸拍攝的外國影片《末代皇帝》首次於台上映。

四月　◆《大地》地理雜誌創刊。

五月一日　◆台鐵司機集體罷工，造成全線客貨運癱瘓。工黨等廿餘勞工團體舉行五一勞動節大遊行。「自主工聯」成立。台灣人返鄉權利促進會成立。

五月七日　◆蘇聯第一個反對黨「民主聯盟」成立。
五月八日　◆密特朗蟬聯法國總統。
五月十二日　◆中國青年張慶國、龍貴雲劫持中國民航班機飛往台中清泉崗。
五月十三日　◆台南市與高雄縣交界處因燃燒電纜產生戴奧辛，威脅當地民眾健康。
五月十七日　◆高等法院宣判郭樹魁「資匪案」成立，為解嚴後第一樁。
五月二十日　◆農民北上遊行請願，爆發激烈的警民流血衝突，為四十多年來首見。
五月廿四日　◆本年度環球小姐選拔在台舉行，泰國小姐封后。
五月廿六日　◆衛生署正式實施國產製藥GMP制度。
五月廿七日　◆台大學生會首次普選，學運團體推出的羅文嘉當選。
五月三十日　◆工黨分裂，夏潮系統退出。
六月十六日　◆中研院及其他大學百名教授學者發表〈我們對五二〇事件的呼籲〉。
六月二十日　◆針對教授們對五二〇事件的聲明，司法界發起「維護純淨的審判空間」連署活動。《文星》雜誌再度宣布停刊。
六月廿三日　◆新儒家大師梁漱溟病逝於北京。
六月廿八日　◆全台性的農運團體分裂為「台灣農權總會」、「農民聯盟」。立委吳勇雄質詢，指稱行政院長透過祕書長王章清行賄，其後王章清辭職。
六月三十日　◆越南軍隊開始撤離柬埔寨。
七月一日　◆基隆八斗子漁港落成。加值營業稅由外加改為內含。
七月三日　◆美國軍艦誤擊伊朗客機，機上二九八名人員全數死亡。
七月七日　◆國民黨十三全會揭幕。次日李登輝當選國民黨主席。
七月十一日　◆不滿警方取締中國大陸貨物時搜索民宅，南方澳漁民包圍警局。
七月十二日　◆《台灣立報》正式發行。
七月十五日　◆中油、中化員工上街爭取權益，為國營事業員工首次上街頭。
七月十六日　◆北淡線鐵路正式停止營運。
七月十九日　◆衛生署宣佈高雄屏東三地區為登革熱疫區。
七月廿二日　◆《雷震回憶錄》遭國防部新店軍人監獄燒毀，其妻要求國家賠償。
七月廿四日　◆郵局首度實施周日休假停止營業。
七月廿五日　◆國內第一部性教育節目《人之初》在台視播出。

七月卅一日　◆「台灣勞工運動支援會」成立。

八月一日　◆教育部宣佈撤銷各級學校安維小組和安維祕書組織。

八月七日　◆海峽兩岸作家陳映真、劉賓雁在香港公開對話。

八月八日　◆監察院針對《雷震回憶錄》遭焚一事，彈劾吳松長、王祿生二人。苗栗客運勞方發動首樁合法罷工行動。王瀚完成橫渡英吉利海峽壯舉。

八月十一日　◆宜蘭縣長陳定南撤除人二辦公室及教育局人事課兩單位。內政部宣佈，自十六日起放寬大陸探親限制至四等親。

八月十五日　◆大陸展開《河殤》大討論。

八月十六日　◆北縣設立勞工局，為本省第一個縣市設立者。

八月十八日　◆行政院大陸工作會報成立。

八月十九日　◆世台會年會首度在台舉行。

八月二十日　◆伊朗、伊拉克戰事經過八年後停戰。

八月廿二日　◆「美麗島事件」受刑人施明德之兄施明正絕食身亡。

八月廿五日　◆「台灣原住民族還我土地運動聯盟」在台北市舉行遊行。

八月廿七日　◆國際學舍舉辦最後一次書展。

九月一日　◆林正杰發表致民進黨主席姚嘉文公開信，提出對內部派系及統獨問題看法。台籍日本兵弔慰金開始受理申請。

九月九日　◆首艘赴中國大陸探親船自基隆港啓航。

九月十日　◆涉嫌國信違規放款弊案，蔡辰男被移送偵辦。行政院大陸工作會報通過允許大陸人民申請來台奔喪探親辦法。中國國務院台灣事務辦公室成立。

九月十二日　◆「高雄市政大樓弊案聲討委員會」至總統府陳情，為總統府首度接受請願書。

九月十三日 ◆資深立委胡秋原訪北京，會晤前國家主席李先念，其後胡秋原遭國民黨開除黨籍。

九月十四日 ◆宜蘭縣長陳定南下令戲院取消播放國歌影片。

九月十五日 ◆首批由中國進口的燃煤運抵高雄港。行政院宣佈桃園鎘污染稻田為休耕區。

九月十六日 ◆「五二〇」案宣判，七十九人判決有罪，最重有期徒刑三年。

九月十七日 ◆第廿四屆奧林匹克運動會於漢城揭幕。

九月廿五日 ◆李天祿獲「國際偶戲協會」頒贈「資深演員最佳貢獻獎」。

九月廿七日 ◆加拿大短跑選手班．強生被查出服用類固醇，奧運百公尺金牌被取消。

十月一日 ◆蘇聯總書記戈巴契夫當選最高蘇維埃主席。

十月四日 ◆我首次赴蘇聯商務訪問團抵達莫斯科。

十月十日 ◆總統李登輝首度主持國慶閱兵大典。

十月十一日 ◆因中油林園廠廢水污染問題，造成居民圍廠，十五日達成補償協議，林園石化廠停工事件始落幕。

十月十七日 ◆總統府祕書長沈昌煥因言論不當辭職，由李元簇繼任。

十月廿五日 ◆台灣省農保全面試辦。

十月廿七日 ◆挾持中國民航客機抵台的張慶國、龍貴雲被台北地院判刑三年六個月。南非舉行地方選舉，為首次所有種族都具參選資格的選舉。

十月廿八日 ◆立法院院會由於冗長的程序發言，無法進入施政總質詢，代院長劉闊才請行政官員退席，為四十年來首次退席風波。

十月廿九日 ◆民進黨召開第三屆全國代表大會，次日選出黃信介為黨主席。

十月卅一日 ◆美國德州州長宣佈，通過德州台塑設廠案。

十一月一日 ◆李登輝核定參謀總長郝柏村再留任一年。

十一月三日 ◆行政院大陸工作會報決定開放選手赴中國比賽。

十一月四日 ◆法務部首度破獲走私中國的軍火集團。

十一月五日 ◆許曉丹主演《迴旋夢裡的女人》舞台劇，因出現裸戲遭台中市禁演。

十一月六日 ◆中國雲南地區發生大地震，為唐山大地震之後所僅見。

十一月八日 ◆美國總統大選，共和黨布希擊敗民主黨杜凱吉斯而當選。人體模特兒許曉丹以全裸演出《迴旋夢裡的女人》，引起藝術與色情的爭議。

十一月九日　◆中國大陸人民來台奔喪探病開始受理申請。

十一月十九日　◆由全台勞工所組的「二法一案行動委員會」，三千多人在台北舉行大遊行。

十一月十四日　◆國學大師錢穆之女錢易抵台，為第一位來台探病的大陸人。

十一月十七日　◆行政院核准個人持有電視ＫＵ頻道接收器材（小耳朵）。

十一月十九日　◆行政院大陸工作會報決定，「中國大陸傑出人士」將可來台。

十一月二十日　◆鴻源投資公司舉辦運動會，因煙火不慎致北市中華體育館天棚焚毀。

十一月廿三日　◆南韓前總統全斗煥為其任內的不法情事向國民謝罪。

十二月一日　◆中興橋恢復通車。班娜姬·布托被任命為巴基斯坦總理，首開回教國家先例。

十二月六日　◆立法院首度出現主席動用警察權。

十二月九日　◆最高法院首開判例：大陸已婚者來台再婚無效。

十二月十日　◆國產ＩＤＦ戰機正式出廠，命名為「經國號」。

十二月十六日　◆立法院長倪文亞宣佈請辭院長職務，廿日立法院同意之。

十二月十九日　◆資深立委費希平宣佈退出民進黨。台北市議員陳勝宏質詢，「榮星花園開發」弊案因而曝光。

十二月二十日　◆首批五位中國留美學生抵台訪問。

十二月廿一日　◆泛美航空客機在英國蘇格蘭墜毀，死亡二五八人。

十二月廿五日　◆行憲紀念大會，民進黨國代爆發激烈衝突，祕書長何宜武召警驅逐。

十二月廿八日　◆全台客家民眾於北市展開「還我客家語」運動。台灣發現首件垂直感染的愛滋病帶原嬰兒。

十二月廿九日　◆自立報系發行人吳三連病逝。

十二月卅一日 ◆勞動黨宣佈建黨。原住民、長老教會信徒及民進黨人士拆除嘉義火車站前吳鳳銅像，與警方發生衝突。

1989

一月一日 ◆《大華晚報》停刊。

一月四日 ◆政府全面取締違法的視聽中心（ＫＴＶ）。

一月七日 ◆日本天皇裕仁病逝。

一月八日 ◆百餘艘中國漁船闖關進入梧棲港，警總予以留置。

一月十日 ◆立法院通過少年福利法。

一月二十日 ◆立法院通過「動員戡亂時期人民團體組織法」，廿七日公布實施。

一月廿八日 ◆西藏宗教領袖班禪十世圓寂。

一月 ◆司法院第四廳長吳天惠、蘇岡夫婦涉嫌充當司法黃牛。

二月一日 ◆中央民代名額大幅擴大。

二月十一日 ◆空軍中校林賢順駕機叛逃中國。

二月十五日 ◆全國掃黑行動「安民專案」展開。桃園縣八德鄉空軍監獄暴動。

二月廿五日 ◆美國總統布希至中國訪問。

三月三日 ◆解嚴後首宗直接貿易「資匪案」，高等法院改判無罪。

三月六日 ◆李登輝總統訪問新加坡。

三月十三日 ◆新聞局通過開放記者赴大陸採訪，電視節目、電影、錄影帶赴大陸拍攝方案。

三月十七日 ◆愛爾蘭籍神父馬赫俊因參與勞工運動，遭警方強制遞解出境。

三月二十日 ◆榮星花園弊案偵辦終結，十七人被提起公訴。

三月廿三日 ◆吳天惠涉嫌關說案獲判無罪，新竹地院四位推事請辭。

三月廿五日 ◆立法院創下四十一年來首度流會紀錄。

四月七日 ◆涉嫌叛亂罪的《自由時代》負責人鄭南榕因抗拒拘提，自焚身亡。

四月十五日 ◆台中縣外埔鄉發生多氯聯苯中毒事件。中共前總書記胡耀邦因心臟病去世，成為八九天安門民運的導火線。

四月十七日 ◆自由派學者成立「澄社」。台灣體操隊前往北京參加比賽，為四十多年來首支進入中國的台灣運動隊伍。

四月十九日 ◆台灣股市成交值突破千億元大關。

四月廿三日 ◆歷年來最大規模的反核遊行在台北舉行。

五月一日 ◆財政部長郭婉容率團抵達北京，參加亞銀年會。台美視聽中心（MTV）開放協議達成共識，台灣將取締不法業者。

五月五日 ◆宜蘭縣蘇澳南天宮媽祖信徒在政府核准下，直航福建湄洲進香。

五月十五日 ◆蘇聯領袖戈巴契夫訪問中國。

五月十七日 ◆行政院長俞國華請辭，李登輝提名李煥繼任。

五月十九日 ◆鄭南榕出殯遊行，異議份子陳婉真現身，詹益樺則在隊伍中自焚身亡。

六月一日 ◆《首都早報》創刊。

六月三日 ◆伊朗宗教領袖柯梅尼病逝。

六月四日 ◆中國當局以武力鎮壓天安門民運，學生、民運人士死傷慘重。

六月五日 ◆台灣各界為中國天安門事件死難者舉行悼祭。

六月十九日 ◆台灣股市在產業股帶動下衝破萬點大關。

六月廿四日 ◆因天安門學運，趙紫陽下台，江澤民接任中共總書記。

六月廿七日 ◆永興航空班機失事，十二死一傷。

七月三日 ◆自立報系記者黃德北涉嫌協助大陸民運人士王丹逃亡，遭中國公安逮捕，旋遭押解出境。

七月五日 ◆南非總統波塔與反對派領袖曼德拉作歷史性會晤。

七月十日 ◆著名投資公司龍祥機構宣布，暫時全面停止出金。

七月十五日 ◆至本日止，台灣人口已突破兩千萬大關。

七月廿一日 ◆股票開戶人數破三百萬。

七月廿九日 ◆民進黨於中山樓召開第一次臨時黨員大會。

八月十日 ◆調查局將八家地下投資公司移送地檢處偵辦。

八月十一日 ◆列名黑名單的世界台灣同鄉會會長李憲長，在高雄世台會露面。

八月十八日 ◆法務部長蕭天讚涉嫌為第一高爾夫球場興建工程關說。

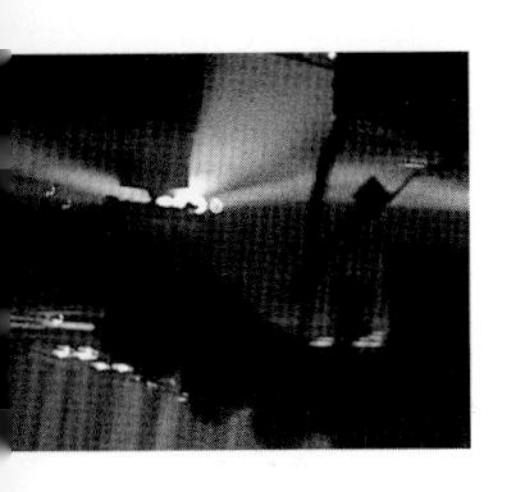

八月廿三日 ◆波羅的海三小國宣佈獨立。

八月廿四日 ◆波蘭團結工聯的馬佐維基出任總理，為東歐戰後第一個非共政府。

八月廿六日 ◆「無住屋團結組織」發起萬人露宿忠孝東路街頭活動。

九月一日 ◆台北火車站新站落成啟用。

九月二日 ◆宜蘭縣長陳定南指示，學校不必每天升降旗，公務場所除國父遺像外，不必懸掛其他肖像。

九月十三日 ◆高雄縣前縣長、黑派領導人余登發陳屍家中，死因不明。

九月十五日 ◆由侯孝賢執導的《悲情城市》勇奪威尼斯影展金獅獎。

九月廿七日 ◆許信良企圖偷渡返台，被高雄港緝私艦在高雄外海查獲押返高雄港。

九月廿八日 ◆菲律賓前總統馬可仕病逝檀香山。

九月 ◆陳映真創辦的《人間》雜誌宣佈停刊。

十月三日 ◆大陸知名畫家林風眠來台。

十月五日 ◆西藏精神領袖達賴喇嘛獲諾貝爾和平獎。

十月六日 ◆因關說案，法務部長蕭天讚請辭。

十月十二日 ◆台灣與金門、馬祖正式通話。

十月廿六日 ◆華航班機在花蓮失事，五十四人喪生。

十月廿八日 ◆唐山樂集負責人陳百忠帶三名中國民運人士偷渡來台。

十月廿九日 ◆民進黨再選出黃信介為第四屆主席。IDF「經國號」戰機在台中試飛發生意外。

十一月九日 ◆鄭南榕創辦的《自由時代》週刊宣佈停刊。柏林圍牆倒塌，象徵鐵幕瓦解，「蘇東波」解放風潮的到來。

十一月廿二日 ◆列名黑名單的異議份子郭倍宏在中和政見會公開露面，旋又逃遁離去。

十一月廿八日 ◆群眾聚集國民黨中央黨部門口，抗議該黨誤導股市。

十一月廿九日 ◆海外異議人士羅益世返台後被捕。

十一月三十日 ◆民進黨自設電視台開播。

十二月二日 ◆解嚴後首次公職人員選舉，國民黨縣市長得票率降為六○%。台南縣開票爆發激烈衝突，縣長候選人李宗藩率眾包圍縣政府。

十二月五日 ◆參謀總長郝柏村調任國防部長。

十二月十日 ◆台北最後一家文學咖啡屋「明星咖啡屋」停止營業。

十二月十一日 ◆大陸旅美異議人士劉賓雁應邀訪台。

十二月二十日 ◆羅馬尼亞獨裁者西奧塞古被推翻。

十二月廿七日 ◆國民黨檢討選戰失利，副祕書長關中免兼組工會主任，由蕭萬長接任。大陸知名畫家劉海粟來台訪問。

十二月廿九日 ◆捷克劇作家哈維爾當選捷克首位非共總統。

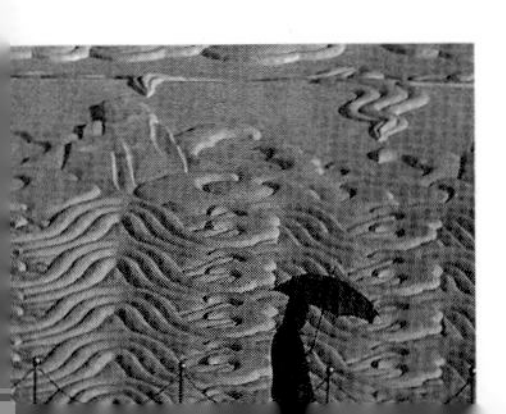

新人間特區0012

狂飆八〇

記錄一個集體發聲的年代

主　編——楊澤
董事長
發行人——孫思照
社　長——莊展信
出版者——時報文化出版企業股份有限公司
台北市和平西路三段240號四樓
發行專線——（〇二）二三〇六六八四二
讀者免費服務專線——〇八〇〇—二三一—七〇五
（如果您對本書品質有任何不滿意的地方，請打這支電話。）
郵　撥——〇一〇三八五四～〇時報出版公司
信　箱——台北郵政七九～九九信箱
電子郵件信箱—— liter@mail.chinatimes.com.tw
網　址—— http://publish.chinatimes.com.tw
責任主編——鄭麗娥
編　輯——邱淑鈴・蔡其達
校　對——許常風・蔡其達・邱淑鈴
美術設計——翁翁・不倒翁視覺創意工作室
製　版——明越製版有限公司
印　刷——科樂印刷有限公司
初版一刷——一九九九年十一月二十二日
定　價——新台幣三五〇元
行政院新聞局局版北市業字第八〇號

Printed in Taiwan
ISBN 957-13-2922-3

國家圖書館出版品預行編目資料

狂飆八〇——記錄一個集體發聲的年代／楊澤主編. 初版. 臺北市：
時報文化, 1999〔民88〕
面：　　公分（新人間特區：0012）

ISBN 957-13-2922-3（平裝）

855　　　　88008007

請沿虛線摺下裝訂，謝謝！

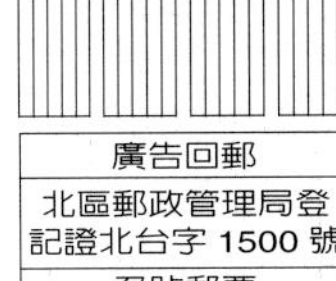
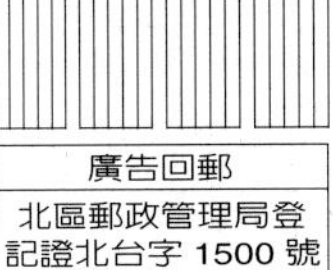

時報出版
尊重智慧與創意的文化事業

地址：台北市 108 和平西路三段 240 號 4 F
電話：（080）231-705（讀者免費服務專線）
（02）2306-6842 。 2302-4075（讀者服務中心）
郵撥： 0103854-0 時報出版公司

請寄回這張服務卡（免貼郵票），您可以——
●隨時收到最新消息。
●參加專為您設計的各項回饋優惠活動。

新感覺・新人間・文學的新版圖

新人間特區

寄回本卡，掌握新人間系列的最新訊息

請沿虛線撕下後對折裝訂寄回，謝謝！

編號：AJ 0012	書名：狂飆八〇
姓名：	性別：＿＿＿＿ 1.男 2.女
出生日期： 年 月 日	身份證字號：

＿＿＿＿ **學歷：** 1.小學 2.國中 3.高中 4.大專 5.研究所（含以上）

＿＿＿＿ **職業：** 1.學生 2.公務（含軍警） 3.家管 4.服務 5.金融 6.製造 7.資訊 8.大眾傳播 9.自由業 10.農漁牧 11.退休 12.其他

地址：＿＿＿＿縣（市）＿＿＿＿鄉鎮區＿＿＿＿村＿＿＿＿里

＿＿＿＿鄰＿＿＿＿路（街）＿＿＿段＿＿＿巷＿＿＿弄＿＿＿號＿＿＿樓

郵遞區號＿＿＿＿＿＿

（下列資料請以數字填在每題前之空格處）

＿＿＿＿ **購書地點／**
1.書店 2.書展 3.書報攤 4.郵購 5.直銷 6.贈閱 7.其他＿＿＿＿

＿＿＿＿ **您從哪裡得知本書／**
1.書店 2.報紙廣告 3.報紙專欄 4.雜誌廣告 5.親友介紹 6.DM 廣告傳單 7.其他＿＿＿＿

＿＿＿＿ **您希望我們爲您出版哪一類的作品／**
1.旅遊 2.餐飲 3.娛樂 4.休閒 5.流行時尚 6.其他＿＿＿＿

您對本書的意見／
＿＿＿＿ 內　容／1.滿意 2.尚可 3.應改進
編　輯／1.滿意 2.尚可 3.應改進
封面設計／1.滿意 2.尚可 3.應改進
校　對／1.滿意 2.尚可 3.應改進
定　價／1.偏低 2.適中 3.偏高

您希望我們爲您出版哪一位作者的作品／

＿＿＿＿＿＿＿＿＿＿＿＿＿＿＿＿＿＿＿＿

您的建議／

＿＿＿＿＿＿＿＿＿＿＿＿＿＿＿＿＿＿＿＿